U0532714

KLARA AND THE SUN
克拉拉与太阳

〔英〕石黑一雄——著　宋佥——译

KAZUO
ISHIGURO

上海译文出版社

Kazuo Ishiguro
KLARA AND THE SUN
Copyright © Kazuo Ishiguro 2021
This edition arranged with ROGERS, COLERIDGE & WHITE LTD(RCW)
through BIG APPLE AGENCY, LABUAN, MALAYSIA.
Simplified Chinese edition copyright:
2023 SHANGHAI TRANSLATION PUBLISHING HOUSE (STPH)
All rights reserved.

图字：09-2020-821 号

图书在版编目（CIP）数据

克拉拉与太阳 /（英）石黑一雄著；宋佥译. — 上海：上海译文出版社，2023.10（2025.3重印）
（彩虹布面石黑一雄作品）
书名原文：KLARA AND THE SUN
ISBN 978-7-5327-9422-5

Ⅰ.①克… Ⅱ.①石…②宋… Ⅲ.①幻想小说—英国—现代 Ⅳ.①I561.45

中国国家版本馆 CIP 数据核字（2023）第 164117 号

克拉拉与太阳
［英］石黑一雄　著　宋佥　译
总策划 / 冯涛　责任编辑 / 吴洁静　装帧设计 / 张志全工作室

上海译文出版社有限公司出版、发行
网址：www.yiwen.com.cn
201101　上海市闵行区号景路 159 弄 B 座
南京爱德印刷有限公司印刷

开本 889×1194　1/32　印张 10.75　插页 6　字数 187,000
2023 年 11 月第 1 版　2025 年 3 月第 3 次印刷
印数：13,001—18,000 册

ISBN 978-7-5327-9422-5
定价：88.00 元

本书中文简体字专有出版权归本社独家所有，非经本社同意不得转载、摘编或复制
如有质量问题，请与承印厂质量科联系。T：025-57928003

纪念我的母亲

石黑静子

(1926—2019)

第一部

罗莎和我新来的时候,我们的位置在商店中区,靠近杂志桌的那一侧,视线可以透过大半扇窗户。因此我们能够看着外面——行色匆匆的办公室工人、出租车、跑步者、游客、乞丐人和他的狗、RPO 大楼的下半截。等到我们适应了环境,经理便允许我们走到店面前头,一直走到橱窗背后,这时我们才看到 RPO 大楼究竟有多高。如果我们过去的时机凑巧,我们便能看到太阳在赶路,在一栋栋大楼的楼顶之间穿行,从我们这一侧穿到 RPO 大楼的那一侧。*

当我幸运地看到他如此行走时,我会把脸伸过去,尽我所能地多多吸取他的滋养;如果罗莎在我身边,我也会叫她这么做。一两分钟后,我们就得返回自己的原位了;新来的时候,我们时常担心自己会一天比一天虚弱,因为我们在商店中区的位置往往见不到太阳。男孩 AF 雷克斯——他那时挨着我们——叫我们不必担心,太阳总有办法照到我们,不管我们在哪里。他指着地板说:"太阳的图案就在那里。你要是担心的话,摸摸那里,你就又有力气了。"

他说这话的时候店里没有顾客,经理正忙着在红架子上布置东西,我不想去征求她的许可,免得打扰她。于是我瞥了罗莎一眼,而当她只是用空洞的眼神回应我时,我上前了两步,蹲下身,向着地上太阳的图案伸出双手。可我的手指刚一触到那里,图案便黯淡消逝了,尽管我使出了浑身解数——我拍着图案刚刚出现的地方，发现不管用，又拿手摩挲着地板——它依然没有再现。等我站起身来时，男孩 AF 雷克斯对我说道：

"克拉拉，你太贪心了。你们女孩 AF 总是这么贪心。"

虽然我那时是新来的，我还是立刻意识到了这或许并不是我的错，太阳只是碰巧在我触碰的那一刻抽回了他的图案。可男孩 AF 雷克斯依然一脸严肃。

"你把所有的滋养都占为已有了，克拉拉。瞧，天几乎都要黑了。"

一点不错，店里的光线已然阴沉了下来。哪怕是在户外的人行道上，灯柱上面的严禁停车标牌也变得灰暗而模糊了。

"对不起。"我对雷克斯说，随即又转向罗莎："对不起，我没想着要独占的。"

"因为你，"男孩 AF 雷克斯说，"到了晚上我就要没力气了。"

"你在开玩笑，"我对他说，"我知道你在开玩笑。"

"我没在开玩笑。说不定我现在就得病了。那些商店后区的 AF 该怎么办？他们已经有点不太对劲了。这下他们的身体肯定更差了。你好贪心，克拉拉。"

"我不相信你。"我说道，但我已经不太自信了。我望向罗莎，可她的神情依然空洞无物。

"我已经感觉不舒服了。"男孩 AF 雷克斯说。说完他垂头弓

---

* 在主人公以第一人称讲述的这个故事中，出现了许多特定的人、物、地点名称。这些名词在英文原文中是以首字母大写的形式出现的，不同于一般的行文规则，暗示这些名称在主人公头脑中的独一无二性，如 Beggar Man（乞丐人）、RPO Building（RPO 大楼）、the Sun（太阳）、the Manager（经理）等等。在译文中，这些特定的名词都统一以楷体出现。——译注

背,身子一软。

"可你刚刚自己说了,太阳总有办法照到我们。你在开玩笑,我知道你在开玩笑。"

我最终说服了自己:男孩AF雷克斯只是在逗我玩。可那天我有一种感觉,那就是,无意之间,我让雷克斯提起了某件让人不安的事情,某件商店里的AF们大多不愿谈及的事情。之后没过多久,那件事就发生在了男孩AF雷克斯身上,让我不由得想,即便他那天是在开玩笑,他的一部分内心也是认真的。

那是一个明媚的早晨,雷克斯已经不在我们身边了,因为经理把他挪到了前区壁龛里。经理总是说,每个位置都是精心策划的,无论我们站在哪里,被选中的可能性都一样大。

话虽如此,其实我们全都知道,一位顾客走进商店,目光首先会落在前区壁龛那里,雷克斯自然很高兴这回轮到他了。我从商店中区望着他扬起下巴站在那里,太阳的图案洒遍他的全身;罗莎有一回冲我探过身来,对我说道:"哦,他看上去真的棒极了!他肯定很快就能找到家了!"

雷克斯进了前区壁龛的第三天,一个女孩和母亲一起走进了商店。我那时还不太擅长分辨年龄,可我记得当时我估测那个女孩的年龄为13岁半,现在我认为这判断是准确的。那位母亲是一个办公室工人,通过她的鞋子和身上的套装,我们能看出她的职位很高。女孩径直走向雷克斯,站在他面前,母亲则信步朝我们这里踱来,瞥了一眼我俩,接着又朝后区走去,那里的两个AF正坐在玻璃桌上,按照经理的吩咐,无拘无束地晃荡着双腿。一度,那位母亲呼唤着女儿,可那个女孩没有理睬,而是继续抬头凝视着雷克斯的脸。接着孩子又伸出一只手,抚过雷克斯的胳膊。雷克斯当然一言不发，只是低头冲她微笑，一动不动，谨守我们得到的指示：当一位顾客显露出兴趣时，这就是正确的做法。

"瞧！"罗莎低语道，"她就要选他啦！她爱他。他真幸运！"

我狠狠地用手肘捅了罗莎一下，让她安静，因为旁人可以轻易听到我俩说话。

现在轮到女孩呼唤母亲了，很快两人一起站在了男孩AF雷克斯面前，上下打量着他，女孩偶尔还会伸出手去触摸他。两人压低了声音说着话，我听到女孩一度说："可他真完美，妈妈。他真漂亮。"过了片刻，孩子又说："哦，可是妈妈，拜托了。"

经理这时已经悄无声息地站在了她俩身后。终于，那位母亲转向经理，问道：

"这个是什么型号的？"

"他是一台B2，"经理说，"第三代。遇上合适的孩子，雷克斯会是一个完美的伙伴。我觉得，他尤其能够在年轻人身上激发出一种认真勤勉的态度。"

"嗯，这位年轻的女士确实需要这个。"

"哦，妈妈，他真完美。"

母亲又接着说道："B2，第三代。就是那批太阳能吸收有问题的型号，对吧？"

她就是这么说出这话的，就当着雷克斯的面，脸上依然挂着微笑。雷克斯也保持着微笑，可那个孩子一脸困惑，眼睛从雷克斯身上移开，瞥向母亲。

"不错，"经理说，"第三代一开始确实出了一点小状况。可那些报道太过夸大其词了。在照明度正常的环境下，绝对没有任何问题。"

"我听说太阳能吸收不良可能导致进一步的问题,"那位母亲说,"甚至是行为问题。"

"恕我直言,太太,第三代产品已经为许多孩子带去了无尽的欢乐。除非您住在阿拉斯加或是矿井里,否则您无需担心。"

那位母亲继续看着雷克斯。最终她摇了摇头:"对不起,卡罗琳。我看得出你为什么喜欢他。可他不适合我们。我们会替你找到一个完美伙伴的。"

雷克斯继续微笑,直到两位顾客已然离开商店;即便是在那之后,他也没有表露出难过的迹象。可就在那时,我想起了他开过的那个玩笑,我能肯定那些问题——关于太阳,关于我们能吸取多少他的滋养——雷克斯已经在脑子里想了有一阵子了。

今天,当然,我意识到雷克斯不会是唯一一个这么想的。但是,按官方说法,这根本就不是问题——我们每一个 AF 的技术规范都确保了我们不会受到各种因素的影响,譬如我们在房间里的摆位。话虽如此,某个 AF 在离开太阳几小时后,还是会渐渐感到无精打采,他会不由得担心他的身体有毛病——某种他自己独有的缺陷,而一旦这毛病被人知晓,他就永远也找不到家了。

这就是我们为何如此朝思暮想着要进橱窗的一个原因。经理允诺会给我们每个人一次机会,我们每个人也都盼望着那一天的到来。这部分是因为经理所说的那份代表商店面对外界的"特别荣誉"。另外,当然咯,无论经理怎么说,我们全都知道:站在橱窗里,我们被选中的可能性也更大。可最重要的那个原因,那个我们全都明白但秘而不宣的原因,还是太阳和他的滋养。罗莎确实和我提过一回这件事,压低了嗓子,就在那机会快要轮到我们的时候。

"克拉拉，你说说，等到我们进了橱窗，我们是不是会得到许许多多的营养，从此我们再也不会匮乏了？"

我那时还很新，所以不知道该如何回答，虽然同样的问题也曾在我自己的脑海中浮现过。

接着，我们的机会终于来了——一天早晨，罗莎和我步入橱窗，小心翼翼地不去打翻任何一件陈设，避免重犯上周我们前面那一对的错误。商店，当然咯，这时还没有开门，我以为铁格栅会是完全放下的。可我们刚一在条纹沙发上落座，我就看到格栅底部露出了一道窄缝——经理一定是在过来确认我俩一切就绪的时候把格栅升起了一点——太阳的光芒构造出一个明亮的三角形，爬上平台，终止于我们面前的一道直线。我们只需把脚往外伸一点点，就可以置身于他的温暖之中。我那时就知道，无论罗莎的问题有着怎样的答案，我们将要得到的滋养也足够维系我们好一阵子了。当经理按下开关，格栅完全升起时，我们立刻沐浴在了灿烂的光芒中。

我得在这里承认，一直以来，我还有着另一个想要走进橱窗的理由，与太阳的滋养或被人选中全都无关。不同于大多数 AF，不同于罗莎，我一直渴望着看到更多外面的世界——看到它全部的细节。因此，格栅升起的那一刻，当我意识到此刻我和人行道之间只隔着一层玻璃，意识到我能够无拘无束地、近距离地、完完整整地看到那么多我以前只能窥到边角的东西时，我是那么地激动，以至于有片刻工夫，我几乎忘记了太阳和他对我们的仁慈。

那是我第一次看清 RPO 大楼其实是由许多不同的砖块构成的；与我之前的想法不同，它也不是白色的，而是淡黄色的。我还能看出，它比我想象的要高——有二十二层楼高——而每一扇千篇一律的窗户下面都有一个与众不同的窗台。我看着太阳如何在 RPO 大楼的楼面上刚好画出一道对角线，所以在那道线的一边是一个近乎白色的三角形，而另一边则是一个颜色暗沉的三角形，虽然我现在明白了整栋楼其实都是淡黄色的。我不但能看见直到楼顶的每一扇窗户，有时还能看见窗户里的人，或站，或坐，或四处走动。而在楼下的大街上，我能看到过往的路人，他们各式各样的鞋子、纸杯、肩包、小狗；如果我愿意，我还能目送他们中的任何一个一路穿过人行横道，走过第二块严禁停车标牌，一直走到两个修理工站在一条下水道前面指指点点的地方。当一辆辆出租车放慢车速，礼让穿过横道的人流时，我能清楚地看到车厢里面——司机的一只手拍打着方向盘，乘客的头上戴着一顶帽子。

　　白天就这样过去了，太阳一直让我们保持着温暖，我能看出罗莎非常开心。但我也注意到，她几乎什么也不去看，两眼一直盯着我俩正前方的第一块严禁停车标牌。只有在我向她指出一样东西的时候，她才会扭过头去，可即便如此她也很快就失去了兴趣，又回头接着看店外的人行道和那块标牌了。

　　只有当一个路人在橱窗前驻足的时候，罗莎的眼睛才会长久地望向别处。在这种情形下，我俩都按经理的教导行事：我们会面带"素淡"的微笑，凝视着街道对面，在 RPO 大楼笔直向上的楼体中点处驻目。我们很想仔细地端详一位走近的路人，但经理解释说，在这样的时刻进行目光接触是极为不雅的举动。只有当一位路人明确向我们示意，或是透过玻璃对我们说话的时候，我们才能回应，但在此之前我们绝不能擅动。

我们发现，一些驻足的路人根本就不是出于对我们的兴趣。他们只是脱下脚上的运动鞋，摆弄摆弄，或是按着他们的矩形板。不过，另一些人会径直走到橱窗玻璃前，盯着里面看。这些人中的许多是孩子，属于我们最为适合的年龄组，他们似乎也很高兴看到我们。孩子们会兴奋地走上前来，有时一个人，有时跟着大人，然后指指戳戳，哈哈大笑，扮鬼脸，敲玻璃，冲我们招手。

偶尔——我很快便能比较熟练地在貌似凝望着 RPO 大楼的同时观察那些橱窗前面的人了——一个孩子会走过来，紧盯着我们，脸上会有一丝悲伤，有时会是愤怒，仿佛我们做错了什么。这类孩子可以在下一刻轻易地换一张脸，忽然像其他的孩子一样开始大笑或是招手，但当我们在橱窗里度过了第二日后，我很快学会了分辨其中的差异。

我试着和罗莎说过这件事，在遇见了第三个或是第四个这样的孩子之后，但她只是微笑着说："克拉拉，你操心太多了。我确信那个孩子非常快乐。这样的日子，她怎么能不快乐呢？整座城市今天都那么快乐。"

不过，在结束了我们的第三日之后，我还是和经理提起了这件事。她一直在表扬我们，说我们在橱窗里表现得"美丽又体面"。店里的灯光这时已经调暗了，我们都在商店后区，倚着墙，一些人正在就寝前翻阅那些有趣的杂志。罗莎就在我旁边，但通过她的肩膀我能看出来她已经快要睡着了。因此，当经理问起我这一天过得开不开心时，我借机和她说起了走近橱窗的那些悲伤的孩子。

"克拉拉，你真是了不起，"经理压低了嗓音说，免得打扰罗莎和其他人，"你能留意到并且领悟到这么多事情。"她摇了摇头，仿佛在啧啧惊叹。接着她又说道："你一定得明白，我们是一家非常特别的商店。那里有许多孩子会很乐意能够选择你，选择罗莎，选择这里的任何一个人。可那对他们来说是不可能的。你们在他们眼中遥不可及。这就是为什么他们会来到橱窗前，梦想着能够拥有你们。但紧接着，他们就会感到悲伤。"

"经理，一个那样的孩子。一个那样的孩子家里会有AF吗？""也许没有。没有一个像你这样的AF，那是肯定的。所以，如果有时候一个孩子用奇怪的眼神看着你，带着怨恨或悲伤，透过玻璃说一些让人不愉快的话，你不要多想。你只需记住：一个那样的孩子很可能是满心沮丧的。"

"一个那样的孩子，没有AF，一定会非常孤独的。"

"是的，没错，"经理轻声说，"孤独，是的。"

她垂下眼睛，不说话了，于是我等待着。接着，突然，她露出微笑，伸出手，轻轻地将我之前在观察的那本有趣的杂志从我手中拿开。

"晚安，克拉拉。明天要表现得和今天一样好。还有，别忘了：你和罗莎在代表我们面向整条街道。"

* * *

那是我们在橱窗里的第四天，上午已经差不多过了一半，就在这时我看到了那辆出租车放慢车速，司机从车里蓦地探出身来，好叫其他出租车给他让行，让他穿过行车道，停到我们店前的路牙边。乔西从车里下到人行道上的时候，目光就落在我的身上。她苍白又瘦削，就在她朝我们走来的时候，我看出了她的步态和其他的路人不一样。她走得并不算慢,但每走一步她似乎都要权衡一下,确保自己还能站稳,不会摔倒。我估测她的年龄在14岁半。

她一走到近前,把过往的行人全都抛在了身后,便停下脚步,冲我微笑。

"嗨,"她透过玻璃对我说,"嘿,你能听到我吗?"

罗莎依然在遵照指示,目不转睛地盯着前方的RPO大楼。可既然她在对我说话,我就可以直视这个孩子,还以微笑,点头鼓励她了。

"真的?"乔西说——当然咯,那时我还不知道她的名字,"我自己都快听不到自己说话了。你真能听到我?"

我又点点头,她晃着脑袋,一副不可思议的样子。

"哇哦。"她回头瞥了一眼——哪怕是做出这个动作,她也得小心翼翼地——望向她刚刚钻出的那辆出租车。车门依然开着,横在人行道上,和她下车时一个样,车子后排上坐着两个人影,一面交谈一面指点着人行横道对面的什么东西。乔西似乎很高兴看到大人们不打算下车,于是又往前走了一步,直到她的脸几乎贴上了玻璃。

"我昨天看到你了。"她说。

我回忆着我们前一天的所见,但没能找到关于乔西的记忆,于是惊讶地看着她。

"哦,别难过,别多想,你没法儿看到我的。我就坐在出租车里,打这儿路过,车速还不慢。可我看到你坐在你的橱窗里了,所以我今天才让老妈就在这儿停车的。"她又回头一瞥,依然是那样小心翼翼,"哇哦。她**还在**跟杰弗里丝太太说话。这样说话挺贵的，对吧？出租车的那个计价表一直在跳呢。"

就在那时，我看到了她开怀大笑的时候，脸上如何洋溢着善意。但奇怪的是，也正是在同一时刻，我第一次怀疑，也许乔西就是经理和我曾经谈起的那些孤独的孩子中的一个。

她瞥了罗莎一眼——罗莎这时还在尽忠职守地凝望着RPO大楼——然后说："你的朋友真可爱。"就在她说这话的同时，她的目光已经落回我身上了。她又静静地看了我几秒钟，我开始担心她再不说话，她身后的大人们就要下车了。但这时她开口了：

"知道吗？你的朋友有一天会成为外面某个人的完美朋友的。可昨天，我们坐车经过的时候，我看到的是**你**，我当时就想：就是她了，这就是那个我一直在找的AF！"她又笑了，"不好意思。也许这话听上去不礼貌。"她再次扭头望向出租车，可后排的那两个人影并没有要下车的迹象，"你是法国人吗？"她问道，"你看上去有点像是法国人。"

我微笑着摇了摇头。

"我们上回聚会的时候，"乔西说，"来了两个法国女孩。她俩的头发都理成那样，又短又利落，就像你。看上去好可爱。"她又默默地审视了我片刻，我想我又看到了悲伤的小征兆，但那时我还很新，所以不太确定。接着她的表情又忽而开朗起来：

"嘿，你俩这样坐在那里不热吗？你们要不要喝一杯什么的？"

我摇摇头，举起双手，掌心向上，示意太阳那美好的滋养正洒遍我们全身。

"对哦。我傻了。你们喜欢待在阳光里，对吧？"

她再度扭头，这次是抬头看向群楼的楼顶。那一刻太阳刚好在天空的缝隙中，乔西立刻眯起眼睛，回头看着我。

"不知道你们是怎么做到的。我说的是一直看着那里,还不会被闪花眼。我连一秒钟都办不到。"

她一只手按住额头,又一次把头扭开,这次不是去看太阳,而是看向 RPO 大楼楼顶附近的某处。过了五秒钟,她再次回头向我。

"我猜对你们来说,从你们的位置看,太阳一定是落到那栋大楼后面的,对吧?也就是说,你们从来没有看到过他**真正**落下的地方。那栋楼肯定老是挡在那里。"她朝出租车匆匆张望了一眼,看到大人们依然坐在车上,这才接着往下说:"在我们住的地方,没有东西挡在那里。从我楼上的房间,你能清清楚楚地看到太阳落到哪里。看到他回去过夜的清楚位置。"

我当时一定露出了惊讶的神情。在我视野的边缘,我能看到罗莎也忘了规矩,正一脸诧异地瞪着乔西。

"不过,看不到他早上是从哪里升起的,"乔西说,"被那些山和那些树挡住了。就像这里,我猜。总有东西挡在那儿。可晚上就不一样了。那边,从我的房间往外看,真的是开阔又空旷。你要是能过来和我们一起住,你会看到的。"

一个大人钻出出租车,跨上了人行道,接着是另一个。乔西没有看到她们,但或许她听到了动静,因为她的语速开始加快了。

"我发誓。你能看到他落下的清楚位置。"

两个大人都是女性,两人都穿着高级别的办公室服装。那个高个子的我猜是乔西刚刚提到的母亲,因为她一直看着乔西,哪怕是在她和同伴互吻面颊的时候。随后那位同伴便离开了,混入了其他的路人中间,母亲终于转身直面我们。有那么一秒钟,她那锐利的凝视不是落在乔西的背上,而是落在我的身上,我立刻把目光别开,抬头去看RPO大楼。可乔西这时又透过玻璃对我说话,声音压低了,但依然清晰可闻。

"我这会儿得走了。但我很快就会回来的。到时候我们再聊。"接着她又添了一句,声音轻得近乎耳语,只有我能听见:"你不会走的,对吧?"

我摇摇头,对她微笑。

"太好了。行。那现在我们就说再见吧。但只是现在。"

母亲这时就站在乔西的身后。她一头黑发,瘦瘦的,虽然不像乔西或是有些跑步者那么瘦。现在她来到了近前,我在将她的面容看得更分明之后,把她的年龄上调到了45岁。正如我之前所说,我那时对年龄估测得还不是很准,但后来的事实证明,这一回我的判断大体上不错。从远处看,我起初以为她是一个比较年轻的女人,可一旦靠近,我就看清了她嘴角深深的沟壑,还有她眼中某种愤怒的疲惫。我还注意到了一件事:当母亲从后面伸手去拉乔西时,那只探出的胳膊在半空中迟疑了一下,几乎要缩回,虽然它最终还是伸上前去,搭在了女儿的肩上。

她们没入了往来的人流中,朝第二块严禁停车标牌的方向走去,一路上乔西走得小心翼翼,她母亲的胳膊一直挽着她。有那么一回,就在她们走出我的视线之前,乔西回头看了我一眼;虽然这样做会打乱行走的节奏,但她还是向我挥手告别。

* * *

那天下午晚些时候,罗莎对我说:"克拉拉,你说奇怪不奇怪?我一直以为等到我们进了橱窗,我们一定能看到外面有好多好多的AF。好多好多找到了家的AF。可我们没有看到很多。不知道他们哪儿去了。"

这就是罗莎身上的一个了不起的地方。她会在无意中错过那么多，哪怕是在我向她指出某样东西之后，她依然看不到那背后的特别或有趣之处。然而，时不时地，她却会说出一句这样的观察。她的话刚一出口，我立刻意识到了，我也原本以为会看到橱窗外面有许多AF在快乐地陪着他们的孩子一起散步，甚至是独自出门办事；而我尽管没有对自己承认，可确实也暗自吃惊，而且有点失望。

"你说得对，"我答道，眼睛从右向左扫视着，"此刻，在所有这些路人中间，连一个AF也没有。"

"那边那个是不是？走过太平梯大楼的那个？"

我俩一起认真地看着，然后同时摇了摇头。

这个关于窗外AF的问题，虽然挑起的人是她，可她很快就完全失去了追问的兴趣——这也正符合她的性格。等到我终于看到一个少年和他的AF一起走过RPO大楼那一侧的果汁摊时，她几乎都懒得朝他们那里看了。

可我依然在思考罗莎刚才所说的话，每当有一个AF难得经过时，我都会特意仔细观察。很快，我就注意到了一件奇怪的事：RPO大楼那一侧出现的AF永远比我们这一侧多。而且，就算有一个AF难得碰巧朝我们这一侧走来，陪着一个孩子走过第二块严禁停车标牌，他们也会走上人行横道，不会从我们店前经过。而当有AF真的从我们窗前走过时，他们的表现总是非常奇怪，总是加快步伐，把脸扭开。我不由得想，是不是我们——这整间商店——都让他们难堪。我在想，是不是罗莎和我，一旦我们找到了家,在被迫回想起我们并非一直和我们的孩子共同生活,而是曾经坐在一间商店里时,也会感受到一种尴尬。然而,无论我多么努力地尝试,我依然无法想象罗莎和我对我们的商店、对经理、对其他AF抱有那样的感情。

就在我继续观察窗外的时候,我想到了另一种可能性:那些AF并非尴尬,而是恐惧。他们恐惧,因为我们是新型号;他们担心,很快他们的孩子就会决定,是时候把他们扔掉,换上像我们这样的新AF了。这就是为什么他们如此别扭地拖着脚从我们门前走过,不愿意朝我们这边看。这就是为什么在我们的窗外现身的AF如此少。谁知道呢,说不定隔壁那条街上——RPO大楼**后面**的那条——挤满了AF。说不定外面的AF全都想尽一切办法,就是不走这条会从我们店前经过的路线,因为他们最最不希望发生的事情就是他们的孩子看到了我们,随即走上前来。

这些想法我全都没有跟罗莎分享。相反,每当我们看到窗外有一个AF的时候,我总会特意问出这样的问题:他们满意他们的孩子和他们的家吗?这问题总是让罗莎开心又兴奋。她把这当成了一种游戏,总是一面指点着一面对我说:"看,那边!你看到了吗,克拉拉?那个男孩好爱他的AF呀!噢,瞧瞧他俩一起哈哈大笑的模样!"

不错,确实有很多对这样的组合看上去对彼此十分满意。可罗莎错过了许多迹象。她常常会满心欢喜地冲着路过的一对大呼小叫,而我细看之后却会意识到,尽管一个女孩在对她的AF微笑,可她实际上却在生他的气;也许就在她微笑的同时,心中却在想着一些残忍对待他的想法。我总是能注意到这样的事情,可我什么也没说,任凭罗莎去相信那些她所相信的东西。

有一回，就在我们进了橱窗的第五天早上，我看到两辆出租车缓缓驶过，就在 RPO 大楼的那一侧，两车挨得非常近，新来的人说不定会把它们当成一辆车——某种连体出租车。这时，前面的那辆车速稍快了一些，两车中间出现了一个间隙；透过间隙，我看到对面人行道上有一个 14 岁的女孩，穿着一件卡通衬衫，朝着人行横道的方向走来。她身边没有大人，也没有 AF，但她看上去很自信，还有一点不耐烦；因为她步行的速度和出租车的车速相同，所以我得以通过间隙持续观察了她一段时间。随后，两辆车的间隙拉得更大了，我看到她到底还是带了一个 AF 的——一个男孩 AF，跟在她身后，保持三步远的距离。我同样能看到，哪怕是在那一瞬间，他落在后面绝不是出于偶然，而是因为那个女孩规定了他俩就该这么走路——她在前面，他在后面，保持几步距离。那个男孩 AF 接受了这件事，哪怕其他的路人会看到并推断那个女孩不爱他。我还能看出那个男孩 AF 的步态中透着疲惫，不禁疑惑：找到了一个家，却发现你的孩子不要你，那会是怎样的感觉？在我看到这一对之前，我从来没有想到过一个 AF 会跟了一个鄙视他、巴不得他走开的孩子，可两人却依然继续待在一起。这时，前面的那辆出租车在人行横道前减速，后面的那辆跟了上去，我也就看不到他俩了。我继续张望着，想看看他们会不会定到人行横道那里，但马路的人群中没有他俩的身影，而其他来往的出租车也让我再也看不到马路对面了。

* * *

在那些日子里，我只想让罗莎在橱窗里陪着我，从没有想过要别人，但我们共处的那段时间也确实凸显了我俩态度上的差异。我并不是说我比罗莎更渴望了解外面的世界——她，以她的方式，同样既兴奋又善于观察，也和我一样迫切地想要准备好做一个尽可能友善、尽可能有用的 AF。但我观察得越多，想要了解的也就越多；而与罗莎不同，那些路人在我们面前表露的某些较为蹊跷的感情让我开始感到困惑，接着愈发为之着迷。我意识到，如果我做不到至少是部分理解这些蹊跷的事情，那么到时候，我是绝对没办法尽我应有之力帮助我的孩子的。于是，我开始搜索——在人行道上，在过往的出租车里，在人行横道前等待的人群中——我需要了解的那类行为。

起初我想要让罗莎学我的样，但很快我就发现这样做没有意义。有一回，就在我们进橱窗的第三天，太阳已经从 RPO 大楼后面高高地升起，这时两辆出租车停在了我们这侧，两个司机钻出汽车，开始打架。这不是我们第一回目睹打架了——我们还很新的时候，曾经聚集在窗前，想要尽可能地看清楚三个警察如何同乞丐人还有他的狗在空房门前打架。可那不算是一场愤怒的打斗，经理事后也向我们解释了警察们如何替乞丐人担心，因为他喝醉了，而他们只是想要帮助他。可这两个出租车司机跟那些警察不一样。他们打起架来就好像世上最要紧的事情就是尽可能多地伤害彼此。他们的脸扭曲成了可怕的形状，新来的说不定都认不出他们是人了；而在他们朝彼此挥拳的整个过程中，他们的嘴里还一直大吼着残忍的话。路人们起初震惊地往后避开，不过后来有些办公室工人和一个跑步者过来把他们拉开了。虽然一个司机的脸上挂着血，两人还是钻回了各自的出租车，接着一切都恢复了原样。我甚至注意到，片刻之后，两辆出租车——就是前一刻还在打架的那两个司机开着的两辆车——耐心地排队等待着,一辆在另一辆前面,在同一个车道里,等着交通灯变色。

可是当我试图和罗莎谈起我们刚刚看到的这一幕的时候,她一脸困惑地说:"打架?我没看到,克拉拉。"

"罗莎,你不可能没注意到的。那就刚刚发生在你我面前。就那两个司机。"

"哦。你是说那两个出租车人!我刚才没意识到你是在说他们,克拉拉。哦,我确实看到他们了,我当然看到了。可我不认为他们是在打架。"

"罗莎,他们当然是在打架。"

"噢,不是的,他们只是装作在打架。只是在闹着玩。"

"罗莎,他们在打架。"

"别傻了,克拉拉!你老是去想这些稀奇古怪的想法。他们只是在闹着玩。而且他们玩得很开心;那些路人也很开心。"

最后我只能说:"你也许是对的,罗莎。"我想她随即就把这件事情抛到了脑后。

但我没法这么轻易就把那两个司机忘掉。我会目不转睛地追踪某个在人行道上行走的路人,不知道他会不会也像那两个人一样勃然大怒。或者,我会努力想象某个路人的脸被怒火扭曲后会是什么样子。最重要的是——这一点是罗莎永远无法理解的——我努力用自己的头脑感知那两个司机刚才所体验的愤怒。我努力想象我和罗莎对彼此愤怒到那样的地步,最后我们竟也像他们那样打了起来,真的试图伤害彼此的躯体。这想法似乎很荒谬,但我已经看到了那两个司机是什么模样,因此我试图在脑海中找到这种情感的萌芽。然而,这样做是徒劳的,最终我总是会不禁嘲笑起自己的想法来。

不过，我们在橱窗里还看到了另一些东西——另一些我起初无法理解，但最终在自己的头脑里找到某种变体的情感，虽说这样的变体就像是铁格栅落下后吊灯在地板上投下的影子。那位咖啡杯女士，譬如说，就是这样的情形。

那是在我初遇乔西的两天之后。那一天的上午浸饱了雨水，路人们全都眯起眼睛，躲在雨伞和湿淋淋的帽子下面。RPO大楼在倾盆大雨中并没有太大变化，虽然许多窗户都亮起了灯光，好像天都黑了。旁边的太平梯大楼正面左半边有一大片楼面被打湿了，仿佛是楼顶的一角漏出了汁液，一路淌了下去。可就在这时，突然之间，太阳冲破了云层，将阳光洒向湿透了的街道和出租车的车顶，路人们看到这景象，全都成群结队地走了出来；就在随之而来的人潮中，我看到了那个披着雨衣的小个子男人。他在RPO大楼那一侧，年纪据我估测在71岁。他一面招手，一面呼喊，脚眼看就要踩着人行道的边沿，我担心他再往外跨一步就要站到行驶的出租车流前面了。那一刻经理碰巧也和我们一起在橱窗里——她正在调整我们沙发前面的那块标牌——她和我同时发现了那个招手的男人。他身上披着一件棕色的雨衣，衣带从身体一侧悬荡下来，几乎碰到了脚踝，但他似乎没有留意，只是冲着我们这一侧继续边招手边呼喊。一群路人就在我们店门外聚集了起来，不是为了看我们，而是因为有那么一刻，人行道上挤满了人，所有人都动弹不得。接着情况起了变化，人群变得稀疏了，我看到站在我们前面的是一个小个子女人，背对着我们，目光越过四车道的出租车流，望向那个招手的男人。我看不到她的脸，但根据她的体型和姿态，我估测她的年龄为67岁。我在脑海里将她命名为咖啡杯女士，因为从后面看，披着厚厚的羊毛大衣的她看上去小小的，宽宽的，肩膀圆圆的，就像倒扣在红架子上面的陶瓷咖啡杯。尽管那个男人继续边招手边呼唤，而她显然也看到了他，她却并没有用招手和呼喊回应。她继续一动不动，哪怕有一对跑步者冲着她迎面而来，在她左右两边分开，又在她身后会合，他们的运动鞋在人行道上一路啪啪地踩出小小的水花。

终于，她动了。她朝人行横道走去——那个男人一直在示意她过来——起初步履缓慢，接着加快了脚步。她不得不再度停了下来，和其他人一样等红绿灯；男人不再挥手，但两眼一直焦灼地望着她。我又在担心他会跨出路沿，站到出租车流前面了。可他镇定了下来，走向他那一头的横道口，就在那儿等着她。等到出租车流终于停住，咖啡杯女士开始和其他人一起过马路的时候，我看到男人举起一只握成拳头的手按住一只眼睛，就像我在商店里看到的有些孩子在不安时会做的动作。接着咖啡杯女士来到了RPO大楼那一侧，她和那个男人紧紧地搂在了一起，两个人看上去仿佛融合成了一个更大的人形；太阳注意到了这一幕，将他的滋养倾泻在他俩身上。我依然看不到咖啡杯女士的脸，但那个男人的眼睛紧紧地闭着，我不确定他究竟是非常开心还是非常不安。

"那两个人似乎非常高兴能见到彼此。"经理说。我随即意识到她和我一样在密切地关注他们。

"是的。他们似乎非常开心，"我答道，"可奇怪的是，他们似乎也非常不安。"

"噢，克拉拉，"经理轻轻地说，"什么都逃不过你的眼睛，是吧？"

说完这话经理沉默了良久，手里握着那块标牌，凝望着街对

面,哪怕那对男女已经走出了视线。最后她说:

"也许他们很久没有见面了。很久,很久。也许上一次他们像那样彼此相拥的时候,两人都还年轻。"

"你是说,经理,他们失去了彼此?"

她又沉默了片刻。"是的,"她终于说道,"一定是那样的。他们失去了彼此。然后,也许就在刚才,纯粹是机缘巧合,他们又找到了彼此。"

经理的声音和她平时不太一样了;尽管她的眼睛还望着窗外,我认为她此刻并不真的在看什么东西。我不由得想,路人们看到经理自己和我们一起在橱窗里站了那么久,不知道会怎么想。

终于,她从窗前转过身来,从我们身边走过,这时她碰了碰我的肩膀。

"有时候,"她说,"在那样的特殊时刻,人们心中的快乐会夹杂着痛苦。我很高兴你能如此细致地观察一切,克拉拉。"

说完经理便走了,这时罗莎对我说:"好奇怪啊。她那话是什么意思?"

"没什么,罗莎,"我答道,"她只是在说外面的事。"

罗莎聊起了别的话题,可我还在想着咖啡杯女士和她的雨衣男人,想着经理刚才的话。我努力想象着很久以后,罗莎和我早已找到了各自的家,一天我们又在街上巧遇了。那时,我心中的快乐,就像经理所说的那样,会夹杂着痛苦吗?

* * *

我们在橱窗里的第二周刚开始的一天早上,我正和罗莎说着

RPO大楼那边的某样东西,这时我忽然打住了话头,因为我意识到乔西正站在我们面前的人行道上。她的母亲就在她身边。这回她们身后没有停出租车,虽说她们也有可能刚刚下车,而车已经开走了,我却全没有注意,因为刚才有一群游客挡住了我们的橱窗和她们所处的位置之间。可现在人流又开始平稳地挪动了,我便看到乔西正对我绽开一脸开心的笑容。她的脸——我又想到了这一点——一笑起来便似乎洋溢着善意。可她还不能走到橱窗跟前来,因为母亲正俯身跟她说话,一只手搭在她的肩膀上。母亲身上的外套——一件深色、高级的薄外套——包裹着她的身体,在风中飘动着,有那么一刻她让我想起了顶着狂风、落在高高的红绿灯顶的那些黑鸟。乔西和母亲两人说话的时候都一直看着我,我能看出来乔西已经迫不及待地要到我跟前来了,可母亲依然不愿意放她走,还在说啊说。我知道我应该把目光保持在RPO大楼上,就像罗莎那样,可我忍不住偷偷地瞥向她们,非常担心她们会消失在人群中。

终于,母亲直起了身子;虽然她的眼睛还在紧盯着我,每当有路人挡住她视线的时候都要再偏一偏脑袋,她的手却收了回去,乔西也可以迈开她那小心翼翼的步子朝我走来了。我想,母亲允许乔西一个人过来,这是在鼓励她,可母亲那从不放松、从不动摇的眼睛,还有她站在那里的姿态——双臂抱胸,十指紧紧扯住外套的面料——都让我意识到,还有很多迹象是我尚未学会读懂的。这时,乔西隔着玻璃,站到了我的面前。

"嘿!你怎么样啊?"

我露出微笑,点点头,竖起大拇指——这个手势我经常在那些有趣的杂志里观察到。

"抱歉我没法儿早点来,"她说,"我猜这已经有……多久了?"我竖起三根手指,再加上另一只手的半根手指。

"太久了,"她说,"抱歉。想我吗?"

我点点头,挤出一张苦脸来,尽管我也用心地暗示了我不是认真的,并没有不高兴。

"我也想你。我本来真的以为我会早点来的。你大概是以为我早就开溜了吧。真抱歉。"这时她脸上的笑容黯淡了一些,嘴里又说了一句:"我猜有许多别的孩子来这儿看过你了吧。"

我摇摇头,但乔西看上去不太信我。她回头瞥了一眼母亲,不是寻求安慰,而是要确认她没有靠近。接着,乔西压低声音,继续说道:

"老妈这样子看上去好奇怪,我知道的,一直盯着这边。那是因为我告诉过她,你就是我要的那一个。我说了,非你不可,所以她这会儿就在上下打量你。抱歉。"这时,我想我又看到了一闪而过的悲伤,就像我上次看到的那样。"你会来的,对吧?只要老妈点头,一切也都顺利?"

我点头鼓励她。可那份狐疑依然没有从她的脸上消散。

"因为我不想要违背你的意愿,强迫你来。那不公平。我真的想要你来,可如果你说:乔西,我不想来,那我就跟老妈说:好吧,我们要不了她,没法子。但你真的想来,对吧?"

我再次点头,这一回乔西似乎安心了。

"太好了。"微笑又回到了她的脸上,"你会喜欢那里的,我会确保你喜欢的。"她再度回头,这一次是带着胜利的姿态,冲母亲喊道:"老妈?瞧,她说了她想来!"

母亲微微点头,但除此之外没有别的反应。她还在紧盯着我,十指掐着外套面料。等到乔西回头向我的时候,她的脸再度蒙上了阴云。

"听着。"她说,可接下来的几秒钟却又一言不发。沉默过后她终于开口道:"你想来真是太棒了。可我想要一开始就把所有的事情都在咱俩之间说清楚,所以有件事情我得说。别担心,老妈听不见的。瞧,我想你会喜欢我们家的。我想你会喜欢我的房间的,那就是你待的地方,不会把你塞进橱柜的。我成长的整个过程里,那么多好玩的事情我们会一起做。唯一的问题是,有时候,唔……"她又飞快地回头瞥了一眼,然后把声音压得更低了:"也许那是因为我身体有时候不太好。我不知道。但家里或许是有一件什么事情正在发生。我不确定那是什么。我甚至都不知道那是不是什么坏事。但事情有时候,唔,就是挺反常的。别误会,大部分时间里你是感觉不到的。可我想要跟你把话说清楚。因为你知道,当有人告诉你一切都会很完美,实际上却没说实话的时候,那种感觉很不好的。所以我现在就要告诉你。拜托了,说你还是想来。你会爱上我的房间。我知道你会的。你还能看到太阳是从哪儿落下的,就像我上次跟你说的那样。你还是想来,对吧?"

我透过玻璃冲她点头,用我所知道的最认真的方式点头。我还想告诉她,如果她的家里有任何困难,任何吓人的事情要面对,我们会一起面对。但我不知道该如何隔着玻璃、不用言语传达这样复杂的信息,因此我双手交握,高高举起,微微晃动——这个手势我曾在一个出租车司机身上见到过,他当时正坐在行驶的出租车里,对人行道上一个招手的行人做这个动作,哪怕这意味着他两只手都得松开方向盘。不管乔西有没有理解其中的含义,这个动作都似乎让她开心了起来。

"谢谢你,"她说,"别误会了。也许那不是什么坏事。也许那只是我想多了……"

就在这时,母亲喊了一声,迈步朝我们走来,可一群游客挡住了她的去路,所以乔西还来得及飞快地再说上一句:"我很快就会回来的。我保证。争取明天。拜拜,但只是现在。"

*   *   *

乔西第二天没有再来,第三天也没有。然后,等到我们在橱窗里的第二周过半的时候,我们的机会也用尽了。

从头到尾,经理一直温暖亲切地鼓励我们。每天早上,当我们在条纹沙发上坐好,等待铁格栅升起时,她都会说一句这样的话:"你俩昨天棒极了。今天也要再接再厉哦。"每天结束时,她都会微笑着对我们说:"漂亮,你俩都干得漂亮。我真为你们自豪。"所以,我从来没有想到过我们会做错什么,而当最后一天的铁格栅降下时,我以为经理会再次表扬我们的。这就是为什么经理那天的态度让我吃了一惊:锁好铁格栅后,她直接转身走开了,甚至都没有等我们。罗莎困惑地看了我一眼,有那么片刻工夫,我们依然坐在条纹沙发上。可铁格栅已经降下,屋里几乎全黑了,因此过了一会儿我们还是站起身来,走下了平台。

我们此时面对着商店,我的视线能一直延伸到后排的玻璃桌,可店内的空间却被分割成了十个方格,因此我眼前呈现的不再是一幅统一的画面。前区壁龛在我最右边的那一格中,这符合预期;而最靠近壁龛的杂志桌则被划分到了不同的方格中,桌子的一部分甚至都出现在了我最左边的那一格里。这时店里的灯光已被调暗，我看到其他的AF在几格画面的背景中，靠着商店中区的两面墙，准备入睡。可我的注意力却被引向了中间的那三格，它们呈现的是经理的不同侧面，她此刻正在做出转身面向我们的动作。在一格中我只能看到她从腰到脖颈上半段的身体，而紧挨它的另一格却几乎完全被她的两只眼睛占据了。靠近我们的那只眼比另一只要大上许多，但两只眼睛中都满是善意和悲伤。第三格中展现的则是她的一部分下颌和大半张嘴，在那里我察觉到了愤怒和沮丧。接着她完全转过身来，走向我们，商店重新变回了一整幅画面。

"谢谢你们，你俩都是。"她说着便伸出手来，依次轻抚我们，"非常感谢。"即便如此，我依然感知到了某种变化——不知怎的，我们让她失望了。

* * *

在那之后，我们开始了我们在商店中区的第二段时光。罗莎和我依然时常待在一起，但经理现在经常会调换我们的位置，所以我有时会在男孩AF雷克斯或是女孩AF吉库旁边站上一整天。不过，大部分日子里，我还是能看到一部分窗户，因此得以继续了解外面的世界。当那台库廷斯机器出现的时候，譬如说，我正站在杂志桌那一侧，就在中区壁龛前面，因此我的视野几乎就和我在橱窗里时一样好。

几天来的种种迹象都表明，那台库廷斯机器肯定是一样打破常态的东西。起先，那些维修人来到现场，为机器的到来做准备,用木头屏障隔开一段街面。出租车司机们一点儿也不喜欢这样,用他们的喇叭制造了许多噪声。接着,维修人开始在地上打钻,打破了路面,甚至是好几段人行道,吓坏了橱窗里面的两个 AF。一度,那噪声真的是太可怕了,罗莎只能用两只手捂住耳朵不放,哪怕当时店里还有客人。经理向进门的每一位客人道歉,哪怕那噪声与我们无关。一度,一位客人谈起了污染,伸手指向外面的维修人,说着污染对大家有多么的危险。因此,库廷斯机器刚到的时候,我还以为那也许是一台制止污染的机器呢,但男孩 AF 雷克斯却说不是的,那东西就是被专门设计出来制造更多污染的。我对他说我不相信,他却说:"好吧,克拉拉。你就等着瞧吧。"

事实最后证明,他当然是对的。那台库廷斯机器——我在心中如此命名它,因为它的侧面写着"库廷斯"这三个大字——先是发出一声尖利的呜呜,这声音远没有之前的打钻声可怕,也不比经理的真空吸尘器更吓人。但三根短烟囱从它的顶篷里伸了出来,浓烟开始从那里面滚滚而出。起初那还只是一小团一小团的白烟,但很快就变成了黑烟,直到升腾而起的不再是一团团游离的烟云,而是浑然一体的一整股浓浓的烟柱。

等到我定睛再看的时候,外面的街道已经被分割成了几个竖直的图幅——从我的位置,我不用探身,就能清楚地看到其中的三幅。黑烟的浓度似乎在幅与幅之间有所差异,因此那看起来就好像是在展示一组互为对比的灰色度供人选择。可即便是在黑烟最浓的图幅中,我依然能分辨出许多细节。在一个图幅中,譬如说,我能看到维修人的木头屏障,还有一辆出租车的前半截,两者现在看起来似乎连为了一体。而在旁边的另一个图幅中,一根金属条斜切过画幅上方的一角,我认出了那是高高的交通信号灯的一部分。甚至,细看之后,我还能分辨出落在上面的一只鸟儿的黑色轮廓线。一度,我看到一个跑步者从一个图幅穿行到另一个图幅,而在他跨越图幅后,他身影的大小和轨迹全都改变了。这时,污染变得更严重了,哪怕从杂志桌那一侧,我也看不到天空的缝隙了,而窗玻璃本身——玻璃工人们如此骄傲地替经理将它擦亮——也满是污点。

我为橱窗里面的那两个男孩 AF 感到难过,他们等了那么久才轮到了自己。他们依然摆好姿势坐在那里,可我一度看到他们中的一个举起胳膊遮住脸,仿佛污染会透过玻璃钻进来。经理这时走上平台,对他耳语了几句宽慰的话,等到她终于从平台下来,开始重新布置玻璃展品推车里面的手镯时,我能看出她自己也心烦意乱了。我以为她或许要走出门去,和那些维修人谈一谈呢,但这时她注意到了我们,于是露出微笑,对我们说:

"所有人,请听我说。这件事很不幸,但无需担心。我们暂且忍耐几日,之后一切都会过去的。"

可是第二天,还有第三天,库廷斯机器依然没完没了,白昼几乎变成了黑夜。一度,我在地板上、壁龛里、墙壁上寻找太阳的图案,却什么也没有找到。太阳,我知道,正在拼尽全力;等到第二个可怕的下午行将结束时,尽管黑烟比之前还要糟糕,他的图案却再现了,虽然非常黯淡。我有些担心,问经理我们还能不能得到我们所需的滋养,她哈哈大笑道:"那个吓人的东西以前也来过这里好几回了,商店里没有一个人因为这个生病的。所以放宽心吧,克拉拉。"

即便如此,在污染持续了四天后,我还是能感觉到自己在渐渐衰弱。我努力掩饰着，尤其是在商店里有顾客时。可也许是那台库廷斯机器的缘故吧，很多时候我们等了很久却一个顾客也没有，我有时便任凭自己的姿态萎靡下去，这时男孩 AF 雷克斯只好碰碰我的胳膊，让我重新站直。

接下来的一天早晨，当铁格栅升起时，不但是那台库廷斯机器，就连整段不寻常的街面都消失了。污染也不见了，天空的缝隙回来了，湛蓝湛蓝的，太阳向商店里倾洒着他的滋养。出租车流又开始平稳地挪动了，司机们都心花怒放。就连路过的跑步者的脸上也都带着微笑。库廷斯机器在的那段时间里，我一直在担心乔西也许正想回到店里，却被污染挡住了。可现在一切都过去了，店里和店外人人情绪高涨。我感觉，如果说乔西有一天会回来，那一天一定就是今天了。可是，到了下午过半的时候，我开始意识到这个想法有多么不理智了。我不再在窗外的街道上寻找乔西的身影，而是专注于了解更多外面的世界。

* * *

库廷斯机器消失了两天后，一个留着短刺猬头发型的女孩走进商店，我估测她的年龄在 12 岁半。那天早上她打扮得像个跑步者，穿着一件亮绿色的背心，露出两条过细的胳膊，一直露到肩膀。她是和她的父亲一起进来的，后者身穿一套休闲办公室套装，相当高级；两人在浏览商品的过程中，起初都没有多说话。我一眼就看出了那个女孩对我有兴趣，尽管她只是飞快地朝我这里瞄了一眼，然后返身回了商店前区。不过，一分钟后，她又来了，假装在聚精会神地看着就在我前面的那辆玻璃展品推车里面的手镯。接着,她先是东张西望了一番,确定父亲和经理都没有在看她,然后试探性地把身体的分量靠在推车上,推动它的脚轮往前滚了一两英寸。她一面这样做,一面看着我,露出一丝微笑,仿佛挪动推车是我俩之间的一个特殊的秘密。她把推车拉回原位,再次冲我咧嘴一笑,然后叫道:"老爸?"父亲没有回应——他被后面两个坐在玻璃桌上的 AF 吸引住了——女孩于是又最后看了我一眼,回父亲身边去了。两人压低了嗓子,说起了悄悄话,时不时地朝我这里瞟上一眼,因此毫无疑问,他们讨论的就是我。经理注意到了这一点,于是从桌子后面起身,来到我身边站定,双手交握在身体前面。

　　终于,又说了好久的悄悄话之后,女孩终于回来了;她大步从经理身边走过,直到她与我面对着面。她依次抚摸我的两只手肘,然后用她的右手握住我的左手,就这样牵着我,两眼直视我的脸。她的表情相当严苛,但那只牵着我的手却轻柔地捏了捏我,我明白这是她设计的又一个我俩之间的小秘密。但我没有对她微笑。我始终面无表情,目光越过女孩的刺猬头,盯着对面墙上的红架子,尤其是倒扣在第三层上的那排陶瓷咖啡杯。女孩又捏了两回我的手,第二回已经不那么轻柔了,但我并没有垂下目光看她,也没有微笑。

　　与此同时,那位父亲也走了过来,步伐很轻,生怕打扰了这一或许是不同寻常的时刻。经理也过来了,此刻就站在父亲的身后。我注意到了这一切,却依然两眼紧盯着红架子和陶瓷咖啡杯不放,那只被她握住的手也故意软绵绵的,只要她一放开,我的手立刻就会沉沉地落回体侧。

　　我越来越强烈地意识到经理的眼睛正紧盯着我。这时我听到她说:"克拉拉很棒。她是我们最好的 AF 之一。但这位年轻的女士或许会有兴趣看一看刚刚到货的最新 B3 型号。"

"B3?"那位父亲听上去非常兴奋,"你们已经有 B3 了?"

"我们和我们的供应商建立了专享合作关系。他们刚刚送到,还没有调校好。但我很乐意为你们展示一下。"

刺猬头女孩又捏了一下我的手。"可是老爸,我就想要这个。她正合适。"

"可他们有新出的 B3 呢,宝贝。你就不想看一眼吗?你认识的人当中,没有一个有 B3 呢。"

一阵漫长的等待过后,女孩终于放开了我的手。我任凭那只手臂落下,眼睛依然看着红架子。

"这些新 B3 到底有啥了不起的呢?"女孩边说着,边转身朝父亲走去。

方才女孩牵着我手的时候,我一直没有去想罗莎,可现在我意识到了她的存在——她就站在我的左边,一脸惊诧地看着我。我想让她把目光别开,可最后还是决定目不转睛地望着红架子,直到那个女孩、她的父亲还有经理全都远远地走到商店后面去了。我能听见那位父亲被经理的某句话逗得哈哈大笑,等到我终于能朝他们那里张望一眼的时候,经理已经在打开商店最后面那扇员工专用门了。

"真不好意思,"她嘴里说着,"这里有点乱。"

那位父亲则说:"我们很荣幸能进到这里来。对吧,宝贝?"

他们进去了,门在他们身后关上,我也听不见他们的对话了,尽管我一度听到那个刺猬头女孩的笑声。

余下的半个上午依旧繁忙。就在经理帮那位父亲填他们那台新B3的送货单的时候,更多的顾客走进了商店。因此,直到下午大家终于能够喘口气的时候,经理才走到我跟前。

"我对你今天上午的表现非常吃惊,克拉拉,"她说道,"我怎么也想不到你会这样。"

"我很抱歉,经理。"

"你这是怎么啦?你平时不是这样的。"

"我非常抱歉,经理。我不是有意要制造难堪的。我只是想,对于那个孩子而言,我也许不是最好的选择。"

经理继续看着我。"也许你是对的,"她终于说道,"我相信那个女孩会对那个B3男孩很满意的。即便如此,克拉拉,我依然非常吃惊。"

"我非常抱歉,经理。"

"这一回我支持了你。但没有下回了。是顾客在挑选AF,千万不要弄反了。"

"我明白,经理。"说完我又轻轻地添了一句:"谢谢你,经理。谢谢你今天所做的一切。"

"不用谢,克拉拉。但是别忘了:没有下回了。"

她正要走远,却又转身折返了回来。

"不会吧,克拉拉?难道是你以为自己已经有约了?"

我以为经理打算训斥我一番,就像她有一回训斥那两个站在窗前嘲笑乞丐人的男孩AF一样。可经理只是抬起一只手放在我的肩上,用一种比之前更轻柔的声音对我说:

"让我来告诉你一件事,克拉拉。孩子们总是在许诺。他们来到窗前,许诺各种各样的事情。他们许诺会回来,他们求你不要让别人把你领走。这种事情一直在发生。但十有七八,那个孩子永远也不会回来。或者,更糟糕的是,那个孩子回来了,却看也不看一直在等他的那个 AF,反而转身选了另一个。孩子们就是这样的。克拉拉,你一直在观察,在学习,也学到了很多。那么,这就是我要教给你的又一课。你明白了吗?"

"是的,经理。"

"很好。那么这种事情就到此为止了。"她碰碰我的胳膊,转身走开了。

新到的 B3——三个男孩 AF——很快就调校好了,然后各就各位。其中两个直接就进了橱窗,配上一块大大的新招牌,第三个则得到了前区壁龛的位置。第四个 B3,当然咯,已经被那个刺猬头女孩买下运走了,我们这些人连见都没有见过他。

罗莎和我依然在商店中区,虽说新的 B3 一到,我们就要被移到红架子那一侧了。结束了我们在橱窗里的轮值后,罗莎养成了一个新习惯,那就是重复经理对我们说过的话:什么"店里的每一个位置都是好位置"啦;什么"我们在商店中区被选中的可能性和在橱窗或前区壁龛里一样大"啦。嗯,就罗莎而言,这话倒是不假。

那一天开始的时候,没有任何迹象暗示这样的大事就要发生了。无论是往来的出租车和路人,还是铁格栅升起的样子,或是经理和我们打招呼的方式,全都没有任何异常。可是,到了那天晚上,罗莎已经被人买下了,消失在了那扇员工专用门后面,准备发运。我想我一直以为,在我们中的一个离开商店之前,我俩会有足够的时间把一切都细细谈过。可事情发生得太快了,那个男孩和他的母亲一进门就选中了她,我几乎没有留意到任何他俩身上的有用信息。两人刚一离开,经理刚一确认她已被买下,罗莎就兴奋不已，我们甚至都没法儿好好谈一谈。我想要和她再温习一遍她必须牢记的那许多事情，帮助她日后做一个好 AF；想要同她再回想一遍经理给过我们的所有教导，向她解释我所获取的一切对于外面世界的认知；可她只是忙不迭地抛出一个接一个的问题。男孩的房间会有高高的天花板吗？那家人会开什么颜色的车？她会有机会看见大海吗？他们会叫她把野餐打包，装进篮子吗？我试图提醒她要记得太阳的滋养，记得那有多么的重要，还自言自语地发问：不知道她的房间方不方便太阳看进屋里来，可罗莎对这些全都不感兴趣。接着，不等我们反应过来，时间就到了，罗莎就该告别商店，走进后面的房间了。我看到她回头给了我最后一个微笑，然后便消失在了那扇门后。

* * *

罗莎走后的那些日子里，我依然待在商店中区。橱窗里的那两个 B3 已经被人买下了，只相隔一天，男孩 AF 雷克斯也在此前后找到了家。很快，又有三个 B3 到了——又都是男孩 AF——经理把他们放在了我正对面，就在杂志桌那边，和那两个旧型号的男孩 AF 放在一起。我和这一组 AF 之间隔着玻璃展品推车，因此我不太能听见他们说话。可我有充足的时间观察他们；我看到了那两个旧男孩 AF 如何热情地欢迎新 B3，给了他们各种有用的建议。我据此猜测他们相处得很好。可是后来，我开始注意到一些奇怪的事情。比方说，某一天上午，随着时间的推移，一点一点的，那三个 B3 会从两个旧 B2 的身边挪开。或者，一个 B3 会突然对窗外的某样东西起了兴趣，走过去查看，回来的时候，站位却会稍稍偏离之前经理替他选定的位置。四天后,一切都确凿无疑了:那三个新 B3 在刻意地远离两个旧 AF,这样有顾客进店的时候,B3 们看起来就好像是一个独立的小团体。我起初不愿意相信这件事——不愿意相信 AF 们,尤其是经理亲手挑选的 AF 们,竟然会如此行事。我替那两个旧 AF 难过,但随即意识到,他们什么也没有察觉。另一件他们没有察觉、我却很快注意到的事情是,每当有一个旧男孩 AF 不厌其烦地向 B3 们解释一样东西的时候,后者如何交换狡黠的眼神与暗示。据说,新 B3 们获得了各式各样的改进提升。可如果他们的头脑能够生出这样的想法,他们怎么能做孩子们的好 AF 呢?如果罗莎还在我身边,我一定会和她讨论我所看到的一切,可是,当然咯,她那时已经不在了。

* * *

一天下午,就在太阳的目光一直延伸到商店最里面的时候,经理来到我的身边,对我说:

"克拉拉,我决定再给你一次进橱窗的机会。这回只有你一个,但我知道你不会介意的。你一直对外面的事情那么感兴趣。"

我大吃一惊,只是看着她,没有说话。

"亲爱的克拉拉呀,"经理说,"以前我倒是一直替罗莎操心呢。你不着急,对吧?你千万别着急。我一定会让你找到一个家的。"

"我不着急,经理。"我说。我差点把乔西的事情说出口,还好在最后一刻打住了,因为我想起了刺猬头女孩来过店里之后我俩的那次谈话。

"那就从明天起，"经理说，"只有六天。我还会给你一个特价。记住了，克拉拉，你又要代表整间商店了。所以，全力以赴吧。"

我的第二次橱窗经历和第一次的感觉有所不同，但那并不是因为罗莎不在我身边。外面的街道和以前一样生气勃勃，但我发现自己得多花些力气才能为眼前的事物而兴奋了。有时，一辆出租车会放慢车速，一个路人会俯身和司机交谈，这时我就会试图猜测他们是朋友还是敌人。另一些时候，我会看着小小的人影从RPO大楼的窗前走过，试图理解他们的动作有何意味，想象每一个人影在各自的长方格子中现身前在做些什么，之后又会做些什么。

我在我的第二次橱窗经历中观察到的最重要的一件事发生在乞丐人和他的狗身上。那是第四天的一个下午，天色阴沉沉的，一些出租车都亮起了小灯；我注意到乞丐人不在那个老地方了，他平时总是坐在RPO大楼和太平梯大楼中间那扇空房门前和路人打招呼的。我起初没有多想，因为乞丐人经常想走就走，有时一走就是好久。可是后来当我朝街对面望去时，我意识到了他原来就在那里，他的狗也在，我之前没有看到，是因为他俩都躺在地上，紧靠着空房门，免得挡着路人们，所以从我们这一侧看去，你完全可能把他们当成城市工人有时落在那里的袋子。可是，当我透过人流的间隙持续观察他们的时候，却发现乞丐人一动也不动，他怀抱中的狗也是。有时一个路人会注意到他俩，暂时停下脚步，但很快又抬脚走开了。最后，太阳几乎已经落到了RPO大楼后面，乞丐人和狗却还是同样那副他们已经保持了一整天的老样子——显然他们已经死了，尽管路人们对此一无所知。我感到一阵伤悲，虽说这也算得上是一件幸事——他们死在了一起，彼此相拥，直到最后还在试图帮助对方。我希望有人会注意到他们，把他们带去一个更好的地方，更安静的地方；我想着要和经理说一说。可是，等到我该从橱窗里下来，准备过夜的时候，她却看上去非常疲惫，非常严肃，我决定还是什么也不说为好。

第二天早上，铁格栅升起，天气真是好极了。太阳向大街上，向大楼里倾洒着他的滋养，我朝乞丐人和狗昨天死去的地方看去，却发现他们竟然没有死——太阳发出的某种特殊的滋养救了他们。乞丐人还没有站起来，但一脸微笑地坐着，背靠着空房门，一条腿伸着，另一条腿弯着，好把胳膊架在膝盖上；而他空出来的那只手，这会儿正爱抚着狗的脖颈——他的狗也活过来了，正摇头晃脑地看着来往的路人。他俩都在如饥似渴地吸取太阳的特殊滋养，正以肉眼可见的速度强壮起来；看得出来，很快，也许不到下午，乞丐人就能重新站起来，一如既往地在空房门前和路人开心地交谈了。

一眨眼，我的六天时间就结束了；经理告诉我，我为商店争了光。我在橱窗里的这些日子，进店的人数，据她说，超出了平均数，听到这话我很高兴。我感谢她给了我第二次机会，她则微笑着说，她确信我无须再等太久了。

* * *

十天后，我被挪到了后区壁龛里。经理知道我多么爱看外面的世界，因此向我保证我只需在那里暂待几日，然后就能重返中区了。再说了，后区壁龛也是一个非常好的位置；一点不错，我发现我根本就不介意。我一直很喜欢现在坐在靠后墙的玻璃桌上的那两个 AF，这下我们挨得近了，就可以说上很久的话了——我会朝他们那边招呼，只要店里没有顾客。不过呢，后区壁龛是在拱门后面，因此从这里不但看不到外面，就连商店前区也很难看到。如果我想在顾客一进门的时候就窥见他们，就得往前探出头去，一直探过拱门的一侧，而即便是那样——即便我往前再走几步——我的视野依然会受到杂志桌上的银花瓶还有站在中区的那几个 B3 的干扰。另一方面，也许是因为我们离街道更远了吧——或者是因为商店后区的天花板倾斜向下的角度——我能更清晰地听到屋里的动静了。这就是为什么一听到她的脚步声，根本不用等她说话，我就知道乔西进店了。

"那家人为什么要喷那么多香水？我差点要呕了。"

"香皂，乔西。"这是母亲的声音，"不是香水。手工香皂，而且非常精致。"

"反正，上回不是那家店。是这家。我早跟你说了，老妈。"我听着她迈开小心翼翼的脚步从地板上走过。接着她又说道："肯定就是这家店了。可她不在这儿了。"

我往前迈了三小步，直到我能透过银花瓶和 B3 中间的空隙看到母亲，她的目光正盯着某样我视野之外的东西。我只能看到她的半边脸，但我觉得她似乎比我上次看到她时的模样更加疲惫了——那一回她是站在人行道上，就像一只迎着风、落在高处的黑鸟。我猜她是在看着乔西——而乔西则是在看着前区壁龛里那个新到的女孩 B3。

过了许久，屋里都没有人说话。这时母亲开口了："你怎么看，乔西？"

乔西没有回答，我听到母亲从地板上走过的脚步声。此时我感受到了店里那种特殊的沉寂——只有当所有的 AF 都在屏息聆听，揣测同伴能否售出时，才会这样地静默无声。

"孙怡是 B3，当然咯，"经理说，"我所见过的最完美的 B3 之一。"

我现在能看见经理的肩膀，但依然看不到乔西。这时我听到乔西的声音说：

"你真的很棒，孙怡。所以，请不要误会我。只是……"她欲言又止。我又听到了她小心翼翼的脚步声；接着，我终于能看见她了。乔西正在商店里举目四顾。

母亲说："我听说这些新 B3 有着很好的认知与记忆功能。不过有时候他们不那么有同理心。"

经理发出一个既是叹气又是大笑的声音。"一开始的时候，也许吧，听说是有一两个 B3 有一点任性。但我绝对可以向您保证，这位孙怡不会出现此类问题。"

"您不会介意，"母亲对经理说，"我和孙怡直接对话吧？我有几个问题想问问她。"

"可是老妈，"乔西插嘴道——她现在又走出了我的视野——"干吗要这样呢？孙怡很棒，我知道。可她不是我想要的那一个。"

"我们不能没完没了地找下去，乔西。"

"可上回就是这家店，我一直在跟你说的，老妈。她当时就在这里。我猜是我们来晚了，就是这么回事。"

真是不凑巧：偏偏就在我被挪到了商店后区的时候，乔西竟然来了。即便如此，我还是确信她迟早会来到我所在的商店区域,一眼看到我,这就是我当时站在原地不动、一声不吭的一个原因。但或许我这么做还有另一个更深层的原因:在我意识到是谁走进商店的那一刻,就在我的心感受到喜悦的同时,一种恐惧也钻进了我的头脑,而这种恐惧与经理那天对我说过的那番话有关,她说过孩子们如何爱许下诺言,却一去不回;就算回来,他们也会视而不见那个他们曾经许诺过的 AF,转而选择了另一个。也许这就是为什么我继续无声地在原地等待着。

这时经理的声音再度响起,语调中有了某种刚才没有的东西。

"不好意思,小姐。您该不是在寻找某个特别的 AF 吧?某个您之前在这里见过的 AF?"

"是的,太太。你们前一阵子还把她放在橱窗里的。她真的好可爱。真的好聪明。看上去就像法国人,知道吗?短发,颜色很深,全身的衣服也都是深色的;她还有一双最最善良的眼睛,而且她是那么地聪明。"

"我想我或许知道您指的是谁,"经理说,"如果您愿意跟我来,小姐,我们马上就能揭晓答案了。"

直到这时,我才终于动身走到了一个她们能看见我的地方。一整个上午我都置身太阳的图案之外,但现在我跨入了两个明亮的、彼此相交的长方形中,就在这时经理来到了拱门跟前,乔西紧随其后。乔西看到我时,她的脸上满是喜悦,脚下的步子也随即加快了。

"你还在这儿!"

她比上回更瘦了。她迈着她那没有把握的步子不断地靠近,我以为她打算拥抱我,可就在最后一刻她却站住了,直视着我的脸。

"噢，天啊！我真的以为你已经走了！"

"我为什么要走呢？"我平静地说，"我们约好了的。"

"是啊，"乔西说，"是啊。我想我们是约好了的。我想都是我弄砸了。我是说，过了这么久。"

我对她露出微笑，她则回头喊道："老妈！就是她！就是我一直在找的那一个！"

母亲缓缓地朝拱门走来，然后停住了。有那么一刻，三个人全都看着我：乔西在最前面，一脸灿烂的笑容；经理就在她身后，同样在微笑，但神情中却透着一丝谨慎，我把这看作是她想要传递的一个重要信号；最后是母亲，两眼眯缝着，就像人行道上的路人努力想看清一辆出租车是空车还是有客时的模样。我一见到她还有她看我的眼神，那种恐惧——刚才乔西喊出"你还在这儿"时几乎已经烟消云散的恐惧——又回到了我的头脑中。

"我不是存心要等那么久的，"乔西还在说话，"可我生了点小病。不过现在好了。"说完她又回头喊道："老妈？我们能不能直接把她买了？赶在别人进来把她领走之前？"

房间里沉默了一阵子，然后母亲平静地说："这个不是 B3 吧，我猜。"

"克拉拉是一台 B2，"经理说道，"第四代——有人说，这一代从未被超越。"

"但不是 B3。"

"B3 的创新的确让人赞叹。但也有一些顾客觉得，对于某一类孩子而言，一个顶尖的 B2 依然是最幸福的伙伴。"

"明白了。"

"老妈。克拉拉就是我想要的那一个。别的我都不要。"

"稍等一会儿，乔西。"说完她又问经理道："每一个人工朋友都是独一无二的，对吧？"

"一点不错，太太。尤其是这一级别的人工朋友。"

"那么，这一台的独特之处在哪里呢？这个……克拉拉？"

"克拉拉有着许多独特的品质，真要说起来，我们可以说一上午呢。不过，如果要我突出强调她的一个特质，唔，那我一定要说她对观察和学习的热爱。她能够接受并且融合她所看到的身边的一切，这种能力真是让人称奇。因此，在这家店里的所有AF当中——包括B3在内——她的理解力目前是最为成熟的。"

"是吗。"

母亲又一次眯起眼睛看着我。接着她朝我走近三步。

"你不介意我问她几个问题吧？"

"您请。"

"老妈，拜托……"

"不好意思，乔西。我和克拉拉谈话的时候，你就在那边站一会儿。"

这下就只剩母亲和我了。尽管我努力保持着脸上的笑容，但那并不容易；甚至，我或许还让脑海中的恐惧表露了出来。

"克拉拉，"母亲说，"我要你别朝乔西那边张望。现在，告诉我，不要看：她的眼睛是什么颜色的？"

"灰色的，太太。"

"很好。乔西，我要你保持绝对的静默。现在，克拉拉。我女儿的声音。你刚刚听到她说话了。你说说，她的音高是怎样的？"

"她说话时的音高介于中央 C 之上的降 A 音和高八度 C 音之间。"

"是吗？"又一阵沉默过后，母亲说道："最后一个问题，克拉拉。你有没有注意到我女儿走路的方式？"

"她的左髋部或许有问题。还有，她的右肩可能会痛，所以乔西会以一种让右肩避免突然性动作或非必要冲击的方式走路。"

母亲思考着我的话。接着她又说："好吧，克拉拉。看来你懂得挺多。那么能不能请你为我重现乔西的步态？你愿意吗？就现在？我女儿的步态？"

越过母亲的肩膀，我看到经理的嘴唇翕张着，似乎要说话。可她什么也没有说，而是迎上我的目光，几不可察地对我点了点头。

于是我迈开了脚步。我意识到，非但是母亲——当然还有乔西——整间商店此刻都在注视着，倾听着。我走到拱门下面，走入太阳铺陈在地板上的图案。然后我走向商店中区的那几个B3，还有玻璃展品推车。我竭尽全力地重现我所看到的乔西的步态——第一回是在她走下出租车后，那时罗莎和我都在橱窗里；接着是四天后，母亲刚一抽回按住她肩膀的那只手，她便冲着橱窗走来；最后就是我刚刚看到她的样子，迫不及待地走向我，眼中满是欣慰与快乐。

我走到玻璃展品推车前，动身绕开它，一边尽力不去碰到站在推车旁的那个男孩B3，一边还要小心翼翼地保持乔西的步态特征。

可就在我要原路返回的时候，我抬眼一瞥，正好看到母亲，而我所看到的某样东西让我停住了脚步。她依然在用心地看着我，但她的目光似乎径直穿透了我，在我的身后聚焦，似乎我是一块窗玻璃，而她正聚精会神地看着玻璃后面很远的地方的某样东西。我就站在玻璃展品推车边上不动了，一只脚悬空，脚跟离地。商店笼罩在一片奇怪的静默中。这时，经理说话了：

"如您所见，克拉拉拥有超乎寻常的观察力。我从未见过有谁像她这样。"

"老妈。"这一回乔西的声音很轻，"老妈。拜托了。"

"很好。我们要她了。"

乔西迫不及待地朝我走来。她伸出双臂环抱我，将我拥入怀中。我的目光越过孩子的头顶，看到了经理快乐的微笑，还有母亲那张憔悴严肃的脸——她正低着头，在单肩包中翻找着什么。

第二部

厨房里的路尤其难走，因为里面太多的元素会时时变换彼此的相对关系。我现在开始体会到经理是如何将商店里的所有东西——这当然是出于对我们的体贴——归位得井井有条了，哪怕是像手镯或银耳饰盒那样的小东西。然而，在乔西家里的每一处地方，尤其是在厨房，梅拉尼娅管家却会不停地把东西挪来挪去，迫使我重新开始学习。一天早上，比方说，梅拉尼娅管家在四分钟内变动了四次食物搅拌器的位置。不过，一旦我确认了中岛的重要性，事情就变得简单多了。

中岛位于厨房的中心位置；也许是为了凸显其固定不变的性质，这里贴着淡棕色的瓷砖，好像大楼的砖块。中岛的中央嵌着一个亮闪闪的洗涤槽，三只高脚凳沿着岛体的长边排开，供住户们落座。在最初的日子里，乔西还很健壮，时常坐在中岛边做作业，或者只是用她的铅笔和速写簿放松。一开始，我发现自己很难在中岛的高脚凳上落座，因为我的脚够不到地面；如果我想要晃腿，脚就会被一根横穿高脚凳框架的杆子挡住。但很快我便学乔西的样，将手肘牢牢地支在中岛上面，从那以后我便感觉安全多了——尽管梅拉尼娅管家永远都有可能突然出现在我背后，伸手打开水龙头，哗哗地放出湍急的水流。这种事情第一次发生的时候，我吓了一大跳，险些失去平衡，可坐在我身边的乔西却几乎动也不动，我也很快明白了几星水沫并没有什么可怕的。

厨房的房间格局非常适合太阳看进屋里来。这里有着大大的窗户，开向广阔的天空和几乎从来没有汽车或路人的户外。站在大窗户前，你可以看着公路翻过山头，经过远处的树林。厨房里时时充盈着太阳最好的滋养，而且除了大窗户，高高的天花板上还开了一个天窗，可以用遥控器打开或隐藏。梅拉尼娅管家经常会在太阳正好送来滋养的时候遥控百叶帘遮住天窗，起初这种做法让我很是担心。但我很快发现乔西的身体很容易过热，因而学会了在太阳投在她身上的图案过于强烈的时候，自己使用遥控器。

起初让我感觉陌生的不仅仅是车流和人流的稀少，还有其他 AF 的缺席。当然，我本没有指望房子里会有其他的 AF，而从许多方面来讲，我很高兴自己是唯一的那个，因为这样我可以把注意力完全集中在乔西身上。然而，我也意识到了我已经多么习惯于就身边其他 AF 的观察与判断做出自己的观察与判断了，而这又是一个我必须做出调整的地方。我时常望着屋外那条翻过山头的高速公路——或是卧室后窗外面田野那头的景色——意识到自己是在用目光搜索远处某个 AF 的身影，随即却又想起了这种事情是多么不可能，因为这里距离城市和别的房子是那么远。

在我住进那栋房子的最初时日里，我愚蠢地把梅拉尼娅管家当成了某个类似经理的角色，因而产生了一些误会。比方说，我一度以为她有责任向我介绍我的新生活的各个方面，因此，可以理解的是，梅拉尼娅管家发觉我频繁出现在她身旁的行为既奇怪又讨厌。当她最终愤怒地转身对我吼出"AF，别再跟着我了，走开！"时，我吃了一惊，但很快认识到了她在这栋房子里的角色与经理迥异，犯错的人是我。

但即便是考虑到这些因我而起的误会，我也很难不相信梅拉尼娅管家从一开始就对我的存在心存芥蒂。尽管我待她一以贯之地礼貌，尤其是在最初几天，还一直试图通过做一些小事来取悦她，她却从不回应我的微笑，也从不对我说话，除了发号施令或是斥责我。如今，在我将这些记忆全部整理汇总起来后，我能明显看出她的敌意与她更大的担忧有关——她担忧会有什么事情发生在乔西身边。可是在当时，我很难为她的冷漠找到解释。她似乎老是想要缩短我和乔西相处的时间——这当然是与我的职责相悖的——而且，一开始，她甚至试图阻止我进入厨房，在母亲喝她那杯匆忙的咖啡、乔西坐下来享用早餐时现身。多亏了乔西的强烈坚持——母亲最终做出了有利于我的裁决——我才获准在每天早晨的这个重要时刻进入厨房。即便如此，梅拉尼娅管家还是坚持要我在乔西和母亲坐在中岛边的时候一直站在冰箱那里，直到乔西又抗议了几回之后，我才终于获准和她们一同落座。

　　母亲的那杯匆忙的咖啡，如我所说，是每天早晨的一个重要时刻，而我的任务之一就是适时叫醒乔西，免得迟到了。然而，尽管我一催再催，乔西却常常直到最后一刻才肯起来，然后从她的套房卫生间里面对我扯开嗓子大叫："快点，克拉拉！我们要迟到啦！"尽管我已经站在了门外的楼梯口上，焦急地等待着。

　　下楼后我们会看到母亲正坐在中岛旁，边喝咖啡边盯着她的矩形板，梅拉尼娅管家则候在一旁，随时准备为她续杯。乔西和母亲往往没有太多时间交谈，但我很快发现这丝毫不影响这一刻的重要性，因为乔西能够在母亲喝这杯匆忙的咖啡的时候，陪她坐上一会儿。有一回，乔西被病痛折腾了大半夜，我因而在叫醒她之后又让她睡过去了，以为多休息一会儿对她有好处。等到她醒来时，她对我大吼了一通气话；尽管她很虚弱，却还是紧赶慢赶，想要及时赶下楼。可是，等到她从套房里出来时，我们却听到了母亲的汽车从楼下的碎石地上开过的声音；我们匆匆赶到前窗边，刚好看到她的汽车驶向远处的山头。乔西没有再对我大吼大叫，可等到我们进了楼下的厨房，她在用早餐的全程中却一直没有微笑。从那以后我就明白了，如果她没能陪伴母亲喝那杯匆忙的咖啡，她这一整天都有可能被孤独感所渗透，无论有什么别的事情来填充余下的时间。

偶尔，母亲早上不必着急；当她穿上她那套高级服装，手袋靠在冰箱上的时候，她会慢条斯理地喝那杯咖啡，甚至从高脚凳上起身，一手拿着杯子，一手端着杯托，在房间里走来走去。有时她会站在大窗户前，沐浴在太阳早晨的图案中，说着这样的话：

"知道吗，乔西，我感觉你已经放弃彩色铅笔画了。我喜欢你现在画的那些黑白画。可我真的很怀念你的彩笔画。"

"老妈，我已经认清了我的彩笔画有多么地丢人现眼。"

"丢人现眼？噢，你说什么呢！"

"老妈，我画彩笔画就像你拉大提琴。事实上，只会更糟。"

就在乔西说出这话时，母亲的脸上绽开了微笑。母亲不常微笑，但每当她微笑时，她和乔西的笑容总是惊人的相似：她的整张脸似乎都洋溢着善意，而那些平时制造出那般紧张表情的皱纹，此时却会折叠重组，传达出的是幽默与温和。

"我得承认，我的大提琴演奏水平，哪怕是在其最辉煌的时刻，听上去也像是吸血鬼德古拉的奶奶。可你对色彩的运用更像是，唔，夏夜的湖泊。诸如此类吧。你用色彩能做出一些很美的东西来，乔西。做出别人连想都没想过的东西来。"

"老妈,孩子的画在父母的眼里总是那样的。这和进化有关。"

"你猜怎么着?我觉得这一切都是因为有一回你带到聚会上来的那张你画的非常棒的传单。上上一次聚会的时候。那个姓理查兹的女孩说了两句有点讽刺的话。这话我之前就跟你说过了,我知道,可我还是得再啰嗦一遍。那位年轻的女士嫉妒你的才华。所以她才会说出那样的话来。"

"好吧。如果你真这么想,老妈,我说不定真会重拾彩笔画呢。而作为回报,你或许也可以重拾你的大提琴。"

"哦,没门。那一切对我来说已成过去了。除非有人急着要给他们自拍自导的僵尸片找配乐。"

然而,另有一些早晨,母亲会自始至终紧绷着脸,没有笑容,哪怕那杯匆忙的咖啡她不必急着喝完。如果乔西这时说起她那台矩形板里的家庭教师,竭尽所能地拿他们打趣,母亲会一脸严肃地听着,然后插嘴道:

"我们可以换老师的。如果你不喜欢这家伙,我们随时可以换。"

"不,老妈,拜托。我只是随便说说,好吗?事实上,这家伙比上一个要好多了。而且他还挺好玩的。"

"很好。"母亲这时会点点头,依然一脸严肃,"你总是愿意公正地给别人一个机会。这是一个很好的品质。"

那些日子里,乔西健康状况还不错,总是喜欢等母亲下班回家后再吃晚饭。这意味着我俩会上楼去乔西的卧室等待母亲归来——一边看着太阳去往他的休憩之所。

正如乔西许诺的那样,透过卧室的后窗,我们的视线能毫无遮拦地越过田野,直达地平线,看着太阳在结束了他的一天后沉入大地。尽管乔西总喜欢说"那片田",那事实上是彼此相接的三片田，你只要细看，肯定能看见那些标识着田与田间边界的桩子。三片田里的草都长得好高，每当起风时，草便随风摇摆，看起来就像是有个隐身的路人在草丛中匆匆走过一样。

卧室后窗外的那片天空比商店窗外那道天空的缝隙要大上许多——而且变化莫测。有时它是果盘里柠檬的颜色，接着又会变成石案板的灰色。在乔西不太舒服的时候，天空会变成她的呕吐物和她灰白的排泄物的颜色，甚至呈现出一道道血色。有时，天空会被分割成一组紫色的方格，每一格的色度都和相邻的一格有所不同。

卧室后窗边摆着一张米色的软沙发，我在脑海中将它命名为"纽扣沙发"。尽管沙发面朝屋里摆放，乔西和我却喜欢跪在上面，胳膊抵住它的软垫靠背，久久地望着窗外的天空和田野。乔西清楚我有多么爱看太阳的最后一程路，因此我们只要有机会，就会爬上纽扣沙发观看。有一回，母亲回来得比平常要早，和乔西正坐在中岛边的高脚凳上说着话——为了不打扰她们，我这时已经站到了冰箱旁边。母亲那天晚上兴致很高，语速很快，讲着办公室里各路人物的滑稽事，时不时还打住话头，哈哈大笑，有时一气笑上好久，差点笑背过去。两人话说到一半，母亲眼看着又要大笑起来了，可就在这时，乔西插嘴道：

"老妈，这故事真有意思。可你介不介意克拉拉和我上楼去我的房间待一会儿？克拉拉真的好喜欢看日落，我们现在要是还不上楼，可就看不着了。"

她说这话的时候，我环顾四周，看到厨房里已经充满了落日的光芒。母亲紧盯着乔西，我以为她马上就要动怒了。可是很快，她的脸庞就柔和了下来，转而露出了她那善意的笑容，嘴里说道:"当然可以,宝贝。你们去吧。去看你们的日落。然后我们就吃晚饭。"

除了田野和天空,我们透过卧室后窗看到的景物中,还有一样东西引起了我的好奇,那就是最远的那片田野尽头一个四方形的黑影。草丛在它周围变幻不定,它却一动不动;而当太阳沉向大地,眼看就要碰到草丛时,那个黑影在他的光芒面前依然静立着。也正是在那天傍晚——那天,乔西为了我甘冒惹母亲生气的风险——我第一次向她指出了那个黑影。随着我的手指,她在纽扣沙发上撑起身体,两手在眼睛上方搭起凉棚。

"哦,你是说麦克贝恩先生的谷仓啊。"

"谷仓?"

"也许那其实并不是谷仓,因为它有两面是敞空的。更像是个棚子吧,我猜。麦克贝恩先生在那里面放些东西。我有一回和里克去过那里。"

"不知道太阳为什么要去那样一个地方休息。"

"是啊,"乔西说,"你会以为太阳应该需要一座宫殿,最起码的。也许打我上次去过之后,麦克贝恩先生又对那里做过一场大升级呢。"

"不知道乔西是什么时候去的那里。"

"哦,很久以前了。里克和我那会儿还很小呢。那是在我得病之前了。"

"那附近有没有什么不同寻常的东西?一道大门?或者是通往地下的阶梯?"

"呵呵,没有。只有那座谷仓。而且我们很高兴找到它,因为那会儿我们还小,又走了那么远的路,真的累坏了。提醒你一句,那会儿离日落还早着呐。如果那里真有通向宫殿的入口,肯定也是藏好了的。也许大门刚好会在太阳到来的前一刻打开?我看过一部那样的片子,里面的那些坏蛋把总部建在了一座火山里,山顶上的一片你以为是熔岩湖的东西会像滑门一样打开,下一秒他们就坐着直升机飞进去了。说不定太阳的宫殿也是这样的原理。反正呢,我和里克,我俩当时并不是有意在找那个地方。我们跑去那里只是图个开心,然后我们就走热了,想找个阴凉的地方。所以我们就在麦克贝恩先生的谷仓里坐了一会儿,然后就回来啦。"她轻轻碰了碰我的胳膊,"真希望我们当时能看到更多的东西,只可惜没有。"

太阳这时已经变成了一道窄线,透过草丛闪着光芒。"他走啦,"乔西说道,"但愿他睡个好觉。"

"不知道这个男孩是谁。这位里克。"

"里克?就是我最好的朋友。"

"哦,我明白了。"

"嘿,克拉拉,我刚才说错什么话了吗?"

"没有。只是……现在我的职责就是成为乔西最好的朋友。"

"你是我的 AF。这是两回事。里克呢,唔,我们是要在一起过一辈子的。"

太阳现在只是窗玻璃上一个淡淡的粉色印记了。

"没有什么事情是里克不愿意为我做的,"她说道,"可他操心太多了。老是操心会有什么事情来阻挡我们。"

"什么样的事情?"

"哦,你知道的。他有整整一箩筐爱情和浪漫的问题要思考。另外,我猜他还有一件事情。"

"还有一件事情?"

"可他完全是在瞎操心,因为我和里克的事情老早以前就定好了的。这事儿变不了。"

"这位里克现在又在哪里呢?他住在附近吗?"

"他就住隔壁。我会介绍你们认识的。我已经等不及要让你俩见面了!"

* * *

接下来的一周里,我终于见到了里克;也正是在同一天,我第一次从户外看到了乔西的房子。

乔西和我友好地争论过许多回房子的某一部分是如何与另一部分相连的。譬如说,她不愿意相信真空吸尘器室就在大卫生间的正下方。于是,一天早上,在又一轮这样的友好争论之后,乔西说:

"克拉拉,你简直要把我逼疯了。等我一对付完赫尔姆教授,我就带你去外头。我们从外面把这房子整个儿看个清楚。"

这话让我兴奋地期待起来。可首先,乔西得上她的家教课,我则在一边看着她将各种学习材料在中岛上铺开,然后打开她的矩形板。

为了不打扰她,我和她的位子中间还隔了一把空高脚凳。很快我就能看出,课程进行得并不顺利:家庭教师的声音从她的耳机里不时逸出,听上去经常是在斥责她,而她则在活页练习簿上漫无目的地乱涂乱画着,有时甚至会把练习簿推到洗涤槽的边沿,只差一点就要掉下去了。一度,我注意到她的心思完全被人窗户外面的什么东西给勾走了,根本没在听教授说话。过了一会儿,她又在气冲冲地对着屏幕说:"行啦,我做了。我真做了。你干吗就是不信我呢?是的,完完全全照着你的要求!"

这堂课上得比平时要久,可终于还是上完了;最后乔西轻声说道:"好啦,赫尔姆教授。谢谢您。是的。我一定会的。再见。谢谢您今天的课。"

她关掉矩形板,叹了口气,摘下耳机。这时她看到了我,脸上立刻由阴转晴。

"我没忘,克拉拉。我们要出门,对吧?让我稍稍恢复一下理智。那个赫尔姆教授,哇哦,真高兴我再也不用看他了!他住的地方挺热的,看得出来。我见他一直在冒汗。"她从高脚凳上起身,伸展了一下胳膊,"老妈说,我们不管什么时候出门,都必须让梅拉尼娅知道。你趁我披外套的工夫,过去告诉她一声好不?"

我能看出乔西同样也很兴奋,尽管她兴奋的原因我猜是和她上课的时候透过窗户看到的东西有关,无论那是什么。不管怎样,我去了大开间,去找梅拉尼娅管家。

大开间是这栋房子里最大的房间,里面有两张沙发和几个柔软的长方体,以供住户们落座;还有软垫、台灯、绿植,以及一张靠墙角的书桌。那天,在我拉开滑门的那一刻,房间里的各种家具构成一组环环相扣的网格,梅拉尼娅管家的身影在它们复杂的图案当中近乎无法分辨。但我还是看到了她,在一个软长方体的边沿上坐得笔挺,忙着摆弄她的矩形板。她抬起头,用不友善的眼神看着我,可是当我告诉她乔西想要出门时,她立刻丢下她那台矩形板,快步从我身边走过,出了房门。

我在门厅里碰见了乔西,她身上披着那件棕色的衬里夹克——这是她最爱的一件衣服,有时候,她身体不太舒服,哪怕在家里也会穿它。

"嘿,克拉拉。我不敢相信你来这里那么久了,居然从来都没有出去过。"

"是啊,我从来没有出过门。"

乔西看了我一秒钟,然后说道:"你是说,你从来没有**出过门**?不只是在这里没有出过门,而是在哪儿都没有出过门?"

"不错。我以前待在商店里。然后我就来了这里。"

"哇哦。那么这下你有的好开心了!你什么都不用怕,好不好?外面没有野生动物什么的。所以快来吧,我们走。"

梅拉尼娅管家打开正门的那一刻,我感受到新鲜的空气——还有太阳的滋养——进入了门厅。乔西对我露出微笑,脸上满是善意,可就在这时梅拉尼娅管家隔开了我俩,不等我完全明白过来,她已经抓起乔西的胳膊,夹在了自己的胳膊下面。这动作也让乔西吃了一惊,可她没有抗议,而我也意识到了梅拉尼娅管家已然认定,由于我对环境的不熟悉,在户外我没有能力可靠地保护乔西。就这样,她俩一同出了门,我则跟在后头。

我们走上那片碎石地,我猜测这种粗糙的表面是特意为汽车准备的。外面的风和煦又怡人,我不由得想,真不知道这样的风怎么会把山头上那些高大的树木吹得又是弯腰又是摇摆。可我很快就得集中精神,留意脚下了,因为碎石地上有很多凹坑,可能是汽车的轮胎留下的。

此刻展现在我眼前的是一片我透过卧室前窗已经看到过许多回的景色。我继续跟随乔西和梅拉尼娅管家的脚步走上公路,光滑坚实的路面就像铺好的地板，我们踏着这路面走了好一会儿，即使路的两边开始冒出修剪过的草丛。我很想回头看一眼房子——以一个路人的视角，好证实我的判断——但乔西和梅拉尼娅管家还在不停地走着，两人的手臂依然挽在一起，所以我也不敢停步。

过了一会儿，我每走一步无需再那么小心翼翼了，于是抬起头来，看见一座草丘耸现在我们的左侧——还有一个男孩的身影在丘顶附近徘徊。我估测他在15岁上下，虽说我不敢确定，因为他的身形只是灰白的天空下一个黑色的剪影。乔西这时朝小山丘走去，梅拉尼娅管家则说了一句不知什么话，要是在屋内我或许能听清，可户外的声音效果很不一样。不管怎样，我看得出来两人现在起了分歧。我听见乔西说：

"可我想要克拉拉见见他。"

后面的话我没有听见，这时梅拉尼娅管家说道："好吧，不过要快点。"说完便放开了乔西的手臂。

"来吧，克拉拉，"乔西转身对我说着，"我们快上去见见里克吧。"

我们沿着山坡爬上那绿色的小山丘，乔西的呼吸这时变得急促起来，双手紧紧地抓住我。这意味着我只能匆匆地回头一瞥，但我认识到了我们身后并非只有乔西的房子，而是另有一栋房子，伫立在更远的田地里——一个从乔西家的任何窗口都望不到的邻居家。我很想仔细研究两栋房子的外观，但我必须集中精力，确保乔西不会受伤。登上丘顶后，她停下脚步喘着气，可那个男孩既没有和我们打招呼，也没有朝我们这边看。他两只手把着一个圆形装置，望着两栋房子中间的那片天空——一队鸟儿正在那里编队飞行,我立刻意识到那些是机械鸟。他目不转睛地盯着它们,手指碰了一下遥控器,鸟群立刻随之改变了队形。

"哇哦,好漂亮,"乔西说,尽管她这时依然没有喘过气来,"这些都是新的?"

里克的眼睛依然盯着鸟群,嘴巴却说话了:

"最后面的那两只是新的。你能看出来它们不太匹配。"

鸟群这时俯冲而下,一直冲到我们的头顶正上方,在那里盘旋着。

"是啊,可真鸟也不全长得一模一样。"乔西说。

"也许吧。至少现在我能让这一组全体接受相同的指令了。好啦,乔西,瞧着。"

那群机械鸟开始降落,一只接一只地落在我们面前的草地上。但还有两只留在了空中;里克皱着眉,又按了按他的遥控器。

"天啊。还是不对劲。"

"可它们看上去棒极了,里基[①]。"

乔西紧靠里克站着,和他挨得出奇地近;她并没有真的碰到他,但抬起的双手就在他的脊背和左肩后面。

"这两个需要彻底的重新调校。"

"别担心,你会搞定的。嘿,里基,你记得周二的事,对吧?"

"我记得。可是,乔西,我没说过我要来。"

"哦,得了吧!你答应过的!"

"我答应过个头。再说了,我想你的客人们也不会太高兴的。"

"我做东,所以我想请谁就请谁。而且老妈会超喜欢你来的。

[①] 里基(Ricky)是里克(Rick)的昵称。——译注

行啦,里基,这件事我们已经说得够多了。如果我们的计划是认真的,那么这样的事情我们就得一起做。你必须能够应付得和我一样好。再说了,为什么我就得孤身一人面对那群人呢?"

"你不会孤身一人的。你现在有你的 AF 了。"

最后两只鸟儿落地了。他又碰了碰遥控器,整群鸟随即在草地上进入了休眠模式。

"哦,天啊,我还没有介绍你俩认识呢!里克,这是克拉拉。"

里克的注意力依然集中在手中的遥控器上,眼睛并没有朝我这边看。"你说过你永远都不会要 AF 的。"他说。

"那是从前。"

"你说过你永远都不会要的。"

"哎,我改主意了,行了吧?再说了,克拉拉可不是**一般**的 AF。嘿,克拉拉,和里克说句话。"

"你说过你永远都不会要的。"

"行啦,里克!我们小时候说过的话,长大了不可能都兑现的。凭什么我就不能有 AF 呢?"

现在她把两只手按上了里克的左肩,让身体的分量落在上面,仿佛是想把里克压得矮一些,好让两人的身高齐平。而里克似乎并不介意她的亲近——事实上,他似乎觉得这很正常——这时,一个想法跃入我的脑海,也许,以他自己的方式,这个男孩对于乔西而言和母亲同等重要;也许他的目标和我的在某些方面是近乎相同的,因此我应该仔细观察他,以理解他是如何融入乔西的生活方式的。

"真高兴能见到里克,"我说,"不知道他是不是就住在旁边的那栋房子里。真奇怪,但我以前没注意到那样一栋房子。"

"对,"他说道,眼睛依然没有直视我,"我就住那儿。我妈和我。"

这时我们全都转身看向房子;第一次,我真正看到了乔西家的外观。它比我想象的稍小一些,屋顶的边缘稍许锐利一些,但除此之外都和我从屋内推测的几乎一样。外墙是用精心搭接的木板建成的,全都被刷成了近乎纯白色。房子本身是由三个独立的四方体连接而成的一个复杂的形体。里克家的房子要小一些,而且不仅仅是因为距离更远的缘故。那栋房子也是用木板建的,可构造更简单——只有一个四方体,高大于宽,伫立在草地上。

"我想,里克和乔西一定是并肩长大的,"我对里克说道,"就像你们的房子。"

他耸耸肩:"是啊。并肩。"

"我觉得里克说话带着英国口音。"

"可能有一点点吧。"

"我很高兴乔西能有这样一位好朋友。我希望我的存在永远不会妨碍这样一段美好的友谊。"

"希望不会。可许多事情都会妨碍友谊。"

"行啦,够了吧!"梅拉尼娅管家的吼声从山脚下传来。

"来啦!"乔西大声应和着。接着她又对里克说道:"听着,里基。我跟你一样讨厌这场聚会。我需要你来。你必须来。"

里克又聚精会神地摆弄起了他的遥控器,那群鸟儿随即一齐升入了空中。乔西看着它们,双手依然按在他的肩上,两人的身形在天空的背景下成为了一体。

"行啦,赶快!"梅拉尼娅管家吼道,"风太大了!你是想死在上面还是怎么着?"

"好好,来了!"说完乔西又对里克低语了一句:"周二,午饭时间,好吗?"

"好。"

"好孩子,里基。这下你答应了。克拉拉是见证人。"

她从他的肩上移开双手,转身走开了。然后她紧紧抓住我的胳膊,领着我开始朝山下走去。

下山时我们走的不是上山的原路,而是选了另一面山坡,我能看到这条路会直接把我们带到乔西家门前。这一面坡更陡,而在山下,梅拉尼娅管家先是抗议,接着便放弃了,转而匆匆绕过小山来和我们会合。就在我们穿过修剪过的草丛下山的途中,我回头瞥了一眼,看到里克的身形又一次在天空的映衬下变成了一个黑色的剪影。他没有朝我们这边看,只是抬头望着他的鸟儿在一片灰蒙之中盘旋。

我们回到家之后,乔西收起了她那件衬里夹克,梅拉尼娅管家则为她做了一杯酸奶饮料;趁着她用吸管啜饮酸奶的工夫,我俩并肩在中岛边坐下。

"真不敢相信这是你头一次出门,"她说,"你觉得怎么样?"

"我非常喜欢外面。外面的风,外面的音效,一切都那么有趣。"说完我又添了一句:"还有,能见到里克当然也是件高兴事。"

乔西掐着吸管从酸奶中冒头的那一截。

"我猜他刚才给人的印象不是特别好。他有时候挺让人尴尬的。可他是个很特殊的人。我生病的时候,会努力去想些开心的事情,这时候我就会想到我俩将来要一起去做的所有那些事。这场聚会他来定了。"

* * *

那天晚上,一如她们晚餐时的习惯,她们调暗了所有的灯,只留下中岛正上方的那几盏。我当时在场,因为乔西喜欢有我在,但我不希望打扰她们,所以站在了阴影中,脸对着冰箱。有那么几分钟,我听着乔西和母亲边吃边聊着轻松的话题。这时,依然维持着轻松的语气,乔西问了一个问题:

"老妈,哪怕我的成绩都这么好了,我也非得主持这场交流聚会不可吗?"

"你当然得主持了,宝贝。光是聪明还不够。你还得合群。"

"我知道该怎么合群,老妈。只是跟这群人合不来。"

"这群人恰好是你的同辈。等到你进大学的时候,你就得跟各式各样的人打交道了。当年我进大学前,早就跟别的孩子一起朝夕相处许多年了。可对于你和你们这代人而言,这会是一桩挺让人头疼的事,除非你现在就付出点努力。大学里面表现不好的孩子总是那些个聚会参加得不够多的。"

"大学还远着呢,老妈。"

"没你想象的那么远。"说完母亲又放缓语气添了一句:"来吧,宝贝。你可以把克拉拉介绍给你的朋友们呀。他们见到她肯定会非常兴奋的。"

"他们不是我的朋友,老妈。还有,要是我非得主持这场聚会不可,那我想要里克也来。"

有那么片刻工夫,我的身后一片沉默。接着母亲开口了:"好的。这当然没问题。"

"可你觉得这不是一个好主意,对吗?"

"没有。怎么会。里克是个很好的人。而且他还是我们的邻居。"

"这么说,他来定了,对吧?"

"条件是他自己想来。这只能是出于他自己的选择。"

"所以,你是觉得别的孩子会对他不礼貌咯?"

母亲又沉默了片刻,然后说:"我看不出来他们有什么理由要这么做。如果有人表现得不得体,那只能证明他们自己有多差劲。"

"所以,没有理由里克不能来。"

"唯一的理由,乔西,就是他自己不想来。"

当天晚些时候,在卧室里,乔西躺在床上,准备入睡,屋里只有我俩;就在这时,她轻声说道:

"我希望里克真能来参加这场尴尬的派对。"

尽管这时候已经很晚了,但我还是很高兴她提起了那场交流聚会,因为我对聚会的许多方面依然不太清楚。

"是啊,我也这么希望,"我应道,"别的年轻人也会带他们的 AF 来吗?"

"呵呵,不会。那样不合规矩。不过主人家的 AF 一般是可以参加的。尤其是像你这样的新 AF。他们都会想要好好看看你的。"

"这么说,乔西想要我在场。"

"我当然要你在场啦。不过,你的体验恐怕不会太好。这种聚会可恶心了,我实话实说。"

* * *

开交流聚会的那天早上,乔西满心焦虑。早餐后她回到卧室，试穿了各种衣服；即便我们听见了她的客人们进门的声音，梅拉尼娅管家也在楼下叫了三回，她还在不停地梳着头。终于，听着楼下嘈杂的人声，我对她说道："也许现在我们应该去会乔西的客人们了。"

直到这时，她才把梳子放回梳妆台，站起身来："你说得对。是时候面对现实了。"

走下楼梯的时候，我看见门厅里站满了陌生人，全都用幽默的声音在彼此交谈。这些都是陪同孩子的成年人——全都是女性。孩子们的声音从大开间里传了出来，但那扇滑门依然关着，所以乔西的客人们此刻还在我们的视线之外。

乔西走在我的前面；走到离地面还有四级台阶的地方，她停住了脚步。要不是因为有一个成年人对她喊了一句——"嗨，乔西！你好吗？"——她说不定就要掉头回去了。

乔西举起一只手，这时母亲穿过门厅里的人群，冲着大开间打了个手势。"快进去吧，"她叫道，"你的朋友们在等你了。"

我以为母亲还要再多说几句，以强化这句话的效果。但其他的成年人这时已经围在了她的身边，说着笑着，她只能转过身去。乔西这下似乎确实找到了新的勇气；她走下最后几级台阶，步入了人群。我紧随其后，以为她要走向大开间，可她穿过那群成年人，反倒是朝正门走去，门这时开着，给屋里送来了新鲜的空气。乔西脚不停步，好像心中有着明确的目的，旁边的人也许会以为她正忙着为她的客人们办一件重要的事情。不管怎样，没有人阻拦她，我跟在她身后，听到了周围的许多声音。有人在说："教我家孩子数学物理的那个关教授，他的课或许教得很棒。即便如此，他也没有权力对我们无礼。"然后又有一个声音说：

"欧洲。最好的管家还是出自欧洲。"更多的声音在乔西走过时同她打招呼，接着我们便来到了正门，户外的空气吹拂着我们。

乔西望向门外，一只脚踩在门槛上，冲着外面喊："来呀！你在干吗呢？"接着她抓住门框，朝门外斜探出身去，"快呀！大家都到了！"

里克出现在了门口，乔西抓着他的胳膊，把他拖进门厅。他身上的衣服和那天他在草丘上时穿的一样，还是那身普普通通的运动衫配牛仔裤，可成年人们似乎立刻就注意到了他。他们的声音并没有戛然而止，但音量降低了。这时母亲穿过人群走了过来。

"里克，你好呀！欢迎！快进来。"她一只手搭在他的背后，领着他朝成年宾客们走去。"各位，这就是里克，我们的好朋友，好邻居。你们中的有些人已经认识他了。"

"你好吗，里克？"边上的一个女人说，"你能来真是太好了。"

接着成年人们开始一拥而上和里克打招呼，对他大声说着友善的话，但我注意到了他们的声音中有一种奇怪的谨慎。这时母亲的声音压过了众人，对着里克问道：

"里克呀，你妈妈还好吗？她有一阵子没过来了。"

"她很好，谢谢您，阿瑟太太。"

里克说话的时候，房间里安静了下来。我身后的一个高个子女人问道："我刚才听说你就住附近，对吧里克？"

里克的目光扫过一张张面孔，最后落在说话人的脸上。

"是的，太太。事实上，你要是现在走出门外，我们家就是你能看到的唯一一栋房子。"说完他轻笑一声，又添了一句："除了这栋房子，我是说。"

后面这半句话逗得大家全都哈哈大笑起来；站在他身边的乔西紧张地微笑着，仿佛说出这话的是她自己。这时又有一个声音说：

"这里的户外空气真清新。真是一个成长的好地方，毫无疑问。"

"是还不错，谢谢您，"里克说，"只要你永远都不需要叫披萨极速达。"

大家的笑声更响了，这次乔西也加入了进来，一脸灿烂的笑容。

"去吧，乔西，"母亲说，"带里克进去。你也应该招待其他那些客人了。快进去吧。"

成年人们往后站开，乔西依然抓着里克的胳膊，带着他往大开间走去。两人都没有看我，因此我不确定自己应不应该跟随。下一刻，他们便消失在了门后，成年人们再次站满了门厅，只留下我一个人站在正门边上。这时我边上又有一个声音说道：

"好孩子。就住隔壁，他是这么说的吧？我没听清。"

"里克是我们的邻居，没错，"母亲说，"他和乔西做了好多年的朋友了。"

"真棒。"

这时一个身材好像食品搅拌机的大块头女人发话了："而且看上去还挺聪明。真可惜，这样一个孩子居然错过了机会。"

"不说我还真不知道呢，"另一个声音说道，"他自我表现得多好呀。他说话是不是带着英国口音？"

"重要的是，"食品搅拌机女人说，"我们的下一代学会和各式各样的人和谐相处。彼得一直是这么说的。"另一些声音纷纷发出表示赞同的呢喃,她又接着问母亲道:"他家里的人就那样……决定放弃了吗?被吓住了?"

母亲脸上和蔼的微笑消失了,所有听到这话的人似乎都沉默了。食品搅拌机女人自己也吓呆了。接着她朝母亲伸过手去。

"噢,克丽西。我刚才说了什么?我不是有意的……"

"没关系,"母亲说,"请别放在心上。"

"噢,克丽西。我真抱歉。我有时候真蠢。我只是想说……"

"那是我们最大的恐惧,"边上一个比较沉着的声音说道,"我们这里的每一个人。"

"没关系,"母亲说,"我们就到此为止吧。"

"克丽西,"食品搅拌机女人还在讲,"我只是想说,一个那样的好孩子……"

"我们中的有些人比较幸运,另一些则不那么幸运。"一个黑皮肤的女人边说边向前一步,亲切地碰了碰母亲的肩膀。

"但乔西现在身体很好,对不对?"另一个声音问道,"她看上去气色好多了。"

"她时好时坏。"母亲说。

"她看上去越来越好了。"

食品搅拌机女人说道:"她不会有事的,我知道的。你真勇敢,在经历了那一切之后。乔西总有一天会真心感谢你的。"

"帕姆,来吧。"黑皮肤女人伸出手去,开始把食品搅拌机女人带走。可是母亲却看着食品搅拌机女人,轻声说了一句:

"你觉得萨尔会想要感谢我吗?"

一听这话,食品搅拌机女人立刻泪如泉涌。"瞧,我很抱歉。我很抱歉。我真蠢。我一张嘴就……"她呜咽起来,接着又大声

070

说道:"这下你们全都知道了,全都毫无疑问地知道了我是世界上最大的傻瓜!只是,那么好的孩子,让人觉得真不公平……克丽西,我真抱歉。"

"嘿,请别放在心上,真心的。"母亲这回的努力更进一步:她伸出手,给了食品搅拌机女人一个轻轻的拥抱。食品搅拌机女人立刻还以拥抱,接着又哭了起来,下巴枕在母亲的肩上。

屋里陷入了一阵尴尬的沉默,这时黑皮肤女人用快活的声音说了一句:"哟,他们好像在那里面相处得还不错呀。到现在都还没有传出打成一锅粥的声音。"

所有人都大笑起来,这时母亲也换上了一副新嗓音:

"嘿,我们还在这里干吗呢?我们进厨房去,请吧,各位。梅拉尼娅又在准备她家乡的美味糕点了。"

一个声音故意压低了嗓子,假装在说悄悄话:"我想我们还要继续待在这里……好偷听他们哟!"

这话引发了又一阵大笑,母亲的脸上也再度现出了微笑。

"他们要是需要我们,"她说,"我们会听到。请吧,我们走。"

随着成年人们动身走进厨房,大开间里传出的声音我可以听得更清楚了,但分辨不出任何字词。一个成年人从我身边走过,嘴里说着:"我们家的詹妮上次聚会过后很不开心。我们花了一整个周末跟她解释,她对所有的事情都有误解。"

"克拉拉。你还在这儿。"

母亲正站在我的面前。

"是的。"

"你为什么不进去?不和乔西在一起?"

"可是……她没有带我进去。"

"去吧。她需要你在身边。而且别的孩子也想要见你。"

"好的,当然。那我告辞了。"

太阳注意到了这么多的孩子聚集在同一个地方,因此透过宽大的窗口向大开间里倾泻着他的滋养。房间里由沙发、软长方体、矮桌、盆栽和相册组成的那张网络我之前花了很长的时间去熟悉掌握,但现在一切又都天翻地覆,简直就像是一个全新的房间。到处都是孩子,他们的包、夹克和矩形板摆满了整个地板和各个物体的表面。而且,屋内的空间还被划分成了二十四个方格——排成上下两层——一直延伸到后墙。因为这种割裂,我很难对眼前的环境作全景式观察,但渐渐地我还是理解了周遭的事物。乔西位于靠近房间中央的位置,正在和三个做客的女孩聊天。她们的头几乎碰到了一起;她们的站姿使得所有人的上半张脸,包括那几双眼睛,都被划进了上层的同一格中,而她们的嘴巴和下巴全都挤进了下层的同一格中。大部分孩子都站着,一些人在不同的方格间走动。在后墙那边,三个男孩坐在那张模块化沙发上;尽管三人坐得很开,他们的头却被划进了一格中,而最靠近窗口的那个男孩伸出的一条腿不但横穿了邻近的一格,还一直伸进了再旁边的一格。沙发上的男孩们所处的那三格透着一股让人很不舒服的色调——一种叫人恶心的黄色——一阵焦虑传遍我的脑海。这时旁边的人走了过来,干扰了我观察他们的视线,于是我开始把注意力转向我身边那些说话的声音。

虽然我进门的时候有人说了一句——"哦,这就是那个新AF,她好可爱!"——我现在听到的所有声音却几乎全都在讨论里克。乔西就在刚才一定还站在他的身边,但她为了和那几个做客的女孩说话,这会儿只能背对着他,因此他现在孤身一人,没有和任何人说话。

"他是乔西的一个朋友。住在附近。"我身后的一个女孩说道。

"我们应该对他好点,"另一个女孩说,"他一定觉得怪怪的,上这儿来和我们在一起。"

"乔西干吗要请他呢?他肯定感觉好奇怪。"

"要不我们给他点什么。让他有点受欢迎的感觉。"

那个女孩——她很瘦,胳膊很长,长得非同寻常——于是端起一只装满巧克力的金属盘,走向里克。我也跟着往房间里面走,听到她对他说:

"打扰了。你要不要来一块夹心巧克力?"

里克之前一直在看着乔西和那三个女孩聊天,直到这时才转向长臂女孩。

"来一块吧,"她边说边将盘子举得更高了,"很不错的。"

"非常感谢。"他看着盘子里面,挑了一块裹着闪亮的绿糖纸的巧克力。

尽管整个房间里说话的声音没有停歇,但我意识到了突然之间,所有人——包括乔西和她招待的那三个女孩——这时全都在看着里克。

"你能来,我们都很高兴,"长臂女孩说,"乔西是你的邻居,对吧?"

"对的。我住隔壁。"

"隔壁?你真会说笑!这一片方圆几里地,就只有你们家房子和这栋房子了!"

和乔西说话的那三个女孩这时加入了长臂女孩,一直在对里克微笑,不过乔西自己依然待在原处,一双眼睛不安地观察着他们。

"这么说也对，"里克笑了两声，"可我还是住隔壁。"

"当然咯！你肯定喜欢住这儿吧。一定很安宁。"

"没错，安宁。一切都完美极了，只要你永远都想不起来去电影院。"

我知道里克希望大家哈哈大笑，就像大人们刚才听到那句披萨极速达的玩笑时表现的那样。可那四个女孩只是用和善的目光继续看着他。

"这么说你不在你的 DS 上看电影？"其中一个女孩终于问道。

"我有时候也会看。但我喜欢去真正的电影院。大银幕，冰激凌。我妈和我可喜欢了。麻烦在于，过去要走好远的路。"

"我家的街区走到底就有一家电影院，"长臂女孩说，"不过我们很少去。"

"嘿！他喜欢看电影！"

"米西，干吗呢？不好意思，你得谅解一下我妹妹。这么说，你喜欢看电影。能帮助你放松，对吧？"

"我说你肯定爱看动作片。"那个叫米西的女孩说。

里克看着她。然后他微笑着说道："那类片子有时候是挺有意思的。可我妈和我喜欢看老电影。那时候的一切都很不一样。看看那些电影，你就能看到以前的饭店是什么样子；以前的人穿什么样的衣服。"

"可你一定喜欢动作片，对不对？"长臂女孩说，"飞车追逐啦，各种场面啦。"

"嘿，"我身后有一个女孩说，"他说他跟他妈一起去看电影。有点小可爱哦。"

"你妈不喜欢你和**朋友们**一起去吗？"

"不能这么说吧。那只是……那只是一件我妈和我喜欢一起做的事情。"

"你们有没有去看《金本位》?"

"她妈绝对不会喜欢**那**片子!"

乔西这时上前一步,站到了里克面前。

"来吧,里克。"她的声音中藏着怒火,"告诉他们你喜欢看什么片子。他们就想问你这个。你喜欢看什么片子?"

这时又有几个客人围在了里克身边,部分遮挡住了我观察他的视线。但就在这一刻,我看得出来他的内心里起了某种变化。

"你们猜怎么着?"这话他没有对着乔西说,而是对着其他所有人说,"我喜欢看那种有恐怖的事情发生的电影。虫子从人嘴里爬出来,就那种事情。"

"真的吗?"

"能否问一句,"里克说,"你们为什么要对我喜欢哪类电影这么好奇?"

"这叫聊天。"长臂女孩说。

"他干吗不吃巧克力?"米西说,"他只是拿在手里。"

里克转向她,把那块依然裹着糖纸的巧克力递到她面前。

"拿着。也许你可以自己来一口。"

米西哈哈笑了,身子却往后一缩。

"嘿,"长臂女孩说,"这算是一场友好的见面,好不好?"

里克向乔西投去一瞥,看到乔西正瞪着他,眼中满是愤怒。转眼间他已经回过头来,重新面对做客的女孩子们了。

"友好。当然咯。我在想,你们听说了我喜欢看虫子片以后,会不会都很高兴?"

"虫子片?"有人说了一句,"那算是一种类型片吗?"

"别嘲笑他,"长臂女孩说,"对人家好点。他表现得还不错。"

一个声音说道:"是啊,他表现得还不错。"旁边的几个人咯咯笑了起来。里克猛地转向他们,就在这时乔西伸出手来,从他手中拿走了那块巧克力。

"嘿,各位,"乔西大声说道,"我想要你们都来见见克拉拉。这位就是克拉拉!"她示意我靠近一些,我照办了,这时所有的眼睛都转向了我这边。

里克也看向我,但只看了一秒钟,接着便离开众人,走进了角桌旁边的一小块空地。这时似乎没有人再继续关注他了,因为他们全都在看着我。就连那个长臂女孩也失去了对里克的兴趣,两眼紧盯着我。

"哇,这个 AF 看着好帅。"她说。她的身子以一种亲昵的姿态凑向乔西,我本以为她还要再说上几句评论我的话,但她说的却是另一番话:

"瞧见那边的丹尼了没有?他进门的第一件事,就是宣布他被警察拘捕了。没打招呼,什么都没有。我们和他讲,他得先好好地打招呼,他就是不听。只顾一个劲儿地吹嘘他跟警察的那档子事。"

"哇哦。"乔西看向模块化沙发上的那几个男孩,"这么说,他觉得当罪犯很帅咯?"

长臂女孩哈哈大笑,乔西的身形这时加入了那五个女孩的行列,共同构成了一个整体。

"后来他哥哥说漏嘴了。啤酒喝多了,就是那么回事。"

"嘘。他知道我们在说他。"有人说道。

"知道更好。警察发现他在一张长椅上醉倒了,把他送回了家。他却跟我们说他被捕了,这样那样的。"

"没打招呼,什么都没有。"

"嘿,我也没听见你刚才跟乔西打招呼呀,米西。所以说你跟丹尼一样差劲。"

"我打了。我跟乔西说你好的。"

"乔西?你进来的时候,有没有听见我妹妹跟你打招呼?"

米西的表情明显紧张了起来。"我真的说了你好。只是乔西没有听见。"

"嘿,乔西!"那个叫丹尼的男孩——就是在沙发坐垫上伸开腿脚的那个——在屋子后面喊道,"嘿,乔西,那是你的新AF?叫她上这儿来。"

"去吧,克拉拉,"乔西说,"去跟那几个男孩问声好。"

一开始我没有动弹,部分是因为乔西的声音让我吃了一惊。那就像是她有时和梅拉尼娅管家说话时的声音,不像是此前她对我使用过的任何一种声音。

"她这是怎么啦?"丹尼从沙发上站起身来,"她不听命令吗?"

乔西严厉地看了我一眼,于是我动身朝沙发上的男孩们走去。可是丹尼——他个头比房间里的所有人都高——却快步走过其他的客人,奔我而来,不等我走到半道,他已经抓住了我的两只手肘,让我没法再自由移动了。他上下打量着我,然后说:

"嗯。适应新家呐?"

"是的。谢谢。"

后面沙发上的一个男孩喊了一句:"嘿!她会说话!欢呼吧!"

"闭嘴,小不点。"丹尼回了一句。然后他又问我:"嗯,他们叫你什么来着?"

"她的名字叫克拉拉,"乔西在我身后说道,"丹尼,放开她。她不喜欢被人这么抓着。"

"嘿,丹尼,"小不点又叫道,"把她扔过来。"

"你想要看她,"丹尼说,"就从那沙发上下来,上这儿来。"

"你就把她扔过来吧。我们来测试一下她的协调性。"

"她不是你的 AF,小不点。"丹尼的那双手依然紧紧地箍住我的两只手肘,"要那样干,你得先问问乔西。"

"嘿,乔西,"小不点大声说,"这样干没问题的,对吧?我那个 B3,你可以把她抡过半空,她每回都能双脚着地。来吧,丹尼。把她扔到沙发上来。她不会坏的。"

"真没教养。"长臂女孩轻声说了一句,那几个女孩——包括乔西——咯咯笑了起来。

"我那个 B3,"小不点还在说,"她会翻个筋斗,再两脚稳稳落地。背挺得笔直。完美。所以,我们来瞧瞧这位的能耐吧。"

"你不是 B3,对吧?"丹尼问。

我没有回答,但乔西在我身后说:"不是,但她是最棒的。"

"是吗?那她能做小不点刚刚说的那种动作吗?"

"我现在就有一个 B3,"一个女孩的声音说道,"下次聚会的时候你们就能看到了。"接着又有一个声音问:"你干吗不要一个 B3 呢,乔西?"

"因为……我喜欢这一个。"乔西的这句话说得有些犹豫,但紧接着她的声音再度坚定了起来:"B3 能做到的,克拉拉也全都做得到。"

我的身后起了一阵动静,接着那个长臂女孩就站到了丹尼的身边。靠近她似乎让他感到既兴奋，又害怕，于是他放开了我的手肘。可就在这时长臂女孩一把抓住了我的左手腕，虽说她的动作远不像丹尼刚才抓我那样粗暴。

"你好，克拉拉。"她说道，然后又将我细细打量了一番。"好啦。让我们瞧瞧。克拉拉，能否请你为我唱一曲和声小调音阶？"

我不确定乔西希望我如何应对，所以我等待着她发话。但她只是保持沉默。

"咦？你不唱歌？"

"来吧，"那个叫小不点的男孩叫嚷着，"把她扔过来。她要是协调性不好，我就接住她。"

"话也不太多。"长臂女孩又凑近了些，盯着我的眼睛，"也许她太阳能电量低了。"

"她一点问题也没有。"乔西的这句话说得非常轻，轻到也许只有我一个人听得见。

"克拉拉，"长臂女孩说，"向我问声好。"我依然保持沉默，等着乔西再发话。

"不说话？一个字都不说？"

"嘿，乔西，"我身后的一个声音说，"你本来可以要一个 B3 的，对吧？那你为什么不要呢？"

乔西哈哈笑着说："现在我开始觉得我确实应该要了。"

这句话引来了更多的笑声，接着又有一个声音说："B3 真的棒极了。"

"来吧，克拉拉，"长臂女孩说，"就问一声好嘛，最起码的。"

这时我已经将面部定格在了一个和蔼友善的表情之上，目光则越过她，凝视着她的身后，一如经理的教导——过去在商店里,她曾训练过我们应当如何面对这种情形。

"一个拒绝问好的 AF。乔西,你能不能叫克拉拉对我们说句话?"

"把她扔过来。保管她活过来。"

"克拉拉的记忆力非常好,"乔西在我身后说,"不比任何一个 AF 差。"

"哦,真的吗?"长臂女孩说。

"而且不单单是记忆力。她能注意到别人都没留意的事情,把它们存储起来。"

"好吧。"长臂女孩依然抓着我的手腕不放,"好吧,克拉拉。我们这么办。不要回头不要看。告诉我,我妹妹今天穿了什么衣服。"

我的目光依然越过长臂女孩,凝视着墙上的砖块。

"好像呆掉了。不过她挺可爱。这点我承认。"

"再问她一回,"乔西说,"来呀,玛莎。再问她一回。"

"好吧。喂,克拉拉,我知道你行的。告诉我米西今天穿了什么衣服。"

"我很抱歉。"我说道,目光依然望向她的身后。

"你很抱歉?"说完长臂女孩对着整屋子的人问:"这话是什么意思?"人群哈哈大笑。接着她对我怒目而视,再度发问道:"你这是什么意思,克拉拉?什么叫你很抱歉,你什么意思?"

"我很抱歉我帮不上忙。"

"她不打算帮忙。"长臂女孩的目光和缓了些,最后她终于放开了我的手腕。"好吧,克拉拉。你可以回头看一眼。看一眼米西身上的衣服。"

虽说这样做不太礼貌,但我还是没有回头。因为只要我一回头,我看到的就不仅仅是米西了——我当然知道她今天穿了什么,就连她紫色的腕带和小熊吊坠都知道得一清二楚——我还会看到乔西,那样我们就不得不交换眼神了。

"我放弃了。"长臂女孩说。

"好吧,"丹尼说,"那我们就来做小不点的测试。就让他乐一乐吧。菲尔,过来帮我甩她。小不点,待在原地,准备接住她。这么干你没意见吧,乔西?"

乔西在我身后一言不发,但一个女孩的声音在说:"把AF扔过房间——你们好坏。"

"这有什么坏的?他们的设计本来就可以应付这种事情。"

"问题不在这里,"女孩的声音说,"这样做就是很不好。"

"你太软弱了,"丹尼说,"菲尔,抓着她的胳膊。我来抓腿。"

"你那口袋里装着什么东西?"说话的人正是里克,房间里一下子安静了。

"你说什么,朋友?"

里克穿过人群,在我的右手边的不远处停下了脚步。他毫无惧色地伸手一指丹尼那件衬衣的贴胸口袋。我之前也注意到了那样东西——一只软软的小玩具狗,小到足以放进口袋。以前我看到过七八岁的孩子走进商店的时候,口袋里会装着这样的玩具。

就在所有人都变换姿势,想看一看里克所指的那样东西时,丹尼抬起双手,捂住了口袋。

"一样宝贝,我敢说。"里克说道。

"那不是什么宝贝。"丹尼说。

"要我说,那就是你的宝贝。帮助你在这样的聚会中保持镇定。"

"这都是什么胡说八道？谁请你发表高见了？"

"要是那东西真的没什么特别，也许你不介意拿给我看看。"里克伸出一只手，"别担心。我会照料好它的。"

"管它特别不特别，都跟你一点关系也没有。"

"拜托，就借我看下嘛。就一分钟。"

"我根本就不在乎这东西，但我也不愿意把它交给你。"

"不行？看一眼都不行？"

"我什么都不会借给你的。我干吗要借？你根本就不该来这里。"

里克的手依然伸着，房间里依然一片寂静。

"该不会是你自己有一点点软弱吧，丹尼？"里克说，"至少是在往口袋里塞小可爱这件事情上。"

"够了！你离丹尼远点！"

这是一个成年人的声音；那个女人大步走进房间的时候，我周围的孩子纷纷向后退却。"而且丹尼说得对，"她继续说道，"你根本就不该来这里。"

就在这时，母亲追着她也匆匆走了进来，我看到别的成年人正透过门洞朝大开间里张望。

"好啦，莎拉，"母亲说着，"我们不插手，还记得吗？"

母亲伸出一只胳膊揽住那个叫莎拉的女人，后者继续对着里克怒目而视。"好啦，莎拉。遵守游戏规则。事情就交给孩子们去解决吧。"

莎拉依然一脸怒容，但还是由着母亲把自己领出房间，领回门厅里成年人们的窃窃私语中去。一个声音在说："这是他们学会相处的唯一方法。"接着成年人们的声音渐渐远去，大开间里恢复了寂静。

自家大人的插手也许比那个小玩具更令丹尼尴尬。他依然用两只手捂着那只贴胸的口袋,一面掉头返回沙发,用他那此刻略微弓起的后背向着整屋子的人。

"好啦,"长臂女孩欢快地说,"我们出去转一会儿怎么样?外面的天气好起来了。瞧啊!"

大家异口同声地高呼赞同,我在这许多声音中听到了乔西在说:"好主意。咱们赶快了!"

孩子们鱼贯而出,领头的是乔西和那个长臂女孩。丹尼和小不点也跟着人流出去了,大开间里只剩下了里克和我。

里克环顾扔了一地的夹克,到处乱放的坐垫、盘子、苏打水罐、土豆片包装袋、杂志,就是没有看向我。我寻思着,既然孩子们已经走了,会不会有成年人进来打理;但他们都没有来,含含糊糊的说话声继续从厨房那边传出。

"你挑战那个男孩,我想,是为了我,"我终于说道,"谢谢你。"

里克耸耸肩:"他真的讨厌得快让人受不了了。事实上,他们全都很讨厌。"说完他又添了一句,眼睛还是没有朝我这边看:"我猜这对你来说也不是什么特别享受的经历吧。"

"我后来已经很不好受了,我很感谢里克的解救。不过这同样也是非常有趣的经历。"

"有趣?"

"在多种环境下观察乔西对我来说非常重要。而观察——譬如说——孩子们在群组与群组之间走动时构成的各种形状同样也是一件非常有趣的事情。"他没有回应我的话,眼睛继续望着别处,于是我说道:"也许里克希望现在出门,加入那些孩子。与他们和解。"

他摇摇头。接着他穿过太阳的图案——大开间,我注意到,此时不再有空间上的割裂——走到模块沙发边坐下,在地板上伸展开双腿。

"不过,我猜他们有一点说得对,"他说,"我不属于这里。这是一场提升过的孩子们的聚会。"

"里克来,是因为乔西非常希望他来。"

"她坚持要我来,但我猜她这会儿正忙呢,没工夫回屋里来,来看看我有多么享受聚会的这一环节。"他身子往后一仰,靠在沙发上,直到太阳的图案洒遍他的面庞,迫使他闭上双眼。"问题在于,"他继续说道,"她会变。我以为只要我今天来——我真蠢,真的——我以为她就不会……变了。还会是原来那个乔西。"

他说这话的时候,我的眼前再次浮现出交流聚会上乔西的双手在不同时刻的姿态——欢迎的手,款待的手,紧张的手——还有她的脸,还有别人问她为什么不要一个 B3 时她大笑着回答的声音:"现在我开始觉得我确实应该要了。"这时我的脑海中又响起了经理的话,响起了她的警告:孩子们在橱窗前许下诺言,却一去不回;更糟的是,他们回来了,却转而选择了另一个 AF。我想起了那天我透过两辆出租车的间隙看到的那个男孩 AF,想起他沿着 RPO 大楼那一侧垂头丧气地走着,跟在那个少年身后,保持三步距离;我不知道乔西和我有一天会不会也像那样走路。

"也许你现在看出来了,"里克一面说着,一面顶着太阳的图案睁开眼睛,"看出来我为什么需要把乔西从这群人中间给救出来。"

"我看出来了,里克害怕乔西会变得和其他人一样。但即使她刚才的表现有些奇怪,我相信乔西的内心还是善良的。还有其他那些孩子。他们的方式有些粗暴,但也许他们并非那么不善良。他们害怕孤独,这就是为什么他们会如此表现。也许乔西也是一样。"

"如果乔西再这么老和他们混在一起,很快她就再也不是乔西了。她自己心里多少也有数,这就是为什么她老没完没了地说着我们的计划。这件事她忘记过好久,可如今却总是挂在嘴边。"

"那天我听乔西提起过这个计划。这是一个有关里克和乔西拥有同一个未来的计划吗?"

他的目光越过我,望向大开间的窗外,我感觉他对我的敌意又回来了。可这时他却开口说道:

"那只是我俩还小的时候开始的一件事。那时我们还没有认识到这会是怎样一件事。没有认识到我们一路上会遇到这么多阻碍。即便如此,乔西还是相信这个计划。"

"那么里克也还相信计划吗?"

现在他的眼睛终于直视我了。"我刚说了。没有这个计划,她最后会变成他们中的一个。我得走了,"他突然站起身来,"趁着那些孩子还没回来。还有那个疯妈。"

"我希望我们很快可以再谈一谈这些事情。因为我相信,在许多方面,里克和我有着相似的目标。"

"嘿,改日吧。我那天说过我不想要乔西有 AF。那话没有针对个人的意思。那只是……哎,那只是让人觉得像是又一样会阻碍我俩的东西。"

"我希望不会。事实上,现在我知道得更多了,我倒是希望能尽我的全力来成全里克和乔西的计划。或许我还能帮助你们移除你所说的那些障碍。"

"我得走了。得去瞧瞧我妈怎么样了。"

"当然。"

他从我身边走过，走出了大开间。我向前走了几步，好看着他走出正门，走入太阳的光辉之中。

* * *

正如我那天对里克所说，这场交流聚会使我得以做出了许多有价值的新观察。其中之一便是，我懂得了乔西会"变"——用里克的话讲——于是我开始用心关注她再次改变的迹象。同时我也不由得想，她到底在多大程度上是真心希望自己选的是一个B3。她说这话很可能只是为了打趣，以避免聚会过程中发生不合的风险。即便如此，B3们的确是拥有许多我所不具备的能力，因此我不得不考虑这种想法时而会在乔西脑海中盘桓的可能性。

聚会过后的那几天，我同样担心着乔西会如何看待我没有对长臂女孩的问题做出回应。在当时的情势发展之下——在没有得到乔西的明确指示的情况下——我采取了我所以为的最佳对策，但现在我开始意识到，乔西或许在思考了一段时间后，对我生起气来。

出于所有这些原因，我担心那场交流聚会或许会给我们的友谊投下阴影。但日子一天天过去，乔西待我依然一如既往的快乐友善。我等待着她提起聚会中发生的那些事情，但她一次都没有提。

如我所说，这些对我来说都是有用的经历。我不但懂得了"变"是乔西的一部分，我应该准备好适应它，我还开始懂得这并非乔西独有的特质；懂得人们时常觉得有必要拿出自己特意准备好的一面来展示给路人看——就像是布置商店橱窗一样——而这样的展示一旦时过境迁，也就无须太放在心上了。

因此，我很高兴这场聚会丝毫没有改变我俩之间的关系。然而，不久之后发生的另一件事的确让我们的友谊冷却了一阵子；那件事就是摩根瀑布之旅。而它困扰我的原因在于，事后很长一段时间，我一直看不清它是如何在我俩之间制造隔阂的，也看不清我能如何避免这样一件事情发生。

*　*　*

交流聚会过去三周后的一天清晨，我查看乔西的时候，从她的睡姿和呼吸判断她的睡眠不正常。我按下了报警按钮，母亲立刻就来了。她给赖安大夫打了电话，没过多久我又听到梅拉尼娅管家给他打了第二通电话，请他快来。

大夫终于到了。他仔细地给乔西做了一遍检查，查完后告知说没有什么可担心的。母亲松了一口气，大夫刚一走，她整个人就精神抖擞起来了。她坐在乔西的床沿，对她说道："你真的不能再喝功能饮料了。我一直说那东西对你没好处。"

乔西回话的时候，头都没有从枕头上抬起来："我知道自己没问题。我真的太累了，仅此而已。你不用担心我。这下可好，你工作要迟到了。"

"担心你，乔西，就是我的工作。"说完她又添了一句："也是克拉拉的工作。她这警报拉得对。"

"我只需要再睡一小会儿。然后我就没事了,我保证,老妈。"

"听着,宝贝。"母亲俯下身去,直到她的嘴唇贴上了乔西的耳朵,"听着。为了我你得好起来。你听到了吗?"

"听到了,老妈。"

"很好。我还以为你没在听呢。"

"在听,老妈。我只是闭着眼睛,仅此而已。"

"好吧。那我给你开个条件。到了周末你要是能好起来,我们就去摩根瀑布。那地方你还喜欢,对吧?"

"是的,老妈。我还喜欢。"

"很好。那我们说好啦。礼拜天,摩根瀑布。只要你能好起来。"

一阵长久的沉默过后,我听到乔西开口了,像是对着她的枕头说话:"老妈,要是我好起来了,我们能带上克拉拉吗?也让她看看摩根瀑布?她只出过一次门。还就只是在这附近。"

"克拉拉当然能一起来。可你得先自己好起来,不然这一切都没门。你听明白了吗,乔西?"

"听明白了,老妈。我现在得再睡一会儿了。"

* * *

她一直睡到快吃午饭的时候才醒,我正要遵照吩咐去叫梅拉尼娅管家,乔西却疲惫地开口道:

"克拉拉?我睡了这么久,你一直在这里?"

"当然。"

"你听到老妈说我们要去摩根瀑布了吗?"

"是的。我非常希望我们能够成行。但你的母亲还说,只有在你的身体状况允许的情况下,我们才可以去。"

"我会没事的。只要我想去,今天下午就可以去。只是我太累了,仅此而已。"

"这摩根瀑布是个什么地方呀,乔西?"

"是个美丽的地方。你肯定会觉得那里美呆了。回头我给你看照片。"

白天的大部分时间里,乔西一直很累。不过到了下午的晚些时候,我刚一升起卧室的百叶帘,让太阳的图案洒遍她全身,她整个人明显就有了力气。梅拉尼娅管家这时上楼来看过她后,说乔西可以穿衣起床了,只要她答应安安静静地过完这一天。这就是为什么傍晚临近时,我俩还待在卧室里,这时乔西从床底下搬出了一个纸板箱。

"我拿给你看。"她边说边把箱子里的东西一股脑倒了出来。许多张大大小小的打印相片从箱子里掉落在地毯上,一些正面朝上,另一些反面朝上。我推测这些都是乔西最心爱的影像,来自她过去的时光,放在她的床边;只要想看,她随时都可以拿出来看,让自己的心情愉悦起来。许多影像这时都互相交叠,但我能看出它们大多是乔西更小的时候拍的。一些拍的是她和母亲在一起,另一些是她和梅拉尼娅管家,还有一些是和我不认识的人。乔西一张张地把照片在地毯上摊开,然后拾起一张,露出微笑。

"摩根瀑布,"她说,"这就是我们礼拜天要去的地方。你觉得怎么样?"

她把照片递给我——我这时就跪坐在她身边——展现在我眼前的是小时候的乔西,坐在户外一张用粗木板做成的桌子旁。就连椅子也是木板做的。坐在她身边的正是母亲,不像现在那么瘦削,头发剪得也比现在短一些。这时我眼睛一亮,看到了桌边的第三个身影,一个女孩,年龄据我估测为11岁,身穿一件轻棉质地的短夹克。这个陌生女孩背对着摄影者,所以我看不到她的脸。太阳的图案落在木头桌面上,清晰可见地洒在每个人身上。乔西和母亲身后是一片模糊的黑白图案。我仔细地端详着这图案,然后说:

"这是瀑布。"

"对喽。你见过瀑布吗,克拉拉?"

"是的。我在商店里的一本杂志上见过一次。瞧!你们在吃东西,就在瀑布跟前。"

"你可以在摩根瀑布边上野餐。边吃着午饭,边淋着水花。你正吃着东西呢,突然就发现你的衬衫后面全湿透了。"

"那对你的身体可不太好,乔西。"

"天暖和的时候没关系。不过你说得对。要是在阴冷天,你可得坐远一点。那里的座位多得很,因为大家都不怎么知道摩根瀑布。"她伸出一只手,我将照片递还给她。她又看了一眼照片,说:"也许只是我和老妈觉得那里特别。所以那儿的人从来都不多。不过我们每次都在那里玩得好开心。"

"我真心希望你这个周末能有力气去玩。"

"礼拜天永远是摩根瀑布最棒的一天。礼拜天有一种很好的氛围。就好像瀑布也知道那一天是安息日似的。"

"乔西,照片上面你的这位同伴是谁呀?就是同你和你的母亲在一起的这个女孩。"

"哦……"她的脸严肃了起来,接着她答道:"那是萨尔。我的姐姐。"

她放手让照片落下,落在了其他照片上头,然后她伸出双手,抚过那些影像,让它们在地毯上四处游移。我看到孩子们的影像——在田野里,在游乐场上,在屋宇外面。

"是的,我姐姐。"过了许久她终于说道。

"那么萨尔如今在哪里呢?"

"萨尔死了。"

"真是太让人伤悲了。"

乔西耸耸肩:"我不怎么记得她了。出事的时候我还小。我对她都说不上来想念或是有啥别的感情。"

"真伤悲。你知不知道出了什么事?"

"她生病了。不是我现在生的这种病。她的病要严重得多,所以她才死了。"

我以为乔西在寻找另一幅姐姐的影像,她却突然把所有的照片拢在一起,收回了纸板箱中。

"你肯定会好喜欢那里的,克拉拉。瞧瞧你,只出过一次门,然后一眨眼你就上了**那里**!"

* * *

乔西的身体一天天地有力起来,随着周末的临近,我们似乎已经没有理由担心会去不成瀑布了。周五晚上,母亲回家比较晚——乔西这时早已吃过了晚饭——一到家,她就把我叫进了厨房。乔西已经上楼回卧室了,厨房里几近漆黑一片,只有门厅里的灯投来些许光亮。可母亲似乎很乐意就这样站在大窗户前面,一边喝着红酒，一边凝望着窗外的夜色。我站在冰箱边上，近得可以听见它的嗡鸣。

"克拉拉，"过了半晌她开口道，"乔西说你希望礼拜天能和我们一起去。去摩根瀑布。"

"如果我不至于妨碍你们的话，我非常愿意同去。我相信乔西也希望我能来。"

"她当然希望喽。乔西现在可喜欢你了。我也一样，如果我能这么说的话。"

"谢谢您。"

"实话实说，一开始我还不太确定自己会作何感受——多了个你在身边，整天在房子里走来走去的。可自从你来了这里，乔西变得平静了许多，也快乐了许多。"

"我真高兴。"

"你干得很好，克拉拉。我想让你知道这一点。"

"非常感谢。"

"你去摩根瀑布不会有问题的。许多孩子都带自己的 AF 上那儿去。即便如此，有的话不说你也知道。去了那儿你可得留心，留心你自己，也留心乔西。那里的地形有时很难预料。乔西到了那样的地方，有时会过于兴奋。"

"我明白。我会多加小心的。"

"克拉拉，你在这里开心吗？"

"是的，当然。"

"对一个 AF 问出这样的话来挺奇怪的吧。事实上，我都不知道这个问题有没有意义。你想念那家商店吗？"

她又喝了一口酒，然后迈步朝我走来；借着门厅的灯光，我能看到她的半边脸,而另外那半边脸,包括她的大半个鼻子,依然隐没在阴影中。我能看到的那一只眼睛看上去很疲惫。

"有时候我会想起那商店,"我答道,"想起窗外的景色。还有其他的 AF。但这种时候并不多。我非常高兴能来这里。"

母亲看了我片刻。然后她开口道:"这样一定挺好的。不会想念任何事情。不会渴望回到过去。不会没完没了地回首往事。一切都会是那么地……"她打住了,然后说道:"好啦,克拉拉。那么礼拜天你就和我们一起去。不过记住我刚才的话。我们可不希望在那儿出事故。"

* * *

种种迹象一定贯穿着事件的始终,因为尽管那个周日上午发生的事情让我事后感到伤悲,并再次提醒我还有很多东西是我需要继续学习的,但事情的到来并不全然出乎意料。

到了周五,乔西已经信心十足地表示她的身体足以应付周日的远足了,还花了好多功夫尝试不同的穿搭,对着衣柜的长镜细细端详自己。偶尔她会征询我的看法,我会面带微笑,尽己所能地鼓励她。但即便是在那时,我一定也已经注意到了那些迹象,因为当我夸赞她好看时,我一直小心翼翼地有所保留。

那时我就已经知道了,周日的早餐气氛有可能突然紧张起来。换作别的日子,即便母亲在喝完那杯匆忙的咖啡之后还能再待一会儿,却也无法驱散一种感觉,那就是此时的每一句话都可能是晚餐前的最后一句;尽管这有时会让乔西和母亲对彼此说出很不客气的话来,但早餐却也就无法承载那么多暗示了。但是在周日，母亲哪儿都不会去，因而她的每一个问题都让人感觉会引发一段让人不适的对话。刚到家里的时候，我以为有个别话题对乔西而言是危险话题，只要不让母亲拐弯抹角地引出这些话题，周日的早餐就会一派祥和。但通过进一步的观察，我发现即便是避开了这些危险话题——譬如乔西的学科作业，或是她的社交分数——那种不适的感觉却依然挥之不去，因为真正引发这种感觉的是潜伏在这些话题**下面**的某种东西；那些危险话题本身只是母亲想出来的法子，其目的就是让某些情感在乔西的头脑中现形。

因此，就在去摩根瀑布的那个周日早晨，当母亲向乔西问出那个问题时，我立刻紧张了起来——母亲的问题是，为什么乔西老是喜欢玩那个矩形板游戏，里面的人物会不停地死于交通事故。乔西起初快活地答道："那只是游戏的设定方式，老妈。你往超级巴士里面装上越来越多的人物，但如果你没想清楚路线，一场撞车就能让你所有的王牌都报销。"

"你为什么要玩这样一个游戏呢，乔西？一个会让这样可怕的事情发生的游戏？"

乔西继续耐心地回答了母亲一会儿，但很快笑意就从她的声音中消失了。最后她只是一遍遍地重复着这就是一个她爱玩的游戏，而母亲则追问出越来越多的问题，而且似乎动起怒来。

突然，母亲的怒气似乎瞬间消失了。她依然没有快活起来，但她看乔西的目光变得温柔了，她和蔼的微笑让她像是完全变了一张脸。

"我很抱歉，宝贝。我不该在今天提起这个话题。我这么做太不公平了。"

说完她从高脚凳上起身，走到乔西坐着的凳子前，将乔西拥入怀抱；这拥抱似乎永无尽头，直到母亲不得不开始左右摇摆，以此掩饰两人已经相拥了有多久。乔西，我看得出来，毫不在意这漫长的拥抱，等到两人分开时——直到我确信她们已经分开，我才从冰箱那里回头——母女之间的裂痕已经弥合了。

因此，早餐最终在一派和谐中收尾，尽管我之前担心它可能会对我们的摩根瀑布之旅构成最后一道障碍。直到最后一刻，在母亲和梅拉尼娅管家都已经出门上车之后，我才看见乔西在将手臂伸过她那件衬里夹克的袖口时停下动作，让疲态流露出来。她接着穿好衣服，看到我在门厅的另一头，于是露出灿烂的微笑。这时我们听到门外汽车的动静和车轮碾过碎石的声音。梅拉尼娅管家手拿钥匙回到屋里，示意我俩出门。可现在我已经有所察觉，因此当乔西先我一步走上碎石地的时候，我得以注意到另一个小小的迹象，就藏在她那匆匆的步伐中。

母亲把着方向盘，透过挡风玻璃看着我们，这时一丝恐惧钻进我的脑海。可乔西没有再表现出更多的迹象——她穿过碎石地的时候，甚至还强作欢娱地雀跃了一下——然后自己动手拉开了前排副驾位的车门。

我之前从来没有坐过车，可罗莎和我曾经观察过那么多的人上上下下汽车，观察过他们的姿态和灵活的动作，还有车辆一旦启动他们如何就座，因此当我小心翼翼地摸进后排座位的时候，并没有遭遇任何意外。坐垫比我想象的要软，我前排的座位，也就是乔西现在落座的那个，离我非常近，因此我几乎完全看不到前面的景象，但我没有因此耽搁。我没有时间细致观察车厢内部，因为我已经意识到了那种不适的氛围又回来了。前排的乔西一言不发，目光避开身旁的母亲，盯着房子和梅拉尼娅管家的方向——后者正穿过那片碎石地,手里拿着一个不成形的拎袋,里面除了其他各式各样的东西,还装着乔西的应急药物。母亲双手握住方向盘,似乎迫不及待地要出发,头的转向和乔西一致,但我看得出来,母亲既不在看梅拉尼娅管家走近,也不在看房子,而是直直地看着乔西本人。母亲的眼睛张大了,而她那张格外瘦骨嶙峋的脸似乎将这双眼睛又放大了一圈。梅拉尼娅管家把那只不成形的拎袋放进后备厢,砰的一声放下盖子。然后她拉开她那一侧的后车门,溜进我旁边的座位。她对我说道:

"AF。系上安全带。不然你会撞坏的。"

我试图弄明白安全带系统,之前我见过那么多的乘客操作这种装置,可就在这时母亲开口了:

"你以为你骗过我了,是吧,姑娘?"

车里一阵沉默,接着乔西反问道:"你在说什么呐,老妈?"

"你掩饰不了的。你又病了。"

"我没病,老妈。我好着哪。"

"你为什么要这样对我,乔西?从来都是如此。为什么事情非得弄成这个样子?"

"我不知道你在说什么,老妈。"

"你以为我不期待这样一趟旅行吗?和我的女儿过一个我自己的休息日。一个我碰巧爱进骨子里的女儿,她跟我说她好着哪,其实她却在生着病!"

"这话不对,老妈。我真的挺好。"

但我从乔西的声音中听出了变化;仿佛是她已然放弃了到这一刻为止所付出的全部努力,突然间她精疲力竭了。

"你为什么要装呢,乔西?你以为这不会让我心痛吗?"

"老妈,我很好,我发誓。拜托开车带我们去吧。克拉拉从没有去过瀑布,她多期待今天啊。"

"**克拉拉**期待今天?"

"老妈,拜托了。"

"梅拉尼娅,"母亲说,"乔西需要帮助。下车。绕到她那一侧,帮她一把,拜托。如果让她尝试自己下车,她可能会摔倒的。"

又是一阵沉默。

"梅拉尼娅?你在后排干吗呢?你也病了吗?"

"也许乔西小姐能行。"

"你说什么?"

"我帮她。还有 AF。乔西小姐没事。也许吧。"

"让我们把话说说清楚。这是你给出的评估吗?我女儿的身体足以在户外撑过一整天?足以上瀑布?这让我担心起你来了,梅拉尼娅。"

梅拉尼娅管家一言不发,但她依旧没有动弹。

"梅拉尼娅?我是否要将这解读为你拒绝帮助乔西下车?"

梅拉尼娅管家正透过前排座椅的间隙,望着车外正前方的公路。她一脸困惑,仿佛远处山上的什么东西很难识别似的。突然间,她推开她那一侧的车门,钻出汽车。

"老妈,"乔西说道,"拜托,我们能走了吗?拜托不要这样做。"

"你以为我喜欢这样吗?喜欢这一切吗?好吧,你病了。那不是你的错。可谁也不告诉。就这样一个人藏在心里,好把我们全骗上车,面对这整整一天。这样可不好,乔西。"

"你这样才不好呢,老是说我病了,其实我有足够的力气轻松撑过……"

梅拉尼娅管家从外面拉开了乔西一侧的车门。乔西沉默了,接着她那张满是伤悲的脸从汽车座椅的边沿探了出来,看向我这里。

"我很抱歉,克拉拉。下回我们再去吧。我保证。我真的很抱歉。"

"没关系,"我答道,"我们必须做对乔西最有利的事。"

我正要一同下车,这时母亲却开口了:

"等一下,克拉拉。乔西也说了,你很期待今天。嗯,那你干吗不待在原位呢?"

"我很抱歉。我不明白。"

"嗨,很简单。乔西病了,去不成了。她本可以早点告诉我们的,可她选择了不说。好吧,那她就待在家里。梅拉尼娅也是。但没有理由你和我也不能去,克拉拉。"

我看不到母亲的脸,因为座椅靠背太高了。可乔西的脸探过座椅边沿,依然在凝视我。她的双眼已然没了神采,似乎已经不再关注它们所看到的事物。

"好啦,梅拉尼娅,"母亲提高了嗓门说,"帮乔西下车。扶她的时候当心点。她病了,别忘了。"

"克拉拉?"乔西说,"你真要和她一起去瀑布?"

"母亲的提议非常好心,"我答道,"但也许这一回,最好还是——"

"打住,克拉拉。"母亲打断了我。她接着说道:"这是怎么一回事,乔西?刚刚你还在操心克拉拉,操心她从来没有见过瀑布来着。转眼你又想让她待在家里?"

乔西继续看着我,梅拉尼娅管家依然站在车外,一只手伸着,等乔西来扶。终于,乔西开口道:

"好吧。也许你们是该去，克拉拉。你和老妈。没道理把好好的一天都毁了，只因为……我很抱歉。很抱歉我这段时间一直都不舒服。我不知道为什么……"我以为眼泪这时就要夺眶而出了，但她强忍住泪水，接着轻声说道："对不起，老妈。我真心的。我肯定让你们可扫兴了。克拉拉，你去吧。你会喜欢瀑布的。"说完她的脸就从座椅边沿消失了。

有那么一刻，我不确定该如何是好。母亲和乔西这时都已经表达了同一种观点，那就是我应该留在车里，踏上旅程。我同样能够看出，如果我真的这样做了，我有多大的可能性从中获得新的，或许是至关重要的洞见，看清乔西的处境，也看清我如何才能最好地帮助她。然而就在她返身走过碎石地的时候，她的伤悲却也是显而易见的。她的步伐——现在她已经没有什么可隐瞒的了——非常虚弱，她在接受梅拉尼娅管家搀扶的时候也一点都没有闹别扭的意思。

我们看着梅拉尼娅管家拿出钥匙打开正门，接着两人便进了屋。然后母亲发动汽车，我们随即动了起来。

* * *

因为这是我第一次坐车，所以我不能准确地估算我们的车速。在我看来，母亲开得异常地快，有那么一刻，恐惧钻入了我的脑海，但我很快想起了她天天都要开车爬上同样一道山坡，因此不太可能发生危险。我将注意力集中在两旁掠过的树木上，时而还会有大片的空地突然出现在道路一侧，接着是另一侧，透过这些空隙我能够俯瞰下方的树冠。接着公路不再向上攀升，汽车穿过一大片空旷的田野,惟有远处伫立着一座谷仓,很像是从乔西的窗口能望见的那一座。

这时母亲打破了沉默。因为她在开车,所以她没法儿回头转向我;要不是因为车里只有我一人,我也许都猜不到她是在对我说话。

"她们总是这样。玩弄你的感情。"过了片刻她又说道:"也许这件事看起来是我太严厉了。可除此之外,还有什么办法能让她们明白道理呢?她们必须明白,我们也是有感情的。"她顿了一下,接着又说:"她以为我**喜欢**和她分开,他妈的一天又一天吗?"

路上现在出现了别的汽车,但和商店外面的那些不同,这些车是双向行驶的。一辆车会突然出现在远方,朝着我们飞驰而来,可驾驶员们从来不会犯错,总是能够设法躲开我们。很快我周围的场景开始飞速地变化,我很难再将它们整理归位。一度,一个方格被其他的车辆所填充,而与它相邻的方格则被一段段的公路和周围的田野所填充。当公路从一格穿越到另一格时,我尽力保留其线条的连续性,但面对眼前不断变化的景象,我只能认输,任由公路在每次跨过边框的时候都先中断,再重启。尽管遇到了这么多困难,但这视野的广度和天空的无垠依然让我非常兴奋。太阳时常躲在云朵后面,但我有时看到他投下的图案跨越了整道的山谷或是大片的原野。

等到母亲再度开口时,她明显是在对我说话了。

"有时候,没有感情一定也挺好的。我羡慕你。"

我思考了一下这句话,然后答道:"我相信我有着许多感情。我观察得越多,我能够获得的感情也就越多。"

她哈哈笑了,笑得出乎意料,让我不由得一惊。"如此看来,"

她说道,"也许你不该那么热衷于观察。"说完她又添了一句:"对不起。我无意冒犯。我确信你有着各式各样的感情。"

"刚才乔西无法和我们同行时,我感到悲伤。"

"你感到悲伤。好吧。"她沉默了,也许是把注意力放在了驾驶和对向的来车上面。过了一会儿她又说:"曾经,就在不久前,我觉得自己的感情越变越少。以日递减。我不知道我对此是高兴还是难过。可是现在,就在最近,我好像又变得对一切都过分敏感了。克拉拉,看你的左手边。你在后面还好吧?朝你左边的远处看,告诉我你看到了什么。"

我们正在穿过一片没有起伏的原野,天空依然非常广阔。我看到了一片平坦的田地,没有谷仓也没有农用车辆,向着远方一路绵延。可就在地平线附近,我看到了一座像是完全用金属盒子构建的城镇。

"看到了吗?"母亲问道,虽然她自己的目光并没有离开路面。

"好遥远,"我答道,"但我看到了某种村落。也许是那种造汽车或是类似物件的地方。"

"猜得不算离谱。事实上那是一家化工厂,一家挺高精尖的化工厂。金博尔制冷。虽说他们已经有几十年没造过制冷设备了。我们当初来这里,就是因为这家厂。乔西的爸爸曾经在那里上班。"

尽管那个金属盒村落依然十分遥远,但现在我能够分辨出一些连接两栋相邻建筑的管道了,还有另一些指向天空的管道。这地方的某种特质让我想起了那台可怕的库廷斯机器,接着我的脑中闪过了对于污染的担忧。可就在这时,母亲说道:

"那是个好地方。进去的是清洁能源,出来的也是清洁能源。乔西的爸爸当年可是那儿的一颗明日之星呢。"

金属盒村落这时已经看不到了,我在座椅上重新坐直了身体。

"我们如今相处得还不错,"母亲说,"你甚至可以说我们是朋友了。当然,这对乔西也是件好事。"

"我在想,父亲现在还在制冷村上班吗?"

"什么?哦,不在了。他被……替代了。跟其他所有人一样。他曾经是个天才。当然,现在还是。我俩现在关系好多了。这一点对乔西很重要。"

那之后的一段时间里,我们都没有说话,路面这时开始陡然攀升。母亲随即放慢车速,我们拐上了一条窄路。当我再度透过前排座椅的间隙望向车外时,新的路面似乎只比汽车本身宽一丁点了。在我们前方,路面上印刻着一组泥泞的平行线,那是前车的轮胎留下的标记;路旁的树木从左右两边一齐向我们逼来,就像城市街道上的两排房屋。母亲驾车继续沿着这条窄路前行;尽管她放慢了车速,我还是担心万一对面有车驶来,那该怎么办。就在这时我们又拐了个弯,车随即停下了。

"就是这儿了,克拉拉。从这里开始我们走路。你能行吧?"

我们下车的时候,我感受到了冷飕飕的风,听到了鸟儿的嘈杂声。我们沿着一条布满石头和泥块的小道向上攀登,四周出现了越来越多的野生乔木。我得留神脚下,可我还是跟上了母亲;步行了一阵子,我们穿过两根木桩的间隙,又走上了另一条小道。这条道一路攀升,母亲不得不频繁地停下脚步,等我跟上。这时我意识到,也许她的看法终究是对的,也许这趟旅程对乔西而言确实太艰险了。

就在这时,我碰巧朝左边张望了一眼,目光越过在我们身旁延伸的一道栅栏,看见了田野里的一头公牛,它也在谨慎地望着我们。我以前在杂志上看到过公牛的照片,但在现实中,这当然是第一次;尽管这头牛站得离我们很远,我也知道它无法越过栅栏,它的形象却依然让我大惊失色,我不由得发出一声喊,脚也停住了。我之前从没有见过这样一种东西,竟能在同一时间内传递出这么多预示着愤怒与毁灭意愿的信号。它的脸,它的角,它那双注视着我们的冷眼——这一切在我的脑中唤起的全都是恐惧,而我能感受到的还不止这些——我还感受到了一样更陌生、更深层的东西。那一刻,我感觉仿佛是有人犯下了一个大错,竟然允许那个生物站在太阳的图案里——这头公牛理应被深埋在地下的泥土与黑暗之中,让它出现在草地上只会带来可怕的后果。

"没事儿的,"母亲说,"他碰不着我们。快来吧。我得来杯咖啡了。"

我强迫自己把目光从公牛身上别开,跟上母亲的脚步。很快,路面不再攀升,我们周围出现了那几张我在乔西的照片上看到过的粗木桌。我数了数,共有十四张,全都围绕着空地摆放,每张桌子的两边都配了木板做的长凳。大人、孩子、AF和狗或是在桌子边上坐着,或是围着桌子跑着,走着,站着。桌子对面就是瀑布,比我在照片上见到的更大,更气势汹汹。光是这道瀑布就占满了八个方格。我寻找着太阳,但灰色的天空中没有他的身影。

"我们就坐这儿,"母亲说,"来呀,坐吧。在这儿等我。我需要咖啡。"

我看着她走向二十步开外的一间用同样的粗木板搭成的小屋。小屋正面有一个开放式柜台,因而也就具备了商店的功能,路人们此刻就站在那里排队。

我很高兴能借着这个机会坐下来熟悉一下环境;就在我坐在

粗木桌边等着母亲回来的过程中，我发现周遭的事物渐渐有了条理。瀑布不再占据那么多格空间，孩子们和他们的 AF 也在我的眼中轻松地从一格穿越到另一格，几乎没有任何阻隔。

尽管没有一个 AF 用关注的眼神看向我，每一个似乎都全神贯注于自己的孩子，我依然很高兴能再次置身其他 AF 中间；有那么一刻我快乐地看着他们，用我的目光一个接一个地追随他们。就在这时母亲回来了，在我的面前坐下，我转身直面她，瀑布在她的身后汹汹地流着。她的咖啡装在一只纸杯里，她把杯子举到嘴边。我想起了乔西那天说过，坐在瀑布边上，不知不觉你的后背就全湿了，我不知道该不该和母亲提这件事。但她的态度中的某样东西告诉我，她不希望我现在说话。

她直直地盯着我的脸，就像那天罗莎和我坐在橱窗里的时候，她站在人行道上看我的眼神。她喝着咖啡，眼睛一刻都不曾离开我，直到我发现单单是母亲的脸就占满了六格空间，她那双眯起的眼睛在其中三格中反复出现，但每次出现的角度都有所不同。终于她开口道：

"好啦，你觉得这里怎么样？"

"棒极了。"

"这下你见过真正的瀑布了。"

"我很感谢您能带我来这里。"

"奇怪。我还以为你看上去不怎么开心呢。我没看见你平时的笑容。"

"我道歉。我不是有意要表现得那么不知感恩的。我非常高兴能看到瀑布。但或许我也很遗憾乔西不能和我们一起来。"

"我也是。那件事让我感觉很糟糕。"接着她又说了一句：

"但没有那么糟糕,因为你在这里。"

"谢谢您。"

"也许梅拉尼娅说得对。也许乔西不会有事的。"

我一言不发。母亲啜着咖啡,眼睛依然看着我。

"乔西是怎么跟你说这个地方的?"

"她说这里很美,她一直都非常喜欢和您一起来这里玩。"

"她是这么说的?那她有没有告诉过你,我们以前总是带萨尔来这里?还有萨尔是多么地喜欢这里?"

"乔西的确提起过姐姐。"说完我又补充了一句:"我在照片里看到了乔西的姐姐。"

母亲目不转睛地看着我,目光如炬,我不由得想,自己一定是说错了话。可就在这时她开口道:"我想我知道你说的是哪一张。就是我们仨坐在那边的那一张。我记得是梅拉尼娅拍的。当时我们就坐在那边的那条长凳上。我,萨尔,乔西。怎么啦,克拉拉?"

"听说萨尔已经离世了,我很难过。"

"难过这词用得很对。"

"对不起。也许我不该……"

"没关系。她离开我们已经有一阵子了。只可惜你没见着萨尔。跟乔西不一样。乔西想到什么说什么。从不在乎自己是不是说了不该说的话。这有时候挺恼人的,可我就爱她这一点。萨尔不一样。萨尔在把话说出口前,总要把一切都细细想一遍,你明白吗?她更敏感。也许她面对疾病的表现就不如乔西。"

"我在想……萨尔为什么会离世?"

母亲的眼神变了,嘴角边现出了某种残酷的表情。

"这算是什么问题?"

"对不起。我只是好奇,想知道……"

"你没有权利好奇。"

"非常抱歉。"

"这跟你有什么关系?事情发生了,就是这样。"

接着,一阵漫长的沉默过后,母亲的面容柔和了下来。

"我想,今天我们没带乔西来是对的,"她说,"她身体不好。可现在我们如此这般坐在这里的时候,我又想她了。"她环顾四周,扭头看向瀑布。接着她回过头来,目光越过我,凝视着那些路人、狗和AF。"好啦,克拉拉。既然乔西不在这儿,那我就要你来做乔西。就一会儿。既然我们都来这儿了。"

"对不起。我不明白。"

"你以前为我做过一回的。就是我们从店里领走你的那天。你没忘,对吧?"

"我当然记得。"

"我是说,你没忘记该怎么做吧。怎么学乔西走路。"

"我可以用她的姿态走路。事实上,现在我更了解她了,也在更多的情境下观察过她了,我的模仿也随之更为成熟了。然而……"

"然而什么?"

"对不起。我不想说然而的。"

母亲看着我,然后说道:"很好。不过我本来也不打算让你再学她走路了。你看我们坐在这里,就我们俩。好地方,好天气。而我之前一直盼望着能带乔西来这里。所以我问你,克拉拉,你很聪明,如果此刻坐在这里的是她而不是你,她会怎么坐?我想她不会用你的这种坐姿。"

"是的。乔西的坐姿会更像……这样。"

母亲朝我探过身来,身体越过桌面,眼睛眯了起来,直到她的脸庞占满了八格空间,只留下边缘的几格给瀑布;有那么一刻,我感觉她的表情在不同的方格间变化不定。在一格中,譬如说,她的眼睛在残酷地笑着,而在下一格中,这双眼里又满是伤悲。瀑布、孩子和狗的声音全都渐次消逝,直至缄默,为母亲将要道出的话让路。

"很好。非常好。不过现在我要你动起来。做点什么。做乔西,不要停。做个小小的动作给我看。"

我像乔西那样微笑起来,安然摆出一个懒洋洋的、不拘小节的姿态。

"很好。现在说点什么。让我听听你说话。"

"对不起。我不确定……"

"不。那是克拉拉。我要乔西。"

"嗨,老妈。我是乔西。"

"很好。继续。来啊。"

"嗨,老妈。没啥好担心的,对吧?我来了,我没事儿。"

母亲的身体又探过一截桌面,我在一个个方格中看到了欣喜、恐惧、伤悲和大笑。别的一切此时都已沉默,因此我能听见她压低了嗓子一遍又一遍地重复着:"很好,很好,很好。"

"我告诉过你我不会有事的,"我说道,"梅拉尼娅说得对。我啥事也没有。有一点点累,仅此而已。"

"很抱歉,乔西。"母亲说,"很抱歉我今天没带你来这里。"

"没关系。我知道你是在替我担心。我很好。"

"真希望你在这里。可你不在。真希望我能让你不要再生病。"

"别担心,老妈。我会没事的。"

"你凭什么这么说?你知道些什么?你只是个孩子。一个爱着生活,相信一切都能搞定的孩子。你知道些什么?"

"没事的,老妈,别担心。我很快就能好起来。我还知道怎么样好起来呢。"

"什么?你在说什么?你以为你比医生懂得还多?比我懂得还多?你姐姐当年也许下过诺言。可她没能兑现。你可不许这样。"

"可是老妈,萨尔的病不一样。我会好起来的。"

"好吧,乔西。那你说给我听听你打算怎么好起来。"

"一样特别的帮助就要到来了。一样没人想到的东西。然后我病就好了。"

"这是什么话?这是谁在说话?"

现在,在一个方格接着一个方格中,我都能看到母亲脸上的两块颧骨在面皮之下是那么的突兀。

"真的,老妈。我不会有事的。"

"够了。够了!"

母亲起身走开了。这时我又看到了瀑布,它的声音——还有我身后的人声——也再度响起,比之前还要嘈杂。

母亲在那道木围栏划出的界线前停下了脚步,这里是地面消失、瀑布出现的地方。我能看到水雾在她面前飘浮,心想不一会儿她就要湿透了,可她还是站在那里,背对着我。终于,她转过身来,朝我招手。

"克拉拉。上这儿来。来看看这个。"

我从长凳上起身走向她。她方才叫了我"克拉拉",所以我知道我不该再试图模仿乔西了。她示意我再走近些。

"瞧,快看。你以前从没有见过瀑布。那就看看这个。你觉得怎么样?"

"棒极了。比杂志上的壮观多了。"

"很特别,对吧?很高兴你见到了瀑布。现在我们回去吧。我担心乔西。"

下山回车里的一路上,母亲都没有说话。她走得很快,总是领先我四步,我却不得不格外小心,以免在陡急的下山路上失误。我们又路过了刚才见到那头公牛的地方,我的目光扫过那片田野,一直望向远方,但那头可怕的生物这会儿却不见了,我心里想,不知道它是不是被带回了地下。

* * *

我们回到车里后,我正要坐进我的老位子,母亲却开口道:"坐前排吧。视野会更好。"

于是我坐进了她边上的位子,视野果然大不一样,就像商店中区和橱窗的差距。我们驶下山坡,穿过田野,太阳在云朵之间清晰可见,我观察着地平线上那些高高的树木如何七棵一丛、八棵一簇地抱团聚集在一起,哪怕它们四周全都一片空旷。汽车沿着一条长长的窄线穿越大地,远处的田野起初似乎现出了某种局部的图案,但我随后看清了那其实是羊群。我们经过一片田野,里面有四十多只这种生物,尽管车速很快,我还是看到了它们中的每一个都充满了善意——与方才那头可怕的公牛截然相反。有四只绵羊格外吸引我的目光,它们看上去比其他的同类还要温和。它们在草地上排成整齐的一列,一只接着一只,仿佛是在列队行进。不过我也看得出来——尽管我们的车疾驰而过——它们其实就静静地站在原地,只有嘴巴在咀嚼青草的时候微微张合着。

"我很感谢你,克拉拉。有你在我身边,我感觉没那么糟糕了。"

"我真高兴。"

"也许,我俩可以偶尔再去那里一趟。在乔西身体不好,不能外出的时候。"

我没有说话,于是她又说道:"你不介意吧,克拉拉?不介意我们以后再一起出去吧?"

"不,完全不介意。如果乔西不能来的话。"

"你猜怎么着?要我讲,我们最好不要跟乔西说起这件事。不要提你刚才在山上做的事情——模仿她。她也许会误会的。"接着,沉默了片刻后,她又问道:"那么我们就说定了?不要跟乔西提这件事。"

"如您所愿。"

这时,我又能看到远处的金属盒村落了,这一次是在我们的右侧。我以为她又会说起一些那里的事情,或是父亲的事情,可她只是一言不发地开着车,接着金属盒村落便消失了。直到这时她才又一次开口,而且相当地突兀:

"孩子们有时候挺伤人的。他们以为只要你恰好是个大人,你就刀枪不入,怎么也不会受伤。不过,你来之后,她还是成长了一些的。她已经比之前更懂得体贴了。"

"我很高兴。"

"挺明显的。这些天来,她确实更加考虑别人了。"

这时我看到了一棵树,它的树干粗看是一整根,事实上却是由三根较细的树干盘绕交织在一起而共同构成的。经过的时候我细细地观察它,身体在座椅上随之转动,只为了能多看它一眼。

"你刚才说,"母亲开口道,"她会好起来的。说什么特别的帮助就要到来了。你只是随便一说,对吧?"

"请您原谅我。我知道,您、医生还有梅拉尼娅管家全都非常周密地考虑过乔西的状况。这件事非常让人担心。即便如此,我还是希望她很快就能好起来。"

"只是希望吗?还是说,你在期待一件更加确凿的事情?一件我们其他人都没有看到的事情?"

"我想……这仅仅是希望。不过是真实的希望。我相信乔西很快就会好起来。"

母亲半晌没有说话,眼睛透过前挡玻璃,凝视着前方,神情如此恍惚,让我不禁怀疑她究竟有没有看我们眼前的路。这时她平静地开口道:

"你是个聪明的 AF。也许你能看到我们其他人看不到的东西。也许你的希望是有道理的。也许你是对的。"

*　*　*

我们回到家的时候,乔西不在厨房里,也不在大开间。母亲和梅拉尼娅管家站在厨房门口,小声说着话,我能看出梅拉尼娅管家是在报告我们不在家的这段时间里,乔西一切都好。母亲不住地点头,然后穿过门厅,走到楼梯底下,唤了一声楼上的乔西。乔西只答应了一个"好"字。母亲在楼梯下面又静静地站了一会儿。然后她耸耸肩,往大开间那头去了。现在门厅里只剩下了我一个人,于是我上楼去找乔西。

她正坐在地毯上,背靠着床,蜷起双腿,用膝盖支起一本速写簿。她聚精会神地用铅笔画着什么,所以我和她打招呼的时候,她并没有抬眼看我。散落在她四周的是从速写簿上撕下来的几页纸,一些是她草草画了几笔便丢弃的,另一些的上面画满了线条。

"乔西一切都好,我真高兴。"我说道。

"是啊,我没事儿。"她还是没有从速写簿上抬眼,"那个,你们玩得怎么样?"

"好极了。只可惜乔西不能来。"

"是啊。真是太糟了。你有没有去瞧一眼瀑布?"

"瞧了。那瀑布棒极了。"

"老妈开心吗?"

"我想是的。当然了,乔西不在身边,她非常遗憾。"

终于她朝我看了过来,眼睛越过速写簿上沿,飞快地投来一瞥,从她的目光中,我看到了某种我之前从未见过的眼神。这时我又想起了交流聚会上的那个声音,盘问乔西为什么不要一个B3,想起了她笑着答道:"现在我开始觉得我确实应该要了。"接着她的目光从我身上移开了,她又开始画了起来。我在原地又站了许久——自我进屋的那刻起,我就没有挪过位置。终于,我开口道:

"如果我做了什么惹乔西不开心的事情,那我非常抱歉。"

"我没有不开心。你为啥这么想?"

"这么说,我们还是好朋友?"

"你是我的AF。所以我们一定是好朋友,对吧?"

可她的声音中并没有笑意。显然,她想要一个人待着,接着画她的画,于是我走出房间,站到了外面的楼梯口上。

第三部

我原本希望摩根瀑布之旅的阴影到了第二天早上就会消散，可我失望了，乔西冷冷的态度在那之后又持续了很久。

而更让人不解的则是母亲的态度因摩根瀑布而发生的改变。我本以为这次出游很是顺利，我们之间的关系也会因此而升温。然而，同乔西一样，母亲对我也更加疏远了；每次她在门厅里或是楼梯口碰到我，也不再像以前那样和我打招呼了。

自然而然地，在接下来的日子里，我时常思考，为何交流聚会没有留下任何阴影，而摩根瀑布——尽管我顺从了乔西和母亲的意愿——却引发了这样的后果。又一次，我的脑中闪过了那种可能性：我的局限性——相比 B3 而言——在那一日不知怎的又显露了出来，使得乔西和母亲全都后悔她们当初所做的选择。果真如此的话，我知道，我最好的做法就是加倍努力地做乔西的好AF，直到阴影散去。与此同时，我渐渐看清了人类，出于逃避孤独的愿望，竟会采取何等复杂、何等难以揣摩的策略；我也明白了摩根瀑布之旅的结果可能自始至终都不在我的掌控范围内。

不过，后来的事态发展证明，我没有多少时间沉湎于摩根瀑布的阴影之中了，因为远足归来的几天之后，乔西的身体就垮了。

* * *

她太虚弱了，早上没法儿再下楼陪母亲喝那杯匆忙的咖啡了。因此，反倒是母亲上楼来到卧室，站在乔西昏睡的身影旁，背挺得笔直，哪怕是在她啜饮咖啡、低头望着床上的时候。

一旦母亲出门上班，梅拉尼娅管家就会接管一切；她会把安乐椅移到床边，坐在椅子上，大腿上架着她的矩形板，目光在屏幕和昏睡的乔西之间来来回回。正是在这样的一个早上，我正在屋里，挨着门口站着，随时准备帮忙，这时梅拉尼娅管家转身对我说：

"AF。你一直在我背后。我心里发毛。外面去。"

她说的是"外面"。我转身对着房门，然后轻声问了一句："不好意思，管家。你是说房子外面吗？"

"房间外面，房子外面，谁在乎？我一给信号，你就快点回来。"

我之前从来没有一个人到户外去过。不过，很显然，就梅拉尼娅管家而言，没有理由我不能这么做。我小心翼翼地走下台阶，兴奋之情涌入脑海，尽管我同时也担心着乔西。

在我的左手边，我能看到上次我遇见里克放飞鸟群的那座草丘。过了草丘就是母亲每天早上出门后驶上的那条公路——我自己就是沿着这条路去的摩根瀑布。可我转身避开了这些景物，朝着相反的方向走去，穿过碎石地，来到一处能将屋后的田野尽收眼底的地方。

天空灰白而广阔。田野向远方延伸，地势一路缓缓抬升；因此，尽管我不再能够像在卧室后窗前那样居高临下，麦克贝恩先生的谷仓却依然清晰可见。比起卧室的视角，从这里看去，草丛的叶片更容易分辨了；但最主要的变化却是，现在我能看到里克家的房子矗立在草甸间了。这时我意识到，假如后窗的位置能再偏左一点点，我们就能从卧室看到里克家了。

但我并没有去想里克家，因为我的脑海里又一次充斥着有关乔西的种种担忧，尤其是那个让我不解的问题：为什么太阳还没有送来他特殊的帮助，就像他帮助乞丐人和他的狗那样呢？起初，去摩根瀑布之前的那几天，乔西身体开始虚弱的时候，我就指望着太阳会伸出援手。后来，我也认可了他一时的等待也许是正确的；可现在，乔西的身体每况愈下，关于她未来的那么多事情都蒙上了疑云，而他还是在等待，真是令人困惑。

这件事我已经想过很久了，可现在我一个人来到了户外，田野近在眼前，太阳高悬头顶，我也终于得以将我的几个思绪串联起来了。我能够理解，太阳尽管仁慈，却也非常忙；除了乔西，还有许多人需要他的关注，而即便是太阳，恐怕难免也会忽视像乔西这样的个例，尤其是在她似乎享受着一位母亲、一位管家和一个AF的妥善照料的情况下。这时，一个想法钻入我的脑海：想要让她得到太阳特殊的帮助，或许有必要以某种不寻常的、引人注目的方式吸引太阳的关注。

我走在松软的泥土上，直到我来到了第一片田野的篱笆旁，边上还有一扇好像画框的木门。木门只需提起挂在门柱上的绳圈就能打开，然后，看得出来，我就能畅通无阻地走进田里了。田里的草看上去很高——可乔西和里克还是小孩子的时候，就已经能够穿过这片草地，一直走到麦克贝恩先生的谷仓前了。我能看到路人的脚步踩出的一条小径的起点，通向草丛深处，心里想着自己有多大的可能完成同样的一趟旅程。

我还想到了太阳为乞丐人和他的狗送去特殊滋养的时机，思考着他和乔西的境遇有何重大差异。举例来说，许多路人都认识乞丐人，在他身体虚弱的时候，他是在一条繁忙的街道上，那些出租车司机和跑步者全都能看到他。这些人中的任何一位都有可能吸引太阳去关注他和他的狗的病情。更重要的是，我记得就在太阳为乞丐人送去特殊滋养前不久发生过什么。库廷斯机器一直在制造可怕的污染，哪怕是太阳也不得不躲避一段时日，而正是在那台可怕的机器消失后的新纪元里，扫清烦恼、满心欢喜的太阳才送上了他特殊的帮助。

我又在画框门前逗留了一会儿，看着草丛摆向一边，然后是另一边，心里想着草丛里面会不会还藏着别的小径，我怎么才能帮忙将乔西从病痛中解救出来。可我还不习惯于独自站在户外，我能感觉到自己开始逐渐迷失方向。于是我转身背对田野，朝回家的方向走去。

* * *

赖安大夫这段时间上门很频繁，乔西白天大段大段的时间都在睡觉。每天，太阳都会向屋里倾泻他普通的滋养，他的图案时常落在她熟睡的身形上，可他的特殊帮助依然是无影无踪。不过现在，太阳选择等待或许依然是正确的，因为乔西确实一点点地又有了力气，直到最终她能够在床上坐起来了。

赖安大夫告诫过她，叫她不要再上矩形板课程了，所以现在，她一天天地靠枕头撑起身子，用尖头铅笔和速写簿创作了许多画作。每次她完成一幅画，或是决定放弃，就会撕下那页纸，丢向半空中，任凭它飘落到地毯上；于是，把这些纸页收集起来，整齐地码堆就成了我的工作。

随着赖安大夫渐渐来得少了，里克上门倒是越来越勤了。梅拉尼娅管家一向对里克有些提防，不过即便是她也看得出来，他的来访让乔西的情绪好了不少。于是她准许了里克上门来做客，尽管她依然坚持做客时间不得超过三十分钟。里克头一回被带进卧室的那个下午，我正要起身离开，免得打扰他们，梅拉尼娅管家却在楼梯口上拦住了我，小声对我说："不，AF！你留在那里。确保他们不会胡来。"

于是，这就成为了一种惯例：里克来访期间，我会留在房里，哪怕他有时候用"快走开"的眼神朝我这边看，而且几乎从来不跟我说话，就连你好和再见也不说。要是乔西也给出了这种"快走开"的暗示，我是不会留下的，哪怕梅拉尼娅管家有过指示。可乔西似乎很乐意有我在场——我甚至觉得她能从中得到慰藉——虽说她也从来没有让我加入他俩的对话。

我尽量不去打扰他们，只是坐在纽扣沙发上，目不转睛地凝望着田野。我不免会听到身后的对话；尽管有时候我觉得自己不应该去听，却又转而想起了我的职责就是尽可能多地去了解乔西，而通过聆听这样的对话，或许我就可以收获无法通过别的途径得到的新观察发现。

里克在这段时期的卧室探访可以分成三个阶段。第一阶段，他进门后会紧张地环顾四周；整整三十分钟，他都表现得好像一不小心就会弄坏家具似的。正是在这一阶段，他养成了坐在那只摩登衣橱前面的地板上的习惯，背靠着橱门。从纽扣沙发上，我能看到他们在窗户里的影子，里克保持着这样的姿势，乔西坐在床上，两人看起来好似肩并肩坐着，只是乔西所处的位置更高。

贯穿这第一阶段始终的，是一种温和的氛围；不等两人多说几句实质性的话,三十分钟常常就一晃而过了。两个孩子会分享他们更小时候的回忆,拿那些往事开玩笑。只需一个字,或是简单地一提,他们就能够触发这样一段回忆,然后沉浸其中。在这样的时刻,他们说起话来仿佛是在使用密码,让我一度怀疑这是不是因为有我在场的缘故,但我很快明白了这纯粹是出于他们对彼此生活的熟悉,并没有故意把我排斥在外、不想让我听懂的意图。

一开始,乔西招待里克的时候并没有画画。但随着两人越来越放松,整整三十分钟她往往会一张接一张地画画,一边画一边撕下纸页,任由它们飘落到他坐着的地方。泡泡游戏正是这样开始的——起初完全没有恶意。

泡泡游戏的到来标志着里克的探访开始进入了下一阶段。也有可能这泡泡游戏是他们很久以前在孩提时代就发明了的。的确,这一回的游戏打一开始,两人之间就无需沟通任何规则。乔西忽然就开始把她画的画丢给了里克,即便两人还在继续漫无边际地聊着天,直到里克终于拿起一张画细细端详,然后问道:

"好吧,这是要玩泡泡游戏吗?"

"要是你想玩的话。你想玩才玩,里基。"

"我没铅笔。扔一支黑的给我。"

"这里所有的黑笔我都要。再说了,这屋里谁才是艺术家?"

"你连笔都不肯借我,我怎么填泡泡呢?"

即使我背对着他们,要猜出这游戏的脉络也不难。而且,每次半个小时的时间一到,里克刚一走,我就能一边从地板上收起纸页，一边观察它们了。就这样，我开始渐渐认识到，对于他俩而言，这游戏的分量正变得越来越重。

乔西的简笔画很有技巧，通常会画上一个、两个，偶尔是三个人；相对于他们的身体，他们的脑袋会故意画得很大。在早期的探访中，人物的脸通常都是和善的，而且只用黑色的尖头铅笔画，而他们的肩膀和身体同周围的环境一样，是用彩色的尖头铅笔画的。在每一幅画中，乔西都会留一个空白的泡泡框，飘浮在一个或另一个脑袋上方——有时会是两个泡泡飘在两个脑袋上方——让里克填上文字。我很快就明白了一件事：在这个游戏世界中，尽管那些面孔并不像里克或是乔西，这些形形色色的画中女孩却依然有可能代表着乔西，而画中男孩则代表着里克。与之相似的是，另一些人物可能代表着乔西生活中的其他人——母亲，比方说，或是交流聚会上的孩子们，还有另一些我尚未遇到的人。尽管对我来说，画中的许多面孔究竟代表何人似乎是一件很难弄懂的事情，里克却似乎没有这样的问题。每当有画飘落到他手中时，他从不要求乔西做出任何澄清，只会毫不犹豫地把文字填写进泡泡。

我很快就明白了里克填进泡泡的文字代表了画中人的思绪，有时是话语，而正因为此，他的任务也就带有了某种危险性。从一开始，我就担心乔西所画的或是里克所写的某样东西会制造紧张。不过在这一阶段，泡泡游戏带来的似乎只有欢乐与回忆，我能在窗玻璃中看到两人的影子，看着他们一面大笑一面伸出食指互相指点。要是他们像一开始玩这个游戏时那样全神贯注于游戏本身——要是他们把话题仅仅局限在那些画上——

也许两人的关系就不会被后来的种种紧张所渗透了。可随着乔西不停地画着，里克不停地填着泡泡，他俩开始谈论一些与画无关的话题。

一个阳光明媚的午后，里克背靠摩登衣橱坐着，太阳的图案触摸着他的双脚；就在这时，乔西说话了：

"知道吗，里基，我在想你是不是有点吃醋了。你老是问我那个画像的事情，问个不停。"

"我不明白。你是说你正在那里给我画像？"

"不是，里基。我是说你老是提起**我**的画像。那个城里的伙计正在给我画着的那幅。"

"哦，那个呀。呃，我确实提过一次，我想。这算不得没完没了吧。"

"你就没停过。光是昨天就提了两回。"

里克正在写字的手停住了，可他并没有抬眼。"我想我就是好奇。可凭什么人家要因为有人在给你画像就吃醋呢？"

"听上去是挺傻的。可你的话的的确确就给人那种感觉。"

接下来的一小会儿工夫，两人谁也不说话，各管各地继续着手头的工作。这时，里克开口了：

"要我说，我不是吃醋。我是不放心。这个家伙，这个艺术家什么的，你所说的有关他的一切，听上去都，唔，挺瘆人的。"

"他只是在给我画像，仅此而已。他一直都彬彬有礼的，一直都生怕把我累着了。"

"他听上去从来都不对劲。你说我老是提起这件事。好吧，那是因为每次我一提起，你都会说出又一件事情来，让我觉得：哦，天啊，这事儿真是越来越瘆人了。"

"这有什么瘆人的?"

"比方说吧,他的工作室你已经去过,嗯,四次了?可他从来没给你看过任何东西。没有草图,什么也没有。他好像只做一件事,就是给你近距离拍照。你的这一块,你的那一块。这真的是艺术家该做的事情吗?"

"他更喜欢拍照,因为这样一来我就不必按传统的方式一动不动地坐上几个小时,累个半死了。这样我每次只用在那儿待上二十分钟,顶多了。他分阶段地拍下他需要的照片。何况老妈还一直在场。你说,我的亲妈会雇一个变态来给我画像吗?"

里克没有回话。于是乔西接着说道:

"我觉得这**就是**某种吃醋,里基。不过,你猜怎么着?我不介意。这证明你有着正确的态度。你一心要保护我。证明你在想着我们的计划。所以,别担心啦。"

"我没担心。你给我扣的这顶帽子太荒唐。"

"这不是扣帽子。我没说这跟性或那方面的事情有关。我想说的是,这幅画像——它只是外面那个更大的世界的一部分,而你担心它会成为我们的障碍。我说你也许在吃醋,其实只是想表达这层意思。"

"好吧。"

他们的"计划",虽然时时被提起,却很少得到详细的讨论。尽管如此,正是在这——依然温和的——探视阶段,我开始将他俩与之相关的言论收集整理成一组条理清晰的观察发现。我渐渐认识到,这计划并非出于他们的精心建构,而更多的是一个与他们的未来联系在一起的模糊愿景。我同样认识到了这个计划对于我自己的目标有多重要；认识到了随着未来渐渐展露在眼前，即使母亲、梅拉尼娅管家和我每时每刻都陪在乔西身边，没有这个计划，她很可能依然无法赶走孤独。

* * *

这件事过后，泡泡游戏便迎来了一个转折点——它带来的不再是欢笑，而是恐惧与不确定。如今，在我的头脑中，这标志着里克的探访进入了第三个，也就是最后一个阶段。

如今，我已经很难确定他俩中是哪一个首先改变了游戏氛围。前两个阶段，乔西在创作简笔画时常常会有意勾起两人过去共同经历过的那些或是有趣或是快乐的小事。这也是里克能够飞快地、毫不犹豫地填好泡泡的原因之一。可如今，当纸页飘落到他手中时，里克的反应出现了变数。他越来越喜欢久久地凝视着画面，时而叹气，时而皱眉。然后，当他写下文字时，他会写得很慢，而且比之前更加专注了——这时他通常不会回应乔西说的任何话，直到他写完最后一个字。而乔西的反应呢——在里克把纸页递还给她之后——也变得难以预测了。她有时会用茫然的目光审视着那页纸，然后一言不发地把它搁在被褥边。有时她又会轻轻拂开一张里克填完字的画纸，让它落回地上，这一次是落向一处里克够不着的地方。

时不时地，游戏的氛围会回到从前的样子，他们会友好地一同大笑或是争论。然而，如今两人之间会越来越频繁地爆发一场不友善的对话，其肇因要么是乔西的画，要么是里克的文字。即便如此，等到梅拉尼娅管家朝楼上喊着三十分钟时间已到时，一种舒心的氛围通常都会再度降临。

* * *

有一回，里克伸手拾起一页纸，认认真真地端详着，然后放下了他的尖头铅笔。他又看了一会儿那幅画，直到坐在床上的乔西注意到了这一点，于是停下手头的画。

"怎么啦，里基？"

"唔。我只是在纳闷，你画的这些该是什么个意思。"

"他们看上去像什么？"

"她周围的这些人。我该认为他们是外星人吗？他们看上去没有头，只有一个，嗯，大大的眼球。不好意思，也许我理解得完全不对。"

"不能说完全不对。"她的声音中有一丝寒意，也许是一丝小小的恐惧，"嗯，至少不全错吧。他们不是外星人。他们就是……这就是他们。"

"好吧。他们是一个眼球部落。可他们全都盯着她的样子很是让人不安。"

"有什么不安的？"

我的身后陷入了一阵持久的沉默；窗玻璃映出了里克的影子，我看到他还在盯着那页画纸看。

"到底有什么不安的？"乔西又问了一遍。

"我不确定。你给她留的这个泡泡还格外大。我不确定该写些什么。"

"你觉得她在想什么就写什么呗。还是老规矩。"

两人又是一阵沉默。窗玻璃上的太阳让我很难再看清里面的影子,我很想转过身去,尽管这样做也许会打扰到他们。但不等我动作,里克就说话了:

"他们的眼睛真的好瘆人。更瘆人的是——她看上去好像希望他们继续盯着自己看。"

"这说法好恶心,里基。她怎么会有那样的愿望呢?"

"我不知道。你来告诉我。"

"我怎么能告诉你呢?"乔西的声音这时起了愠意,"填泡泡是谁的任务来着?"

"她像是在隐隐地微笑。好像她内心里面其实是乐意的。"

"不,里基,你弄错了。这说法真恶心。"

"对不起。我一定是误解了。"

"没错,误解。那就快点填上她的泡泡吧。下一幅画就在我手上,都快画完了。里克?你在听吗?"

"也许我最好还是放弃这一张吧。"

"哎,你干吗呢!"

太阳这时已经退下了;借着窗玻璃,我能看到里克将那页画纸往地上轻轻一丢,丢进了在乔西床边渐渐堆积起来的那一摞杂乱无章的画纸中间。

"我很失望,里克。"

"那就不要再画这样的画了。"

又是一阵沉默。我能看到乔西坐在床上,假装在全神贯注地画她的下一幅画。里克的影子我已经不怎么能看得清了,可我知道他还是一动不动地背靠着摩登衣橱,目光越过我,凝望着后窗外面。

＊　＊　＊

　　里克的探访结束后，乔西通常都会疲惫地把尖头铅笔、速写簿和零落的画纸往地上一扔，俯身卧在床上休息。这时候，我就会从纽扣沙发上下来，拾起那许多此刻散落了一地的物件，如此我也就有机会窥见探访过程中他俩一直在讨论的究竟是什么了。

　　乔西尽管把脸埋在枕头里，却并没有真的睡着，反倒会闭着眼睛不停地说着话。因此，她完全清楚我会在收起画纸的时候观察她的画作，而她显然并不介意。事实上，她心里面很可能希望我能看到其中的每一幅。

　　有一回，在履行这项整理工作的时候，我碰巧拾起了一页纸；尽管我只是飞快地瞥了一眼画面，却还是当即认出了画中的两张最重要的面孔代表的应该是交流聚会上的米西和那个长臂女孩。当然，画中有许多不准确的地方，但乔西的用意是显而易见的。两姐妹位于画面的最前排，脸上带着不友善的表情，而在她们身边还聚集着另一些完成度较低的面孔。画中没有任何家具的细节，但我知道背景就是大开间。画面中还有一个小小的、没有特征的生灵，挤在两姐妹中间的那道夹缝里面——要不是因为它头顶上一个大大的泡泡，你很难注意到它。与画中米西和画中长臂女孩不同，这个生灵缺少通常意义上的人类特征，譬如面孔、肩膀或是手臂，更像是一团在水槽边的中岛台面上聚成的那种液滴。事实上，只要去掉了它头上的泡泡，一个路人很可能根本就猜不出这团形状要代表的是一个人。两姐妹完全无视水滴人的存在，哪怕这个人近在咫尺。泡泡里面，里克写下了这样的话：

"那些聪明孩子以为我没有形体。但是我有。我只是把它藏起来了。因为谁想让他们看见呢？"

尽管我只瞥了这幅画一眼，乔西依然知道我领会了其中的含义，于是从床头用懒洋洋的声音发问道：

"你不觉得他写出这样的话来很奇怪吗？"

听到我轻笑一声，接着整理物什，她又追问道：

"你说他会不会认为我画的那个人就是他？那个夹在两只讨厌鬼中间的小人？你说他会不会就是因为那么想的，才往泡泡里填这样的话？"

"有可能。"

"但你觉得不是。对吧，克拉拉？"说完她又添了一句："克拉拉，你在听吗？说呀。让我听听你的高论呗？"

"他更有可能认为那个小人是乔西。"

她没有再说话，任凭我将一页页纸码成小堆，连同之前的那些一齐塞进梳妆台下面的空间里。我以为她已经睡着了，可就在这时她突然开口道：

"你为什么这么说？"

"这只是一个推断。我认为，里克觉得那个小人是乔西。我还相信里克是在试图表达善意。"

"善意？善意在哪里？"

"我相信里克是在担心乔西。担心她有时似乎会在不同的环境下发生改变。不过，在这幅画中，里克是在表达善意。因为他是在暗示，乔西聪明地保护了自己，并没有真的改变。"

"就算我有时候的表现和过去不一样，那又如何？谁想要永远保持不变呢？里克的问题在于，每当我表现出一点点他不喜欢的样子时,他就总是对我横加指责。那是因为,他想要我永远保持从前我俩还是小小孩时的样子。"

"我不认为那真的是里克的愿望。"

"那他写的这些又算是什么?什么没有形状啦,什么藏起来啦?我看不出这话有什么善意。里克的问题就在这里。他不想长大。最起码,他妈妈不想要他长大,而他也默认了。这背后的想法是,他要跟他妈妈永远、永远地住在一起。这对我们的计划有帮助吗?每次我表现出任何想要长大的迹象来,他就开始生闷气。"

我没有回应她的话。乔西依旧躺在那里,眼睛闭着。过了一会儿,她真的睡着了,但就在她睡着前,她又轻声说了一句:

"也许吧。也许他确实想要表达善意。"

我一直在猜测乔西会不会在里克下次来访的时候提起这幅画——或是泡泡里面的文字。可她没有提,我也从中认识到了两人之间存在着某种规则:每一幅画,每一行填进泡泡的文字,一旦在纸上落定,就不能再直白地讨论了。也许正因为有了这样的默契,他们才能够自由地画画和写字。即便如此,如我所说,从一开始我就认为他们的泡泡游戏危机四伏,最终也正是这游戏使得里克的半小时探访突然画上了句号。

* * *

那是一个多雨的午后,不过卧室里面还是能依稀见到太阳的图案。之前的几次探访都还算轻松,那天的气氛也相当舒心。探访已经进行了二十分钟——两人又在玩着泡泡游戏——这时,乔西在床上说道：

"下面的那位是怎么回事啊？还没写完吗？"

"我还在想。"

"里基，我要的就是你**别**想。你只管写下你脑子里闪过的第一个念头。"

"好吧。可这一幅真的需要多想一想。"

"为什么？这一幅有什么不一样吗？赶快呀。下一幅我都快画完了。"

窗玻璃映出里克的影子，我看到他还是坐在地板上的那个老地方，蜷起双腿，好把画架在膝盖上面，两只手垂在体侧。他瞪着眼前的那幅画，脸上带着困惑的表情。过了一会儿，乔西又开口了，手中的笔还在画个不停：

"知道吗，有件事我一直想问的。你妈为啥不开车了？你们的车还在，对吧？"

"好多年都没人发动过了。不过，没错，车还在车库里。也许等我拿到了驾照，我会把它从里到外检查一遍的。"

"她是怕出车祸还是怎么着？"

"乔西，这件事我们已经讨论过了。"

"是的，可我不记得了。是因为她太害怕了吗？"

"差不多吧。"

"**我**妈呢，她恰恰相反。开得太快了。"里克没有答话，于是她接着问道："里基，你还没填完吗？"

"我会填完的。再等我一下。"

"不开车是一回事。可你妈难道都不在意没有朋友吗？"

"她有朋友。那位里弗斯太太经常过来。她也是你妈的朋友，对不对？"

"那不是我真正想说的。谁都有一两个**个人**朋友。可你妈呢，她没有**社交**。我妈也没有太多朋友。可她真的有社交。"

"社交？听上去怪怪的。啥意思啊？"

"意思就是，你走进一家商店或是钻进一辆出租车的时候，别人会把你当回事。好好待你。只要你有社交。很重要，对吧？"

"听着，乔西，你知道我妈的身体有时候不太好。不要说得好像是她自己能做决定似的。"

"可她的的确确做过决定，不是吗？比方说，她就做过一个关于你的决定。很久以前。"

"我不知道我们为什么要说这个。"

"你知道我怎么想吗，里基？要是我说错话了，你就让我闭嘴。我觉得你妈一直都不让你走出那一步，是因为她想让你只属于她一个人。而现在呢，一切都晚了。"

"我不知道我们为什么要说这个。那又怎样呢？再说了，谁想要什么社交呢？这一点也不会妨碍我们的事情。"

"这当然会妨碍我们的事情，里基。首先就会妨碍我们的计划。"

"听着，我在尽力……"

"可你**没**在尽力，里基。你一直在说我们的计划，可你又真的在做什么呢？日子一天天过去，我们一天天长大，事情一件件冒出来。我在做我所能做的一切，可你没有，里克。"

"有什么事情是我该做而没做的？再参加一次你的交流聚会吗？"

"你至少应该再多努努力。你可以做我们之前说过的那些事。

学习再用功些。试着进阿特拉斯·布鲁金斯。"

"说阿特拉斯·布鲁金斯又有什么意义呢?我连一丁点机会都没有。"

"你当然有机会,里基。你很聪明。连我妈都说你有机会。"

"理论上的机会。阿特拉斯·布鲁金斯也许把喇叭吹得震天响,可这机会还不到百分之二。仅此而已。他们录取的没提升过的孩子还不到百分之二。"

"可你比其他那些没提升过的考生都要聪明。所以你为什么不试一把呢?我来告诉你为什么。因为你妈想要你永远和她住在一起。她不想要你走出去,变成一个真正的大人。嘿,你在下面干吗呢,还没写完吗?下一幅画已经好了。"

里克一言不发,只是瞪着手中的画。乔西尽管宣称画好了,却还在继续往下一幅画上添着什么。

"反正呢,"她接着说道,"这怎么可能行得通?我们的计划,我是说。如果我有社交,而你没有,这怎么可能行得通?我妈开车太快了。可至少她有勇气。她在萨尔的事情上出了岔子,可在那之后她鼓起勇气,又一次在我身上走出了那一步。这需要勇气,对吧?"

里克突然倾身向前,开始在画上写字。他平常喜欢拿一本杂志垫在下面,可这回我看到画纸就直接抵在他的大腿上,已经开始起皱了。可他继续飞快地写着,然后站起身,把尖头铅笔扔在了地上。他没有把画递给乔西,而是把它往床上一扔,任由它落在她面前的羽绒被上。接着他向后退开,一直退到门口,自始至终都瞪大了眼睛望着她,眼中既有愤怒,也有恐惧。

乔西惊讶地转向他。然后她放下自己的尖头铅笔,伸手捡起那页纸。她用一双茫然的眼睛看着画纸,看了许久,而里克也一直在门口望着她。

"我不敢相信你会写出这样的话来,"她终于说道,"你为什么要这么做?"

我在纽扣沙发上转过身去,因为据我判断,此时的紧张程度已经不再允许两人完全不受打扰了。也许里克已经忘记了我的存在,因为我转身的动作似乎吓到了他。他将目光投向我,凝视了我片刻,眼中依然满是恐惧与愤怒,接着他一言不发地大步走出了房间。我们听着他走下楼去的脚步声。

正门关上的声音刚一传来,乔西就打了个哈欠,把所有的东西都扔下床去,然后俯卧在床上,仿佛这次探访的结果和平时没有什么两样似的。

"他有时候真的好累人的。"她对着枕头说道。

我走下纽扣沙发,开始整理房间。乔西没有再多说什么,眼睛也一直闭着,但我看得出来她并没有睡着。我一面继续着手头的整理,一面自然而然地瞥向那页制造紧张的画纸。

如我所料,出现在画中的是乔西和里克的变体。画里有许多不准确的地方,但同样也有许多的相似点,足以让人认定乔西想要画的是谁。画中乔西和画中里克似乎飘浮在高高的天空中,下方的树木、公路和房子都小得好似模型。两人身后,天空的一角,七只鸟儿正在编队飞行。画中乔西两手托着一只更大的鸟儿,作为一件特别的礼物献给里克。画中乔西脸上挂着大大的笑容,画中里克则一脸吃惊又兴奋的表情。

画中里克的头上没有泡泡。唯一的泡泡留给了画中乔西的思绪，而里克在泡泡里面填上了这样的话：

"真希望我能走出去，去散步，去跑步，去踩滑板，去湖里游泳。可我不能，因为我妈妈有**勇气**。所以，我就只能躺在床上生病了。对此我很高兴。我真的很高兴。"

我将这幅画插入我收拢在手里的那一摞画中，确保它不会出现在上层。乔西依然一动不动，一声不吭，眼睛闭着，但我知道她没有睡着。换作是在摩根瀑布之旅以前的那些时日，这时我也许就和她说话了，而她也会如实地回答我。可如今我俩之间的氛围已经变了，因此我决定什么也不说。我走到梳妆台前，俯身将这最新的一摞画放入台下的空间，和之前的那几摞放在一起。

* * *

第二天和第三天，里克都没有来。梅拉尼娅管家问过一句："那男孩哪去了？病了？"可乔西只是耸耸肩，没有说话。

日子一天天过去，里克没有再上门来；乔西变得更安静了，而她给出的都是"走开"的信号。她还在床上不停地画着画，可没了里克和泡泡游戏，她的热情很快就枯竭了；她时常会把画到一半的画作往地上一扔，直挺挺地躺在床上，两眼瞪着天花板。

一天下午，就在她如此般瞪着天花板发呆的时候，我对她说："如果你愿意，乔西，我俩可以来玩泡泡游戏。如果乔西愿意画画，我会尽力想出合适的文字来。"

她依然抬眼瞪视着半空中。然后她扭过头来，对我说道："我说，这行不通的。我不介意你旁听。可你说什么也替代不了里克的。门也没有。"

"我明白了。对不起。我不该提议……"

"是的。你不该。"

又过去了一些时日，里克还是没有来；乔西越来越昏昏欲睡了，我不由得担心她又要开始没力气了。一个想法跃入我的脑海：现在正是太阳送来特殊帮助的绝佳时机；每当他投入卧室的图案突然改变的时候，或是他冲破阴云，重新在天空中现身的时候，我都会格外热切地关注着他。然而，尽管他依然孜孜不倦地送上普通的滋养，他那份特殊的帮助却迟迟不见踪影。

* * *

一天早上，我把乔西的餐盘送下楼，然后回到卧室，发现她正用枕头撑起身子，忙着用纸笔画着什么——她先前的那份热情似乎又回来了。不仅如此，她还一脸严肃，而我之前从未见过她在画画的时候带着这样的神情。我试着和她说话，可她并没有回应。一度，在我一面整理房间，一面靠近床头的时候，她调整了一下坐姿，不让我瞥见画纸分毫。

过了一会儿，她撕下那页纸，紧紧地揉成一团，扔进羽绒被的一道褶缝里，夹在她自己的身体和墙壁中间。然后她又从头开始画了起来，两眼大睁，神色紧张。我坐在纽扣沙发上，这一回面对着她，好让她知道，我随时都可以陪她说话，只要她愿意开口。

过了差不多一个钟头，她放下尖头铅笔，盯着她的画作又看了一会儿。

"克拉拉？看到下面，左边最底下那个抽屉了吗？能不能帮我拿一个信封？一个大气泡信封。"

就在我来到抽屉边上，蹲下身去的时候，我看到乔西又一次举起了尖头铅笔，而通过笔头的动作，我能看出她不是在画画，而是在写字。接着她沿着中线将画纸对折，还在中间夹了一页白纸，免得弄花了画作，然后从我手中接过气泡信封，小心翼翼地将画纸塞了进去。她揭开那道窄窄的胶纸，封上信封，还压了压封口，以防万一。

"终于完事儿了，真开心。"她说道，一面用两只手翻弄着那只信封，好像这样做能给她带来慰藉似的。可就在我动身从床头走开的时候，她突然伸手将信封递向我："能麻烦你把这个放回你刚才翻出信封的那只抽屉吗？左下的那只。"

"当然。"我从她手中接过信封，但并没有立刻走向抽屉。相反，我立在房间中央，手握信封，两眼看着她。"我在想，这幅画会不会是乔西送给里克的一样特别的礼物。"

"你为什么这么说？"

"这只是一个推测。"

"好吧，你的推测是对的。我想着要把这个留给里克。留到他下次过来的时候。"

一阵沉默——她看着我，而我不确定她仅仅是急着要我按她的要求把信封放回抽屉，还是说她正等着听我谈谈里克和他过来做客的事情。最后我说道：

"也许他很快就会再来的。"

"也许吧。不过目前还没有这方面的迹象。"

"我想，里克会很高兴看到这幅画的。他会看出乔西在画这幅画的时候格外用心。"

"我没格外用心，"她的眼中闪过怒火，"我只是闲得无聊了，就又画了一幅画。仅此而已。不过,你说得对。这画是给里克的。问题是,他得先来这里,才能拿到画。可他再也不来了。"

她还在瞪视着我。我依然立在房间中央。

"乔西,"过了一会儿我说道,"如果你愿意,我可以把这幅画带给他。"

她的眼中现出了惊讶,还有兴奋。"你是说,你愿意把画带到他那边去?带去他家?"

"是的。毕竟他家就在隔壁。"

"我猜,由你来把画带给他也不那么奇怪。其他人家的 AF 一直在帮忙跑腿的,对吧?"

"我很乐意能过去一趟。我相信我能找对去他家的路。"

"那你愿意今天过去吗?午饭之前?"

"乔西希望什么时候就什么时候。如果你愿意,我现在就可以把东西带给他。立刻。"

"你觉得这是个好主意吗?"

我微微举起那只气泡信封:"我很想替乔西把画带给里克。探索户外对我会很有好处的。况且,假如里克接受了这幅特别的画,他也许会原谅乔西,再次成为她最好的朋友。"

"你说'原谅'是什么意思?该是**我**来原谅**他**。你这话傻透了,克拉拉。现在我不想要你把东西带给他了。"

"对不起。这是我的错。我还不太理解原谅的规则。即便如此,我还是认为,把画带给他是最好的做法。我想他会喜欢的。"

她的怒气从脸上消失了。"好吧。去吧。拿着。"然后,就在我转身的时候,她又轻声添了一句:"也许你是对的。我想,我**是**需要他来原谅。"

"我会把画带给他的,然后我们就能看到他会怎么做了。"

"好吧。"说完她微微一笑,"要是他敢无礼造次,你就把画撕了,好吗?"她这一笑,几乎和她在摩根瀑布之旅以前的笑容别无二致。我也微微一笑,然后答道:"希望事情不至于走到那一步。"

她用戏谑的姿态往枕头上一倒,躺回床上。"行啦,去吧。现在我得歇一会儿了。"

可就在我贴身紧握那只气泡信封,正要走出卧室的时候,她突然又说了一句:"嘿,克拉拉?"

"怎么啦?"

"这日子肯定挺无聊的,对吧?在这里和一个病恹恹的孩子住在一起。"

她还在微笑,但我看到了笑容之下的恐惧。

"和乔西在一起从来都不无聊。"

"你在商店里等了我那么久。我敢说,你这会儿肯定心里在想,当初自己跟别的孩子走就好了。"

"我从来不会有那样的想法。我的心愿就是做乔西的AF。这个愿望已经成真了。"

"是的,可是……"她发出一声轻笑,笑声中满是悲伤,"可那是在你来这儿之前。我答应过你,这里的生活棒极了。"

"我在这里非常快乐。我只想做乔西的AF,这就是我唯一的心愿。"

"要是我好起来了,我们就可以整天一起出门玩了。我们可以去城里,去看我老爸。也许他还可以带我们去其他的城市。"

"那些都是留给未来的希望。但乔西必须明白:我再找不到一个比这里更好的家了。也再找不到一个比乔西更好的孩子了。我非常高兴等到了你。是那位经理允许我等了那么久。"

乔西思考了一下这句话。然后她又笑了,笑容中满是善意,背后不再有恐惧。"这么说我们是朋友,对吧?最好的朋友。"

"是的,当然。"

"行。很好。那你记住了:别由着里克放肆。"

我也还以微笑,然后举起那只泡沫信封,示意我一定会保管好它的。

* * *

对于我独自前往里克家送画一事,梅拉尼娅管家没有表示反对。尽管如此,当我穿过碎石地,走向那扇画框门的时候,她一直站在正门口望着我,直到我踏上第一片田野,她才返身回屋里去。

我沿着那条踩出来的小径走着,路面很快变得难以预测,深一脚浅一脚的。野草高及我的肩膀,恐惧钻入我的头脑:我会在这里迷路的。不过,田野的这一块区域被划分成了一个个整齐有序的方格,因此当我从一格进入下一格时,我能够清楚地看到其余的方格在我的前方一字排开。那些野草就不那么省事了,总是从两边突然冒出,挡在我的面前,可就连这个困难我也很快学会了克服,办法就是伸出我的一只胳膊。要是我能腾出两只胳膊来,我会走得更快,不过,当然咯,我得用一只手拿着乔西的信封,不敢冒险让它受损。就在这时,我四周那些高高的野草消失了,我站在了里克家的房子前面。

方才从远处观察的时候，我就已经看出了里克家的房子不如乔西家的高级。现在我看清了房子外面的许多刷了白漆的木板已经发灰——有些地方甚至变成了土褐色——更有三扇窗户只是三个黑洞洞的长方形，里面既没有窗帘也没有百叶帘。我走上一段木板做的台阶，每一块木板都在我的脚下弯曲变形；接着我踏上用更多这样的木板搭成的平台，这一回木板之间的缝隙大得足以让人看到下面的泥地。房子的正门边上放着一台冰箱，被人推到了一旁，冰箱的背面完全暴露在路人面前，我能看到蜘蛛如何在复杂的金属构架里面安家。我停下脚步来观察它们精巧的蛛网，就在这时，正门开了——尽管我并没有按下任何按钮——里克走出门来，站上了平台。

"抱歉，"我赶忙说，"我并不想打扰你。我来是为了一件重要的差事。"

他似乎并没有生气，但也没有说话，只是继续看着我。

"AF们经常肩负重要的差事，"我继续说道，"乔西派我来，是为了这个。"我举起那只信封。

兴奋之情突然出现在里克的脸上，然后又迅速消失了。"那么你来对了。"他说道。

也许他指望我只是把信封交给他，然后就走人。可我事先预料到了这种可能，没有表现出要交出信封的意思来。我们就这样继续站在平台上，面对着面，听着风从木板的间隙里呼呼穿过。

"那样的话，"他终于说道，"我想你还是进屋来吧。不过你做好准备。这屋里可不太漂亮。"

门厅里铺着深色的木地板，我们走过一只敞开的大箱子，里面放着诸如坏掉的台灯或不成双的鞋子之类的杂件。里克领着我走进一个大房间，里面有一扇宽大的窗户，开向外面的田野。房间里的家具一点也不摩登，也不像大开间里的那样互相交错——我看到一只笨重的深色衣橱，几块花纹已经黯淡的小地毯，还有几把大小形状不一的软硬椅子。四面墙上挂着许多小图画，有些是照片，另一些是尖头铅笔画；这里，蜘蛛同样在画框的角落里安了家。屋里还摆着一些书本、圆面的钟表和几张矮桌。我能看出在这里走路可不太容易，于是选择了一处地面相对开阔的地方，走上前去，背靠着大窗户站在那里。

"好啦，我们就住这里，"里克说，"我妈和我。"

"你真客气，还让我进屋。"

"我刚才在楼上看着你走过来的。我马上又得回楼上去了。"他身体不动，只用眼珠朝天花板一翻，以此示意。接着他又难过地说："我猜你已经注意到这股味道了。"

"我闻不到味道。"

"哦，抱歉，我还不知道。我想着嗅觉是一项重要的感官能力。我是说，为安全考虑。万一着火了什么的，比方说。"

"也许正是出于这个原因，B3才被赋予了有限的嗅觉。但我完全没有这个能力。"

"哦，那今天你可算是走运了。因为这屋里还臭着呢。哪怕我今天早上收拾过了门厅。收拾了一遍一遍又一遍。"泪水涌进了他的眼眶，但他依然在看着我。

"里克的母亲身体不太好？"

"你可以这么说吧。不过她的病和乔西的病可不一样。你要是不介意的话，我不太想谈论我妈。乔西这些天来怎么样了？"

"恐怕没有好转。"

"恶化了?"

"或许也没有恶化。但我相信她的病情可能非常严重。"

"我猜也是这样。"他叹了口气,在正对着我的一张沙发上坐下,"这么说,她派你跑腿来了。"

"是的。她要我把这个带给你。这是她格外用心的成果。"

我把信封递了过去,好让他不用从沙发上起身就能接到。可他还是站了起来,哪怕他刚刚才落座,然后接下信封,小心翼翼地打开。

他盯着那幅画看了一会儿,脸上眼看着就要现出笑容了。"里克和乔西永远在一起。"他终于说道。

"上面是这么写的吗?在泡泡里面?"

"哦,我还以为你看过了呢。"

"乔西没有给我看,就把它封进了信封。"

他又看了一眼那幅画,然后把它翻转过来,亮在我眼前。这不像我之前在泡泡游戏中见到过的任何一幅画。大半张纸上都充斥着各种看似尖锐的物体,许多都凶巴巴地亮着突出的尖角;它们纠结缠绕在一起,构成了一张密不透风的网。乔西用了多种颜色的彩笔来创造这张网,但它总体的效果却是黑暗和压抑的。然而,画面的左下角却保留了一隅明净安宁的空间;在那里,你可以看见两个小人的身影,背对着路人,手拉着手向远方走去。他们的身形太纤细了,让人看不出他们的身份来,只知道那是一个男孩和一个女孩,但他们似乎非常快乐,无忧无虑。两人的头顶上只有一个泡泡,但少了平常的小尾巴或是泡泡点,因此那里面的字更像是一句海报标语,或是出租车门上的广告,而不是从那两个人的头脑中冒出的想法。

"你觉得怎么样?"他问道。

"非常好。我觉得这是一幅善意的画。"

"是的。我想是的。还有一条善意的信息。"

突然,楼上传来了吵闹的音乐声与电子人声,里克的脸上现出了恼怒。他冲出房间,手里依然握着乔西的画。

"妈!"他在门厅里吼道,"妈!看在上帝的分上,拜托把声音调低!"

楼上有人回了句什么;里克放缓了些语气,再次冲上面喊道:"我一会儿就上来。现在,拜托。把声音调低。"

电子噪声平息了下去;里克回到大房间,再度看起了乔西的画。

"是的。这是一幅善意的画。代我向乔西说声谢谢。"

"我想,乔西还指望着里克会亲自上门来说谢谢呢。"

他的笑容渐渐消失了。"可事情没有那么简单,不是吗?"他说道,"你一直在场的,你也全都看到了。所以你心里和我一样清楚。你知道她是怎么没完没了招惹我的。换谁都没有理由咽下这口气。她做得太过分了,现在又以为单凭一幅讨喜的画就能把一切都一笔勾销了。还派一个AF来送画。哼,她得明白一个道理。事情并不总是那么轻易就能一笔勾销的。"

"如果里克能再来做一次客,我相信乔西或许会想要道歉的。"

"真的吗?听着,我了解乔西,要我猜的话,她怕是认定了我才是那个需要道歉的人呢。"

"乔西和我恰恰讨论过了这一点。我相信她正想着要向里克道歉。"

"我想,我自己也有点出格了。可她不能老是拿那些话来说我妈。这不公平。我妈也在尽力,况且她也好起来了。"

尽管刚才开门出来，和我在平台上对峙的那个里克很像是之前在探访过程中无视我的那个人，此刻我却饶有兴致地看着他变得更像是另一个人了——那个在交流聚会上，在别的孩子都出去以后过来和我说话的人。事实上，这一刻给我的感觉就好像是后一个里克与我自那天下午之后的第一次重逢，再续我们上次开启的那场对话。

"我同样认为乔西的话有时候不太友善，"我说道，"可那或许是因为，乔西觉得里克的母亲把里克搂得太紧了。紧得让里克和乔西的计划在未来没有了实现的可能。"

"可乔西为什么老是怪我妈呢？这不公平。"

"乔西在担心你们的计划。我想，她认为里克的母亲不愿意放开里克，因为她害怕随之而来的孤独。"

"听着，你也许是个聪明绝顶的 AF。可有许多事情是你不知道的。如果你只听乔西的一面之词，你永远也不会了解事情的全貌。况且这不只是因为我妈。乔西现在总是挖空心思给我下套。"

"给你下套？"

"你肯定听到过的。她现在老是这么干。她一会儿指责我整天想着那方面的事。一会儿又因为我不怎么往那方面想她而生我的气。老是套住我，不管我怎么说。她说我总是馋那些我在 DS 上看到的姑娘，然后等到下回她再提起这件事情的时候，要是我没有反应，她又会说我有问题，我不自然。她还没完没了地说，我俩还是孩子的时候就太了解彼此了，所以我们也许根本就没法做性方面的那些事情。不管我怎么说，怎么做，都是一个错字，然后我就被套住了。还有她老是说我妈的那些话。这太过分了。什么计划不计划的，这么对我就是不公平。"

他坐回沙发,太阳的图案落在他身上。他小心翼翼地把乔西的画放在身旁——虽然是面朝下放着,可他的眼睛还在盯着那页画纸。

"不管怎样,"他轻声说道,"乔西现在病了。这一切——我们的计划——一切都没有意义了,除非她能快点好起来。可就凭现在这个样子……这些天来,我都不知道该怎么想。"他抬头看着我,"听着,克拉拉。你应该是个超级智能的 AF。所以,你能做出怎样的——你知道的——评估?乔西到底病成了什么样子?"

"我相信,如我所说,乔西的病情很严重。她是有可能虚弱到含恨离世的地步的,就像她的姐姐一样。但我相信,有一个方法可以让她重新好起来,一个大人们还没有想到的办法。我还相信,目前的形势十分危急,我们不能再等待了。现在也许是积极行动的时候了,即便这样做看似粗鲁,而且会打扰别人。我今天来这里,当然是因为我肩负重要的差事。可我同时也希望里克能给我一些有用的建议。"

"你可是超级智能的,而我只是个连提升都没有接受过的笨小孩。不过,好吧。只要你想,我可以试着给你些建议。尽管问吧。"

"我希望穿过田野,去麦克贝恩先生的谷仓。我想里克至少去过那里一次。乔西和我说起过。"

"你是说那面的那座谷仓?我俩还好小的时候去过那里一次。在她生病之前。在那以后我又去过那里几次,就我一个人。那儿没什么特别的。就是一处能找片阴凉坐着的地方,要是你碰巧在那儿散步的话。那地方怎么能帮助乔西呢?"

"我现在还不能多说，免得泄露了机密。也许我去麦克贝恩先生的谷仓这件事本身就已经越界了。可我觉得，现在我必须一试。"

"你想找麦克贝恩先生说话？说乔西的健康问题？你要是能在那里撞见他，就算你走大运了。他住在五英里开外的大房子里。这些天他都很少来这里了。"

"我想找的人并非麦克贝恩先生。不过，拜托，我不能再多说了，否则乔西本可以得到的那份特殊的帮助就可能化为泡影。我对里克唯一的希望就是给我一些有用的建议。"我转过身去，直到我俩的目光都透过那扇大窗户，望向外面，"请你告诉我：有没有一条踩出来的小路能够穿过草地，将我带到谷仓前，就像那条将我带到里克家门前的小路一样？"

他站起身，走到窗前。"有一条算是路的路吧。有时好走些，有时不好走。你刚才自己也说了，那是条踩出来的小路。有时候你走上去一瞧，发现到处都是杂草丛生。不过就算一条路走不通或是泡在了水里，一般说来你总能找到另一条路。总有路能通向那边，即便是在冬天。"他突然上下打量起我来，仿佛是头一回正眼瞧我，"我不太了解 AF。如果这真的能帮助乔西，哪怕我们现在都不能说这件事，我也肯定乐意帮忙。"

"里克真是太好了。可我想，我最好还是一个人去。如我所说，有可能……"

"噢，上帝啊……"里克猛地转过身，朝门口走去。

我之前就留意到了房子里面有人在走动的脚步声，不过现在那脚步已经来到了门外的过道。紧接着，海伦小姐——尽管这时我还不知道她的名字——走进了房间。她的目光四处游移，可她似乎没有注意到我。她肩膀上披着一件轻薄的外套——就是办公室工人们在户外常穿的那种——两手都没有伸进衣袖,只是抓着外套,不让它滑落,一面大步走向窗台下面的一只木箱。

"会在哪里呢?我真是犯傻了。"她掀起箱盖,开始翻找里面的东西。

"妈,你在找什么呢?"

里克的声音里带着怒气,好像他的母亲打破了一条规则似的。他走了过来,站在我身边,我俩就这么一起看着海伦小姐弯腰伏在木箱跟前。

"我知道,我知道,"她说,"我们有客人。我马上就来招呼。"

等到她终于直起身来面对我们时,她的手中多了一只鞋子,一根扭成麻花的鞋带下面还晃晃悠悠地挂着它的同伴。

"抱歉,"她说道,两眼这时直视着我,"我真是太没礼貌了。欢迎。"

"谢谢。"

"我从来不晓得该怎么跟你这样的客人打招呼。说到底,你究竟算不算客人呢?还是说,我应该当你是台真空吸尘器?我想,我刚才大概就是这么个态度吧。真抱歉。"

"妈。"里克轻声说道。

"别大惊小怪,亲爱的。让我用自己的方式来认识我们的新客人。"

那只吊在空中的鞋吃不住自身的分量,终于落回了箱子里。海伦小姐怔怔地望着它,手里还拿着另一只鞋。看得出来,里克越来越坐立不安了;我很想就此告辞,不再打扰他们,但海伦小姐这时又和我说话了。

147

"我知道你是谁。乔西的小伙伴。你真是大获成功啊!我从克丽西那儿全都听说了。她常来这里,你知道的。对不对,里克?你干吗不坐下?"

"您真客气。但我想,这会儿我该回去了。"

"别是因为我哦。我下楼来,是想着和你好好聊一聊的。"

"妈,克拉拉有自己的任务。而你大概也累了。"

"我感觉好得很,谢谢你,亲爱的。"接着她又转向我,继续说道:"显然我昨晚的状态不太好。现在,克拉拉。我猜你对我挺好奇的。克丽西说,你对一切都很好奇。果真如此的话,你一定已经注意到了,我是英国人。你有分辨口音的功能吧?还是说,你或许能够看到我的内层深处,直接透视我的遗传信息?"

"妈,拜托了。"

"我们的店里以前经常有英国客人来,"我答道,脸上挂着微笑,"因此所有的 AF 都熟悉了你们的说话方式。我们都觉得那样说话很是让人愉悦,而我们的经理,也就是那位照管我们的女士,也总是鼓励我们从中学到一些东西。"

"你们这些机器人,居然还要上演说课——想想看!真欢乐!"

"妈……"

"说到上课,克拉拉。你的名字是克拉拉,对吧?说到上课,有一个想法一直在我们家庭内部酝酿着。"

"妈。千万别。克拉拉没兴趣……"

"让我说,亲爱的。她现在人都来了,所以让我们抓住机会。我得说,亲爱的,这些天来你越来越喜欢在家里充老大了。这真的很恼人。克拉拉,你愿意听听我们的想法吗?"

"当然。"

里克抬脚朝门外走去，仿佛是满心厌恶地要拂袖而去。可到了门口他却又停住了脚步，因此从我站立的位置，我只能看到他的一截后背，还有他手肘的背面。

"这事与我无关。"他叫道，仿佛是叫给过道里的某个人听的。

海伦小姐对我露出微笑，然后在里克刚才坐过的那张沙发上坐下。她用一只手整了整肩上那件轻薄的外套，另一只手里依然拿着她那只鞋子。

"里克以前上学的，知道吗。我说的是那种真正的、老式的学校。那里面挺无法无天的，可他也交上了几个好朋友。对不，亲爱的？"

"我不参与这个。"

"那你为什么还要在那里晃荡呢？你这副模样真的好奇怪，亲爱的。说真的，你要么走开，要么留下。"

里克没有动弹，依然背对着我们，肩膀现在倚着门框。

"哎，长话短说：里克退了学，和那些聪明孩子一样开始接受家教。不过后来，哎，你大概已经猜到了，事情开始难办起来了。"

海伦小姐突然沉默了，目光越过我的肩膀，直直地望着前方。我以为她在透过那扇大窗户，望着我身后的某样东西，可就在我要转身的时候，她却说道：

"那里什么也没有，克拉拉。我刚才只是沉浸在了自己的思绪里。回想一件往事。我时不时地就会这个样子。里克可以告诉你。每当我这副模样的时候，就需要别人来轻轻推我一下。"

"老妈，看在上帝的分上……"

"我们刚才说到哪儿了？啊，对，所以我们原本计划让里克和其他那些聪明孩子一样接受家教,听屏幕里的教授们讲课。可是,当然咯,不说你大概也知道,这事儿变得难办了。然后,我们就走到了今天。亲爱的,你能接着把剩下的故事讲完吗?不行?好吧,长话短说。虽说里克从没有接受过提升,他的面前还是摆着一个不错的选择的。阿特拉斯·布鲁金斯会接收少数未提升的学生。他们是唯一一所还愿意这么做的正规大学。他们有理念有信仰,谢天谢地。如今,每年只有区区几个这样的名额,因此竞争自然是非常残酷。可里克很聪明,如果他能全力以赴,或许再得到一点专家的点拨——那种我给不了他的点拨——他还是很有机会的。哦,是的,你有,亲爱的!别摇头!不过长话短说:我们找不到适合他的屏幕家教。他们要么加入了 TWE,而 TWE 禁止会员接收未提升的学生;要么就是漫天要价的强盗,而那样的价钱我们当然是出不起的。可就在这时,我们听说你进了我们邻居家的门,然后我就有了一个绝妙的想法。"

"妈!我是认真的。我们不要再多说了!"里克返身走进房间,大步朝他的母亲走去,仿佛是要将她一把提溜起来扛走似的。

"很好,亲爱的,如果你反应如此强烈的话,我们就此打住。"

里克此时已经径直来到了沙发跟前,低头对着海伦小姐怒目而视。她微微调整了一下坐姿,目光绕开他,依旧看着我。

"刚才,克拉拉,刚才我好像是在做梦。可那不是梦,知道吗。我当时正看着窗外——"她用手中的鞋指着我的身后——"然后我就想起了什么。你尽管回头去看,但我可以向你保证,现在那里什么都没有。不过曾经,前些时日,我看着窗外的时候,确实看到了一样东西。"

"妈。"里克又开口道,不过既然海伦小姐已经转换了话题,他的语气也就不再那么急迫了。他半转向我,后退了一步,不再遮挡母亲的视线。

"那天的天气很好,"海伦小姐说道,"当时大约是下午四点钟。我叫了里克,他来了,也看到了那样东西,对不对,亲爱的?尽管他非说自己来晚了。"

"你说不准那是啥东西,"里克说,"根本说不准。"

"我看到的是克丽西,乔西的妈妈,就是她。我看到她从草丛里钻出来,就在那边,胳膊里箍着一个人。我这话说得不太清楚。我的意思是说,这个人似乎是想要逃跑,而克丽西正在追她。然后她抓住了她,但没能完全把她按住。所以她俩就一齐连滚带爬地摔倒在地,可以这么说吧——就在那边,滚出草丛,滚到了我们的地界上。"

"妈那天的状态可能不太好,看到的事情也不太准确。"

"我那天的眼力非常好。里克不喜欢这个故事,所以他想方设法要旁敲侧击,说些有的没的。"

"你是说,"我问道,"你看到乔西的母亲和一个孩子从草丛里钻出来?而那个孩子不是乔西?"

"克丽西拼命要拦下这个人,后来她也确实多多少少制住了她。克丽西两手并用,抱住了那个女孩。里克进来的时候,刚好看到了这一幕。接着她俩又一齐退了回去,消失在了那片草丛中。"

"你根本说不准那是谁。"里克说道,神态现在放松了一些;他挨着他的母亲坐下,目光同样越过我,望向窗外。"好吧,其中一个确实是乔西的妈妈。我承认。可另一个……"

"另一个看上去像萨尔,"海伦小姐说,"乔西的姐姐。所以我才会叫里克来。这件事发生在萨尔应该已经死了整整两年*之后*。"

151

里克哈哈大笑,伸出一只胳膊抱住妈妈的肩膀,亲切地搂了搂她,弄歪了她肩上的薄外套。"妈的脑子里有些奇怪的理论。比方说,她就认为萨尔还在那栋房子里生活着,躲在某个橱柜里面。"

"我没这么说过,里克。我从来没有认真地提出过这样一种想法。萨尔去世了,那是一场巨大的悲剧,我们不会拿愚蠢的玩笑玷污她留给我们的记忆。我想说的是,我看到的那个人,那个想要从克丽西身边逃跑的人,**看上去像**萨尔。仅此而已。"

"可这个故事真的很奇怪。"我说道。

"我在想啊,克拉拉,"里克说,"乔西也许在担心你出了什么事呢。"

"啊,可我们的小朋友还不能走呢,"海伦小姐说,"我刚刚想起来了之前我们讨论的话题。我们在讨论里克的教育。"

"不,妈,够了!"

"可是亲爱的,克拉拉来都来了,我就是要和她说说这件事的。嗯,这是什么?"海伦小姐注意到了乔西的画,之前被里克落在了沙发上,面朝下放在信封上面。

"够了!"不等海伦小姐伸手,里克一把抓起那张画,忽地一下站了起来。

"你又来了,亲爱的。又想在家里充老大。你真的不能再这样了。"

里克一面背对着海伦小姐,不让她看到自己手头的动作,一面小心地把乔西的画塞回信封。接着他走出房间,这一回没有在门口停留。我们听着他大步踏过走廊的坚实脚步声,接着正门开了,旋即又砰的一声关上。

"出去透透气对他有好处,"海伦小姐说,"他在家里憋得慌。如今他甚至都不去隔壁乔西家串门了。"

她的目光再度越过我,望向窗外;这一回我转身的时候,看到里克的身影正站在外面的木头平台上,靠着扶栏,脚下是那段沉向地面的木头台阶。他凝望着远处的田野,太阳的图案洒在他身上。风吹乱了他的头发,可他依然一动不动。

海伦小姐从沙发上起身,朝我走近了几步,直到我俩肩并肩地站在窗前。她个头要比母亲高两英寸。不过,她站立的时候,身子并不像母亲那样挺得笔直,而是微微前倾,呈现出一道平缓的弧线,仿佛她,就像窗外高高的野草,正随风摇曳。在那一刻,她的形象完全没有空间上的割裂;借着窗口的亮光,我能看清她下巴周围细小的白色汗毛。

"我还没有做过正式的自我介绍,"她说道,"请叫我海伦。我真是太没礼貌了。"

"哪里。您对我非常好。可我担心,我的到来或许已经造成了摩擦。"

"哦,可摩擦是一直都有的。只是小插曲,省得你问了。不过你说得对。我真的好怀念英格兰啊。我尤其怀念那儿的树篱。在英格兰,至少是在我老家那一片,你能看到四周全是绿色,而且永远都有树篱把它们分隔开来。树篱,到处是树篱。那么的井井有条。现在,你再看看窗外那片田。无休无止,没有尽头。我猜那当中什么地方也许有栅栏,可谁知道呢?"

她沉默了,于是我说道:"我相信那里的确有栅栏。事实上,那是三片田地,中间有栅栏把它们分隔开来。"

"你一眨眼的工夫就能推倒一道栅栏,"她说道,"然后再换个地方竖起一道新的。只要一两天的工夫,你就能完全改变整片土地的布局。栅栏围成的土地是那么地不长久。你能轻而易举地改变一切,就像变换舞台背景一样。我以前是演戏的,知道吗。有时候在像样的剧院里。有时候在糟糕的剧院里。栅栏,那是什么?舞台设计罢了。这就说到英格兰的一样长处了。树篱给人一种真正沉淀在土地中的历史感。我演戏的时候,从来不会忘记台词。我的同事们就总是忘。那些台词总的说来都不怎么样。可我从来不忘。一句都不忘。这些年来,我时常想着要问问克丽西我那天看到的是怎么一回事。她时不时地会来做客,我们总是能开开心心地聊上一会儿。我时常想着要问问她的,可下一秒我就管住了自己的嘴巴。我想,不要,最好不要。再说了,这又关我什么事呢?"

"我相信,里克的母亲刚才希望谈谈里克的教育。"

"请叫我海伦。是的,没错。你也看到了,这个话题里克连提都不愿意提。请你帮忙这件事,我是说。我想我其实应该先问问克丽西的。甚至是乔西。我不知道。真是一团迷雾,这些礼节问题。如果我是要借一台真空吸尘器……可那是两码事,我知道。你得原谅我。我真是太没礼貌了。里克需要的仅仅是一丁点指引。我已经给他买来了最好的教科书。全都是来自上一个时代——那时候的孩子们还没有接受提升这回事——正适合他。可这些书全都默认你的身边蹲守着一个导师之类的角色。他真的很有潜能,尤其是在物理、工程这类领域,可每当他遇到一些他不理解的东西,而身边又没人跟他解释的时候,他就会灰心。我以前经常叫他去问乔西,可是,当然咯,他一听这话就生气。"

"所以海伦小姐是希望我来帮助里克理解教科书?"

"这只是我的一个想法。那些教科书对你来说肯定就像儿戏一样简单。我们的目标只是让他通过考试。你瞧，他真的非常需要考进阿特拉斯·布鲁金斯。这是他唯一的机会。只求你帮他过了这一阵子就行。我猜，我真的需要先问问克丽西。"

"如果里克能进一所正规大学，那会是一件好事。如此说来，是的，我非常乐意帮助里克，只要这完全不影响我照顾乔西。或许，如果里克能继续来我们家做客，他有时可以把他的书本带过来。"

看得出来，我的回答并没有让海伦小姐满意。她依然望着窗外里克立在木头平台上的身影——他一动都没有动过——然后说道：

"我猜，要是我坦诚相告的话，真正的问题不在那里。是的，一定程度的辅导会有帮助。可就眼下的现状来看，真正的障碍在于，**里克他不想努力**。只要他愿意全力以赴，我就知道他有机会了。尤其是，你瞧，我还有一样秘密武器能帮他。再轻轻地推上他一把——毕竟这可是阿特拉斯·布鲁金斯啊。可他不愿意努力，不愿意认认真真地努力。而他不愿意努力的原因在于我。"

"在于您？"

"他认定了自己不能远走高飞，把我丢下。当然，我一个人完全应付得过来。可他非喜欢把我说成是没有自理能力的样子，只要他一走，就会闯出各种祸来。"

"阿特拉斯·布鲁金斯大学很远吗？"

"开车要一天吧。可距离并不是关键所在。他坚信，他最多只能让我一个人在家里待上约莫一个钟头。你说，要是他每次离开我都不能超过一钟头，他怎么才能长大，走进外面的世界呢？"

窗外，里克开始走下木头台阶，走向草地。他走得很慢，仿佛是在做白日梦；从他的一只胳膊僵硬地按在胸上的姿态来看，我能判定他手里还拿着乔西的画。随着他的头和肩膀逐级而下，淡出视线，海伦小姐接着说道：

"我真正想要请你帮的是另一个忙，克拉拉。我真正的请求，深层的请求。你愿不愿意请乔西来试着说服里克？她才是那个有望改变他的立场的人。他非常固执，你知道的，而且——我感觉到了这一点——内心里还很害怕。可谁又能责怪他呢？他知道外面的世界不好应付。可乔西正是那个有能力让他转变视角的人。你可以和她谈一谈吗？我知道你对她有着很大的影响力。你愿意帮我这个忙吗？向她提起这件事，不只是提这一次，而是反反复复地提，直到她愿意对他施加真正的压力？"

"我当然乐意这样做。可我相信，乔西已经对里克说过这样的话了。事实上，他俩之间当下的裂痕可能正是缘自乔西在这个话题上表达得过于强硬了。"

"很有趣。如果你说的是事实，那么我请你做的这件事就愈发重要了。乔西也许会觉得，为了两人能够和好如初，她应该做出退让。她也许会进一步觉得，自己采取那样的态度，从一开始就错了。嗯，你得和她谈谈。告诉她，她必须坚持，不管他怎样发脾气。怎么啦，亲爱的？"

"抱歉。只是我感到有一点吃惊。"

"喔？你吃惊什么，亲爱的？"

"嗯，我……坦率地说，我吃惊，是因为海伦小姐的这个关系到里克的请求似乎是发自内心的。我惊讶于有人竟如此渴求一条会让她陷于孤独的道路。"

"你吃惊的就是这个吗?"

"是的。直到方才,我才认识到人类是可以选择孤独的。认识到有些力量有时会比逃避孤独的愿望更强大。"

海伦小姐微微一笑:"你真的很可爱。你的话不多,但看得出来你在思考。母亲对儿子的爱。一样如此崇高的事物,竟能压倒对于孤独的恐惧。你的想法也许不错。可让我告诉你一件事:除此之外,还有各种各样别的理由能让一个人,在面对我所面对的这般人生时,宁可选择孤独。我在过去就经常做出这样的选择。比方说,我选择了这条路,而非和里克的父亲在一起。已故的父亲,非常遗憾,虽说里克对他完全没有记忆。即便如此,他一度曾是我的丈夫,而且也不是个全无用处的丈夫。多亏了他,我和里克才能如此度日,尽管我们的生活并不十分光鲜。瞧,里克要回来了。哦,他不想回来。他想要待在外面,再生一会儿闷气。"

不错,里克这时已经走上了木头台阶,朝房子这边瞥了一眼,但随即又在最后一级台阶上面坐了下来,又一次背对着我们。

"我得赶回乔西身边了,"我借机说道,"海伦小姐愿意向我吐露心声,真是让我感动。我会按您说的做,去和乔西谈谈。"

"而且要和她反反复复地谈。这是里克唯一的机会。另外,就像我说的那样,我还有一样秘密武器。一个联络人。也许下回克丽西带乔西进城的时候,也许就趁着她再去给那个肖像师当模特的时候,里克和我可以搭个顺风车。然后里克就可以见到我的秘密武器了,最好可以给他留下一个好印象。克丽西和我已经说过这件事了。但这一切都是徒劳,除非里克能够转变态度。"

"我明白了。那就再见啦。现在我得走了。"

我跨出屋子,走上木头平台的时候,比之前更加强烈地感受到了风在木板的间隙中穿行。田野不再被划分成一个个方格，因此我的眼前呈现出的是一整幅清晰的画面，一直延伸到地平线。尽管角度有所改变，麦克贝恩先生的谷仓却依然在我预料的位置上，虽说它此刻的形状同我在乔西家的后窗前看到的略有不同。

我走过那台蛛网电冰箱，来到里克坐着的那级木头台阶前。我本以为他也许还在生我的气，不打算理我，可他却抬起头，用一双温和的眼睛看着我。

"如果我的来访制造了摩擦，我得道歉。"我说道。

"算不得你的错。事情经常变成这个样子。"

我俩一道看着面前的田野；过了片刻，我意识到他的目光，同我的一样，正落在麦克贝恩先生的谷仓上。

"你刚才在说什么来着，"他说道，"就在我妈下楼来之前。你说你出于某个理由，想上谷仓那里去。"

"是的。而且必须是在傍晚。这样一趟旅程，时间的把握务必要精准。"

"你确定你不要我和你一起去？"

"里克真好。不过，只要有踩出来的小路通向麦克贝恩先生的谷仓，我最好还是一个人去。任何事情我都不能想当然，这一点非常重要。"

"好吧。如果你这么说的话。"他眯起眼睛，抬头看着我，一半是因为太阳的图案落在了他脸上，但还有一半，我意识到，是因为他再度细细打量起我来，也许是在评估我完成这样一趟旅程的能力。"听着，"他终于说道，"我不太明白这究竟是为了什么。可是，如果这样做能帮助乔西，那么——嗨，祝你好运。"

"谢谢。现在我得回家了。"

"知道吗,我一直在想啊,"他说,"也许你可以告诉乔西,我真的很喜欢她的画。告诉她我很感激。要是她觉得可以的话,我想这两天就过去一趟,亲口对她说。"

"乔西听到这话会非常高兴的。"

"也许就明天。"

"是的,当然。那么,再见啦。这次出门对我来说是非常有趣的经历。谢谢你给了我有用的建议。"

"再见,克拉拉。路上小心。"

* * *

就像我对里克所说的那样,这趟去往麦克贝恩先生的谷仓的旅程,其时间的把握至关重要;就在我当日第二次穿过碎石地,走向画框门的时候,忧虑钻入了我的脑海:也许我判断失误了。太阳已经低垂在了我的眼前——而我不敢假定第二片和第三片田野会和第一片一样好走。

我的旅程开始得很顺利,通往里克家的那条小径和上午的情况没什么差别。这一回我用上了双手来拨开草丛,而随着我手上的动作,黄昏虫纷纷飞起。我看到更多的飞虫在我眼前的半空中飞舞,紧张地互换着位置,但不愿意抛下它们那亲切温暖的虫群。

因为担心不能及时赶到麦克贝恩先生的谷仓,所以我在经过里克家的时候,只是匆匆瞥了一眼,然后便沿着那条小径继续朝前方走去,走入了我之前从未踏足的地界。我穿过又一扇画框门,这里的草长得很高,我再也看不到远处的谷仓了。田野开始被分割成一个个方格,一些大,一些小;我继续前行,注意到了不同的方格间氛围的迥异。这一秒，草丛还柔软服帖，路也很好走；下一秒，我刚一跨过界线，一切都阴沉下来，草丛抗拒着我的双手，我的身边还响起了许多奇怪的声音，让我不由得担心自己做出了严重的误判，担心我没有正当的理由以我心中所想的那种方式去打扰他，担心我的努力会给乔西带来严重的负面效果。就在我穿过一个格外不友好的方格时，我听到四周响起了某只动物痛苦的哀号声，一幅画面随即闪入我的脑海：罗莎，坐在野外某处粗糙不平的地里，身边散落着细小的金属碎片，一面伸出双手，抓住自己的一条僵挺在眼前的大腿。这幅画面在我的脑海中只停留了一秒，可那只动物却还在叫个不停，我感觉地面正在我的脚下崩塌。我想起了去摩根瀑布的上山路上的那头公牛，想着它多半已经从地下又冒了出来；一瞬间，我甚至觉得太阳根本就不仁慈，这才是乔西每况愈下的真实原因。可即便是在这样的迷茫之中，我依然坚信，只要能坚持到下一个友善的方格，我就安全了。我还听到了一个声音正在呼唤我，这时我看到了一样物体——形状就像那些维修人的交通锥——就放置在我前方不远处的草地上。那声音是从这个锥体的后面发出的，而当我试图靠近时，我意识到那其实是两个锥体，一个插在另一个里面，好让上面的那个做出左右摇摆的动作，也许是为了吸引路人的注意力。

"克拉拉！过来！这边！"

我走近一看，这才发现那根本不是什么锥体，而是里克，一只手拨开草丛，另一只手伸向我。现在我认出了他，便愈发迫切地想要迎上前去，可我的脚却在地里陷得更深了。我清楚，只要再试图前进一步，我就会失去平衡，坠入地下深处。我同样清楚，尽管里克似乎触手可及，但其实他离我并没有那么近，因为那道凶险的界线分隔开了我俩各自所在的方格。即便如此,他还在继续朝我伸过手来,而他跨越边界、伸进我所在方格的那截手臂看上去像是被拉长了,扭弯了。

"克拉拉,来呀!"

但这时我已经相信了我很快就要坠入地下,相信了太阳对我动了怒,或许也并不仁慈,而乔西也对我失望了。我开始失去方向感,即便里克的手臂越伸越长,越伸越弯,最终碰到了我。多亏了这只手臂,我才没有倒下,我的双脚也稍稍站稳了一些。

"好啦,克拉拉。这边走。"

他引着我——几乎是架着我——穿越了这一格,接着我来到了下一个友善的方格,太阳的图案慷慨地洒在我身上,我的思绪再度恢复了条理。

"谢谢你。谢谢你赶来帮忙。"

"我从窗户后面看到你了。你还好吧?"

"是的,一切又都正常了。这片田地的困难超出了我的预想。"

"我猜这些小沟坎有时候不好走。我得说啊,从上面往下看,你就像一只没头没脑、围着窗玻璃嗡嗡乱飞的苍蝇。不过这话太刻薄了,对不起。"

我微笑着答道:"我感觉自己好傻。"这时我才想起正事,抬头确认了一下太阳的位置。"这趟旅程非常重要,"我说道,目光再度转向他,"可我先前估算错了,现在我没法儿按时到达那里了。"

这里的草丛依然太高,我还是看不见远处麦克贝恩先生的谷仓,但里克正直直地望着那个方向,一只手在眼前搭起凉棚;我这才意识到,也许他个头够高,真能看见谷仓。

"我应该早些出门的,"我说,"不管我回去的时机有多不凑巧。可我之前一直在等着乔西入睡，还要让梅拉尼娅管家相信我又有事情要去里克家跑一趟。我以为时间会挺充裕的，可这片田野的情况比我想象的要复杂。"

里克还在望向麦克贝恩先生的谷仓。"你一直在说你没法儿按时赶到那里了，"他说道，"可你到底想要在什么时间赶到那里？"

"就在太阳刚好抵达麦克贝恩先生的谷仓的时候。但要赶在他没入他的休憩之所前。"

"听着，这件事我一丁点都搞不懂。我也明白你不能向我透露一个字，不管是出于什么原因。可是，如果你愿意，我可以把你带去那里。"

"你真是太好了。可即便有了里克的指引，我看现在也已经太迟了。"

"我不是要指引你。我是要背你。把你驮在背上。我们还有不少路要走，不过只要我们抓紧，我想我们还是来得及的。"

"你愿意这么做？"

"你一直在说这事儿很重要。对乔西来说很重要。所以，是的，我乐意帮忙。虽说我完全摸不着头脑，可我反正也习惯了。要是我们打算上路，就得抓紧了。"

他转过身，弯腰摆出一个蹲伏的姿势来。我明白他是要我爬到他的背上去；我刚一照办——我双手双脚并用，紧紧地环抱住他——他立刻就迈开了步伐。

* * *

现在我来到了高处，终于可以更好地看清傍晚的天空了，还有前方麦克贝恩先生的谷仓顶。里克的步伐非常自信,在草丛间横冲直撞;他的两只手都忙着托举我,因此大部分冲击力都靠他的头和肩膀来承受。对此我深感歉意,但我自己实在是出不上多少力来帮他拨开草丛。

这时,我抬头望去,目光越过里克的脑袋,只见天空被划分成了许多块形状不规则的区域。一些区块泛着橙色或粉色的微光,另一些则呈现出夜空的碎片,碎片的一角或是边缘可以看到月亮的一鳞半爪。随着里克继续前行,这些区块不断地相互重叠又彼此替代,就在这时我们穿过了又一扇画框门。这扇门之后的草丛不再柔软纤弱、随风摇摆,而是一个个迎面而来的扁平体,也许就是用做街边广告牌的那种厚纸板制成的;当里克迎头撞上它们的时候,我真担心他会因此受伤。接着,天空和田野不再有区块的分隔,而是一整幅广阔的画面,这时麦克贝恩先生的谷仓赫然耸现在我们面前。

方才,一个不安的想法就一直在我的脑海中滋生,而此刻,我再也无法将它束之高阁了。即便是在里克向我伸出援手之前,我就已经开始怀疑太阳的休憩之所是不是真的在这座谷仓里面了。当然,最初提出这个想法的人是我,不是乔西,就在我俩一道透过后窗望向窗外的那一回,所以一切的错误都是我一个人的。毫无疑问,乔西绝没有在任何阶段误导过我。即便如此,想到太阳行将落入的并非是这个我付出这般努力才赶到的地方,而是某个更加遥远的所在,我还是不免感到沮丧。

而我现在观察到的景象使我不得不承认,我的担忧是有道理的。麦克贝恩先生的谷仓不像是我之前见过的任何一座建筑。它好像是人们还没有盖完的一栋房子的外壳。我能看到一个灰色的屋顶，屋顶有着常规的三角形贴面，一左一右各有一面色泽更深的墙作为支撑。可除了包围屋顶的各个部分，整座建筑的前后两面都没有墙。此时此刻，我知道，风就在毫无阻碍地穿堂而过。而太阳，我能看到，现在已经落在谷仓建筑的后面，就在我们靠近的同时，正透过洞开的建筑背面，回首将他的光芒射向我们。

与此同时，我们来到了一片林中空地，很像是里克家所在的那一片。这里也有草，但修剪过，也许就是麦克贝恩先生亲自修剪的，草高刚好没过脚踝。修剪者的技艺十分精湛，你能看见一道图案迂回曲折地指向谷仓的入口；太阳的光芒此刻径直穿透了谷仓，它的阴影也随之落在了草地上，向着我们铺展延伸而来。

尽管这样做看似很不礼貌，我还是猛地夹紧了双腿和双臂，以此向里克急切地示意。"请你停下！"我冲着他的耳朵低语道，"停下！请让我下来！"

他小心地把我放下，我俩一齐凝视着眼前的这一幕。尽管我现在不得不接受谷仓不可能是太阳真正的休憩之所，我还是心存着一个乐观的希望：无论太阳最终在哪里安眠，麦克贝恩先生的谷仓都是他每晚临睡前一定要拜访的最后一站，就像乔西上床前一定要先去卫生间一样。

"非常感谢，"我压低了声音说道，尽管户外的音效和室内很不一样，"不过从这里开始，里克最好是离开我，让我一个人去。"

"听你的。你要是愿意，我可以在这儿等你。你估计要多久？"

"里克最好是回家去。不然海伦小姐会担心的。"

"妈不会有事的。我想我还是等着吧。还记得我出场前你遇到了什么吗？况且你回去的路多半是要摸黑走的。"

"我只能努力克服了。里克对我已经太好了。而且，我最好是一个人进去。事实上，像这样站在这里本身可能已经是一种过分的打扰了。"

里克又看了麦克贝恩先生的谷仓一眼，然后耸耸肩："好吧。那我就让你一个人进去啦。不管你要做的这件事情到底是什么。"

"谢谢你。"

"祝你好运，克拉拉。真的。"

他转过身去，走入了高高的草丛中，很快就从我的视线中消失了。

田野里又只剩下了我一个人，我立刻将全部的心思放在了眼前的任务上。我寻思着，要是一个路人早五分钟站在谷仓的正前方，他不仅能透过建筑背面看见傍晚的天空，以及绵延的田野，还能看清幽暗的谷仓内部的不少情形。然而现在，太阳的光芒直射向我，我只能分辨出几个堆叠在一起、好像方盒的模糊形状。那个念头又一次闪入我的脑海，这一次比以往任何时候都要确凿：即便考虑到太阳的宽宏与慷慨，我要做的这件事依然是有风险的，需要我全神贯注。我听着身后草丛间的微风和远处的鸟啼声，一面整理着思绪，一面穿过修剪过的草地，走向麦克贝恩先生的谷仓。

* * *

谷仓内部充盈着橙色的光芒。半空中飘浮着干草的颗粒，好似黄昏虫，他的图案洒遍了谷仓的整扇木门。我回头一瞥，看见我自己的影子就像是一棵瘦高的树，眼看就要在风中折断了。

我的周遭环境还有几样奇特之处。刚一走进谷仓，我的眼睛就遭遇了极度强烈的明暗对比，花了好一会儿工夫才调整适应过来。尽管如此，我还是很快确定，那几垛干草——其形状我在门外的时候就已经记下了——此刻在我的左手边，一垛叠着一垛，构成了某种平台——高及我的肩膀——路人可以爬上去，甚至是躺在上面休息。可这些干草垛堆叠的时候，在它们和后面的墙壁之间留出了一道空隙——也许是为了让麦克贝恩先生能够从那一面进来。我定睛细瞧，目光越过干草平台，看到的却是我们店里的那只红架子，固定在那面墙上，从一头一直延伸到另一头，就连那些陶瓷咖啡杯也一应俱全，全都倒扣着，在架子上面摆成一排。

在我的另一侧——我的右手边——也就是室内阴影最深重的区域，我看到了一段几乎和商店的前区壁龛一模一样的墙壁。事实上，我确信只要我走上前去，就能在阴影中间发现一个 AF，看到他正骄傲地站在那处——再怎么说也改变不了这个事实——顾客们十有八九会第一眼看到的位置。

同样位于我右手边的——尽管比壁龛所在的位置要近一些——是谷仓内唯一一样可以算作家具的物件——一把小小的金属折叠椅，此刻展开着，被一条对角线一分为二，一半区域被阳光照得通亮，另一半落在阴影之中。这把椅子同样让人想起经理平时存放在后面的房间里，偶尔拿进店来展开的那些椅子，只是这一把的漆面已经开始剥落，露出一片片下面的金属。

深思熟虑了一会儿后，我认定，坐在这把椅子上等待太阳不算是一种失礼的做法。在我坐下的时候，我充分预料到了出于角度的改变，我的周遭环境应该会呈现出一幅与之前有所不同的画面,可结果还是让我大吃了一惊:我眼前的一切不是发生了调整,而是又被割裂成了不同的区块——而且不仅仅是平时的那种方格,还有许多形状不规则的碎片。在一些碎片内部,我能看到麦克贝恩先生的农具的某些部件———把铁锹的手柄,一架金属梯的下半截。在另一块碎片中,我知道我所看到的是两只并排摆放的塑料桶的桶口,但也许是出于不理想的光照条件,它们呈现出的只是两个相交的椭圆形。

我知道,太阳很快就要来到我身边了;尽管我时而感觉自己应该起立,就像迎接一位顾客那样,另一个声音却在对我说,只要我坐着不动,我反倒能避免过多的冒昧与打扰,也更不容易引起太阳的反感。于是我让自己的身形尽可能地贴近折叠椅的形状,静静地等待着。太阳的光束越发的显眼,橙黄的色彩也越发鲜明,我甚至感觉这些光束或许正在让干草的碎屑剥离干草垛,飘到半空中,因为现在悬浮在我眼前的颗粒明显多了许多。

这时,我有了一个想法:如果我的判断是对的,如果太阳在去往他真正的休憩之所的路上,此刻正要途经麦克贝恩先生的谷仓,那么我就不能过分拘礼了。我必须大胆地抓住机会,否则我的努力——还有里克的帮助——就要全部付诸东流了。于是我整理了一下思绪,开始说话。我没有真的把那些言词说出口,因为我知道太阳无需寻常意义上的言词。但我希望尽可能地表达清晰,于是将那些言词——或类似的某种东西——在头脑中快速又无声地组织成形。

"请让乔西好起来。就像您让乞丐人好起来那样。"

我微微抬起头,在各种农具的碎片和一垛垛干草中间,看到了一截交通信号灯,还有里克的一只机械鸟的半截翅膀,这时我的脑中回响起了经理的声音:"那是不可能的。"还有男孩AF雷克斯的声音:"你真自私,克拉拉。"于是我又说:

"可乔西还是个孩子,她没有做过任何不善良的事情。"

这时我又想起了去摩根瀑布那一回,野餐台对面的母亲那双密切审视我的眼睛,还有那头公牛,对着我怒目而视,好像我没有权利从他那片田野前面经过似的;我随即意识到,自己或许已经激怒了太阳,因为我正是这般闯到了他的面前,而且恰恰是在他需要休息的时刻。我在脑海中组织起一句道歉的话,可谷仓里的影子此刻拉得更长了,倘若我这时把手指在眼前伸开,我知道它们的投影会一直向后延伸到入口那里。显然,太阳不愿意做出任何事关乔西的承诺,因为尽管他慈悲为怀,却依然无法将乔西与其他的人类区分开,而那些人中的一些,因为他们的污染和不体谅,让他大为恼火;忽然间我觉得自己真是愚蠢,竟然来到这样一个地方,提出这样一个请求。充盈着谷仓的橙色光芒这时越发地强烈,我又一次看到了罗莎,坐在硬邦邦的地上,一副痛苦的表情,伸出手去摸她那条挺着的腿。我深低下头,尽我所能地在折叠椅的形状内把自己的身体蜷缩到最小,但紧接着我又想起了向太阳发出吁求的任何机会都是稍纵即逝的;因此,我鼓起勇气,用半言词的形式说了一番话,推动这番话在我的脑海中一闪而过:

"我明白自己来到这里是多么地唐突与粗鲁。太阳有充足的理由生我的气,我也完全理解您甚至都不愿意考虑一下我的请求。即便如此,鉴于您的大慈大悲,我想我也许还是可以请求您再耽搁一小会儿您的行程。再听一听我的另一个提议。假使我能够做一件特别的事情来取悦您。一件会让您格外开怀的事情。如果我能做到这一点，那么，作为回报，您是否愿意考虑对乔西格外开恩？就像您上次帮助乞丐人和他的狗那样？"

随着这些话语闪过我的脑海，我的四周清晰地发生了某种改变。谷仓里的红光依旧浓重，但此刻却有了一种近乎温柔的特质——以至于那依然割裂着我周遭环境的许多碎片似乎在太阳最后的光芒中飘浮了起来。我看到玻璃展品推车的下半截——我认出了它的小脚轮——正缓缓地向上飘升，直到它被相邻的另一块碎片所遮蔽；我抬起头，遍顾四周，却再也看不到那头可怕的公牛的蛛丝马迹来。这时，我明白自己争取到了一样至关重要的有利条件，但绝不能浪费片刻工夫，于是我再接再厉，不再去组织构思半言词，因为我知道我没有时间了。

"我知道太阳有多么地讨厌污染。知道它多么地让你伤心和愤怒。瞧，我见到了而且确认了那台制造污染的机器。假使我能够设法找到这台机器并且摧毁它。终结它的污染。那么，作为回报，您是否愿意考虑给予乔西特别的帮助？"

谷仓里的光线这时昏暗了下来，可那是一种友善的昏暗；很快碎片不见了，室内的割裂也消失了。我知道太阳已经又上路了，于是从折叠椅上起身，第一次走向麦克贝恩先生的谷仓那敞开的背面。这时我看到了田野如何向着中景绵延开去，直到它遇到了一排树木——某种软性的栅栏——而就在那排树木后面，一身疲惫、不再灼热的太阳正渐渐沉入大地。天空正在化为夜空，星星依稀可见，我能看出太阳正一边坠入他的安息之所，一边朝我善意地微笑。

出于感激和敬意，我继续站在敞开的谷仓背面，直到他最后的微光也消失在了地面之下。接着我穿过麦克贝恩先生的谷仓那幽暗的室内，顺着来时的原路出了谷仓。

* * *

我再次走入草地的时候，高高的草丛在我四周温柔地摇摆着。要在黑暗中穿过田野是一项令人望而生畏的任务，可刚刚发生的一切令我倍感振奋，我几乎都没有感受到一丝恐惧。即便如此，高低不平的地面还是提醒着我前方的危险，因而当我突然间听到里克的声音在不远处响起时，我还是心中一喜。

"是你吗，克拉拉？"

"你在哪儿？"

"这边。在你的右边。我没听你的话，没有直接回家。"我朝着那声音的方向走去，草丛渐渐稀疏，我发现自己又站在了一处林中空地里。这一片空地———小块圆形的区域——仿佛是真空吸尘器的杰作，里面的草又一次只没及脚踝，一弯月牙儿正高悬在我头顶上方的夜空中。里克就坐在那里，貌似坐在地上，可等我走到近前，才看见他坐在一块大半埋在土里的大石头上。他一脸平静地朝我微笑。

"谢谢你等我。"我说道。

"只是出于私心。怕你会整晚困在这里，出了故障。那我可就麻烦大了，毕竟是我把你带到这里来的。"

"我认为里克是出于善意才等我的。我非常感激。"

"你进去以后，找到你要找的东西了吗？"

"哦，是的。至少，我相信是找到了。我还相信，现在我们有心怀希望的理由了。乔西的希望。她会好起来的希望。可我得先完成一个任务。"

"什么样的任务？也许我能帮忙。"

"对不起，我不能和里克讨论这件事情。我相信，今晚所达成的是一项协议。一份契约，也可以这么说。如果我无所顾忌地谈论这件事，可能会危及合同的履行。"

"好吧。我不想危及任何事情。不过，如果有什么是你觉得我能为你做的……"

"我会坦言相告。里克能做的一件最重要的事情就是努力考进阿特拉斯·布鲁金斯大学。然后乔西和里克就能继续肩并肩地在一起了，那幅善意的画中所表达的愿望也就依然有着实现的可能。"

"天啊，克拉拉，我妈显然在做你的工作。她把这件事说得可真是轻巧。可你根本就不知道像我这样的孩子要考进那样一个地方，需要付出多少。而且就算我成功了，我妈又该怎么办？难道我就把她一个人丢在这里不成？"

"海伦小姐也许比里克以为的要坚强。而且，即便里克没有受过提升，他依然有着特别的天赋。只要他全力以赴，我相信他会被阿特拉斯·布鲁金斯大学录取的。再者，海伦小姐还说过，她有一样秘密武器能够帮助他。"

"她的秘密武器？就是某个她认识的讨厌鬼，帮着管那个地方的。她的一个老情人。我根本不想跟他掺和。听着，克拉拉，我们该回去了。"

"你说得对。我们外出已经很久了。海伦小姐会担心的。另外，如果我能在乔西的母亲进门前回到家，就能避免许多尴尬的问题。"

＊　＊　＊

第二天，当门铃在上午十点左右响起时，乔西似乎还在猜测按铃的是谁；她起了床，急匆匆地出了卧室，走上楼梯平台。我随她出了门，而当里克从梅拉尼娅管家身边走过，步入门厅的时候，乔西回头看着我，脸上挂着一个兴奋的微笑。可紧接着，就在她走向楼梯口的时候，却又摆出一张完全没有表情的脸孔来。

"嘿，梅拉尼娅，"她朝下面喊道，"你知道这个怪咖是谁吗？"

"你好，乔西。"里克抬头仰视着我们，面带拘谨的微笑，"我听说了一个传闻：我俩也许又是朋友了。"

乔西在最上面的一级台阶上坐下；尽管我在她身后，我依然清楚她此刻展露的是她最善意的微笑。

"哦，真的吗？好奇怪呀。不知道是谁放的风呢。"

里克自己的笑容这时也自信了起来。"只是小道消息吧，我猜。顺便说一句，我真的挺喜欢那幅画。昨晚我用相框把它裱起来了。"

"真的？是用你亲手做的那种相框吗？"

"老实说，我用的是我妈的旧相框。我们家有那么多的老相框，摆得到处都是。我抽出了一张斑马的照片，把你的换进去了。"

"换得好。"

梅拉尼娅管家这时候去厨房了，里克和乔西就这样一个站在楼梯底下，一个坐在楼梯顶上，冲着彼此咧嘴笑着。接着，乔西一定是给出了一个暗号，因为两人同时飞快地动作了起来——她站起身来，他伸手去抓扶栏。

就在他们一道走进卧室的时候，我想起了梅拉尼娅管家之前的指示，于是跟着他俩进了屋。接下来的一段时间，一切仿佛是旧日重现：我坐在纽扣沙发上，面朝后窗，里克和乔西在我身后，笑着说起以前的傻事。一度，我听到乔西在说：

"嘿，里克。我在想啊，这样的握法到底对不对。"借着窗玻璃的映照，我看到她手里握着一把早餐过后没有收拾的餐刀。"还是说，应该像这样？"

"**我**怎么知道？"

"我以为你或许知道，你不是英国人嘛。我的化学教授说你应该**这样**握。可她知道什么呢？"

"那我又知道什么呢？你干吗老是说我是英国人呢？我又没有真的在那里生活过，你知道的。"

"是你自己以前老这么说的，里克。两年，还是三年前？你一直坚称自己多么有英国范。"

"我有这么说吗？那一定是阶段性的吧。"

"哦，是的，持续了好几个月呢。你那会儿满嘴的劳驾这个啦，见谅那个啦。所以我才会以为你或许知道怎么握刀呢。"

"可为什么英国人就要比其他人懂得多呢？"

过了几分钟，我听见里克在卧室里四处走了一圈，然后说：

"你知道，我这么喜欢这屋子的一个理由是什么吗？这里有你的味道，乔西。"

"什么？我不敢相信你会说这样的话！"

"我说这话完全没有任何不好的意思。"

"里克，你真的不能对一个女孩子说这样的话！"

"这话我一般不对女孩子说。我只对你说。"

"不好意思,你说啥?这么讲我都不是女孩子了?"

"嗨,**一般**不对女孩子说。我想说的是——我只想说——我有一阵子没来这里了,所以我已经忘记了这屋子的方方面面。它看上去的样子,它闻上去的味道。"

"天啊,你好讨厌,里克。"

可她的声音中透着笑意;沉默了片刻后,里克接着说道:

"至少我俩再也不生彼此的气了。我很开心。"

又一阵沉默过后,乔西开口道:"我也是。我也很开心。"说完她又添了一句:"很抱歉我之前一直没完没了地说那些话,说你妈还有那些个事情。她是个好人,那些话我都不是存心要说的。很抱歉我还一直在生病。让你担心了。"

借着窗玻璃的映照,我看到里克朝乔西走近一步,伸出一只胳膊拥住了她。接着,片刻之后,他的另一条胳膊也拥住了她。乔西任由他拥着自己,尽管她并没有抬起自己的双臂来回应他,就像她和母亲说再见时习惯的那样。

"这下你能舒舒服服地闻我的味道了?"过了一会儿,她开口问道。

里克并没有回答这个问题,而是说了一句:"克拉拉?你在吗?"

我转身的时候,两人微微分开了一点,一齐朝我看来。

"怎么啦?"

"也许你应该,你懂的——避免打扰我们,就像你常说的那样。"

"哦,是的。"

两人看着我下了纽扣沙发,从他们身边走过。走到门口的时

候,我转身说了一句:

"我之前一直想要避免打扰你们的。只是心里面还担心着胡来。"看到两人一脸困惑,我继续说道:"有人指示我要确保不会发生胡来。所以我才一直留在房间里,哪怕是在你们玩泡泡游戏的时候。"

"克拉拉,"乔西说,"里克和我不打算发生性行为,好吗?我们有几句话要对彼此说,仅此而已。"

"好的,当然。那我就退下了。"

说完我便走出房间,来到了外面的楼梯平台上,随手将房门在身后阖上。

* * *

随后的几天里,我时常想起那台库廷斯机器,以及我如何才能找到并且摧毁它。我在脑海里面测试着各种各样的借口,看看哪一个能够让我陪同母亲进城,而一旦进城,还要让我能自由行动足够长的一段时间——可所有这些借口听上去一个都不可信。乔西注意到了我经常心不在焉,便会这样说我:"克拉拉,你又走神了。也许你太阳能电量低了。"我甚至考虑过向母亲袒露心声,但立刻就否决了这个选项,因为我觉得母亲既不会理解,也不会相信我所达成的这项协议。可就在这时,不等我主动采取任何行动,一个机会自发地出现了。

一天傍晚,就在太阳就寝的一小时后,我正在厨房里,站在电冰箱旁,听着它让人安心的嗡鸣声。天花板的灯光还没有开启,因此我就站在那里,就着走廊投来的些许光亮。母亲刚从办公室回到家不久,我下楼来到厨房,就是为了让她和乔西在楼上的卧室里能够不受打扰。过了一会儿,我听见她迈开脚步走下楼梯,接着又朝厨房这边走来。她的身影出现在了门口,使得厨房里愈发的昏暗,这时她开口道:

"克拉拉,我想要提前跟你打个招呼。毕竟,这事儿跟你有关。"

"什么事?"

"下周四,我请假不去上班了。我要开车带乔西进城,然后在那里过夜。我们刚才就在聊这件事呢。乔西要去赴约。"

"赴约?"

"你知道的,乔西之前一直在请人给她画像。还记得她来你们店里的那几回吗——我们之所以进城,就是为了这个。因为她的健康原因,这件事已经中断很久了,可她现在又有了些力气,所以我想让她再去一回工作室。卡帕尔迪先生很有耐心,一直按兵不动地等到了现在。"

"我明白了。那乔西会不会需要一动不动地坐上很久呢?"

"卡帕尔迪先生很有办法,不会累着她的。他能先拍照,再凭照片创作。即便如此,他还是需要她时不时地过去一趟。我告诉你这个,是因为这一回我想要你陪着乔西。我想她情愿有你在她身边。"

"哦,是的。我非常乐意。"

母亲朝着厨房里面又走了几步,现在我能看见走廊的微光只照亮了她的脸庞的一条边线。

"她进去见卡帕尔迪先生的时候,我要你,克拉拉,陪在她身边。事实上,卡帕尔迪先生迫不及待地要见你。他对 AF 特别感兴趣。也可以说是酷爱吧。你没意见吧?"

"当然没有。我盼望着见到卡帕尔迪先生。"

"他也许有几个问题要问你。和他的研究有关。因为,我也说了,他对 AF 很是痴迷。你不介意吧?"

"不,当然不介意。而且我相信,进一趟城会对乔西有好处,既然她现在稍稍有了点力气。"

"很好。哦对了,我们很可能还要载客呢。我们的车上,我是说。我们的邻居需要搭个便车。"

"里克和海伦小姐?"

"他们自己也有些事情要进城,而她如今已经不开车了。别担心,车上坐得下所有人的。你用不着钻后备厢。"

就在接下来的那周日,下午两三点钟左右,里克不单自己上门来做客,还带来了他的母亲;趁着这个机会,我听到了关于这趟行程的更多情况。我又一次走到门外的楼梯平台上,免得打扰卧室里的里克和乔西。我凭栏而立,注视着楼下的走廊,能听见母亲和海伦小姐的笑声从厨房那头传来。我听不太清楚两人的言语,除非是在她们中的一个大声喊出某句话的时候。一度,海伦小姐高声叫道:"噢,克丽西,那可真是过分!"然后哈哈大笑起来。没过一会儿,我听到母亲同样一边哈哈笑着,一边大声说:"这是真的,这是真的,这绝对是真的!"

因为我听不清太多的言语内容,也看不见母亲的表情,所以我没法做出可靠的判断,但我的感觉是,那一刻的母亲处于自我进这个家门以来最放松的状态。我正试着要听个究竟,这时卧室的房门开了,里克走了出来。

"乔西在洗手间里,"他边说着边朝我走了过来,"这个时候,好像出来上这儿等着才是礼貌的做法。"

"是的,这样做很体贴。"

他追随着我的目光,眼睛越过扶栏,然后朝着楼下大人们说话的方向点点头。

"她俩一直挺合得来,"他说道,"只可惜阿瑟太太在的时候不多。有个人能像这样陪妈聊聊——这对她真的很有好处。只要在阿瑟太太身边,她总能高兴起来。我尽力而为。但我从来没法儿让她那样子开怀大笑。我猜,我是她儿子,要放松可不容易。"

"里克对于海伦小姐来说,肯定是一位绝佳的伙伴。不过,如你所见,即便你不在她身边,她也能够找到其他的伙伴,一起大笑,一起聊天。"

"我不知道。也许吧。"接着他又说道:"听着,这些天我把这件事又从头到尾、认认真真地想了一遍。你那天晚上说的那些话。现在我认同你的说法了。我答应过妈我会努力的。尽我的全力,真正的全力,考进阿特拉斯·布鲁金斯。"

"太棒了!"

他身子又朝栏杆外面探出去一些,也许是在努力听清她们的话语,我甚至担心他因为个子高,弄不好会摔下楼去。不过这时他直起身来,两只手都放在了护栏上。

"我甚至答应了去会会这个……**男人**,"他说道,压低了嗓音,"她的老情人。"

"那个秘密武器人?"

"对,妈的秘密武器。她觉得他能替我开个后门。我连这个都答应了。"

"可这也许会带来最好的解决办法。乔西那幅善意的画所表达的愿望距离实现也许又进了一步。"

"说不定她们这会儿就在楼下说这个呢。说我是怎么过了那么久才终于被我妈转变思维的。说不定她俩觉得那么好笑的就是这个事情。"

"我不认为她们的笑声中有恶意。我认为海伦小姐一定为里克的承诺感到高兴。并且满怀希望。"

他沉默了片刻,听着楼下的说话声。然后他开口道:"我想,我们要搭车跟着乔西和阿瑟太太一道进城了。"

"是的,我知道。我也受邀与你们同行。"

"哦,那挺好。这下你和乔西就可以共同给我精神上的支持了。因为我并不怎么盼望着祈求这个家伙的帮助。"

突然间,卧室里传出了乔西的一声喊:"好啊!这下所有人都抛弃了我!"接着,就在里克回头面向房门的同时:"嘿,克拉拉,你也回屋里来吧。没关系的。我们没打算上演性爱大戏。"

* * *

两天后,我还将听到有关这趟进城之旅的更多事情,这次是以一种意想不到的方式。

那是一个多雨的工作日,没有客人登门。午餐后,乔西去了大开间上矩形板辅导课,我则上楼回了卧室。我坐在地上,坐在一堆杂志中间,这时梅拉尼娅管家出现在了门口。她低头注视着我,她的面孔既没有善意,也没有愠色,我还以为她是来斥责我刚才留里克和乔西单独在卧室里的,尽管她警告过我要提防胡来。可她却往屋里又走了一步,然后用某种粗砺的低语声对我说道:

"AF。你想帮助乔西小姐,对吧?"

"是的,当然。"

"那你听着。太太周四带乔西小姐进城。我说我想和她们一起去。太太说不。我说可以,太太还是说不。她说不,因为她再清楚不过,我嗅出苗头来了。她说她想带 AF。所以你听着。你在城里给我好好照看乔西小姐。听到了吗?"

"是的,管家。"我同样低语道,尽管乔西绝无可能听到我们,"不过请您再多解释几句。您究竟是在担心什么?"

"听着,AF。太太带乔西小姐去见卡帕尔迪先生。画像的家伙。那个卡帕尔迪先生是个狗娘养的讨厌鬼。太太说你观察好。那你就给我好好观察狗娘养先生。你想帮乔西小姐。我俩一伙的。"她回头瞥了一眼门口,尽管楼下并没有传出乔西上完课,从房间里出来的声音。

"可是管家,难道卡帕尔迪先生不是仅仅想为乔西画像吗?"

"画像个球。AF,你看紧了狗娘养先生,不然乔西小姐会出大事。"

"可是,毫无疑问……"我把声音压得更低了,"毫无疑问,母亲绝不会……"

"太太爱乔西小姐。可萨尔小姐的死把太太折腾得够呛。听懂了吗,AF?"

"是的。那我会照您说的那样,十二分用心地观察,尤其是在卡帕尔迪先生身边的时候。不过……"

"你还要**不过**什么,AF?"

"如果卡帕尔迪先生真的像您说的那样——我仅仅是观察就够了吗?"

梅拉尼娅管家低头紧盯着我的眼神,可能会让一个路人误以为她是在威胁我，可我此刻明白，她的心中满是担忧。

"我他妈的怎么知道够不够？我想和乔西小姐一起去，太太说没门。她要带AF。真搞不懂。所以你跟紧了乔西小姐，尤其是狗娘养先生在的时候。你尽全力，AF。我俩一伙的。"

"管家，"我说道，"我有一个计划，一个特别的计划来帮助乔西。我不能公开谈论这件事。但如果我能陪乔西和她的母亲一道进城，我或许就有了实施这个计划的机会。"

"计划？听着，AF。你把事情越弄越糟，我他妈的就来把你拆了。"

"但假如我的计划奏效了，乔西就会变得强壮又健康。她就能去上大学，然后变成一个成年人。不幸的是，我没有告诉你更多细节的自由。但只要我能进城，我就有了机会。"

"好吧。最重要的一件事，AF，你周四进城以后，好好照看乔西小姐。听见了吗？"

"是的，管家。"

"还有，AF。你的大计划。要是它让乔西小姐的情况更糟，我就过来拆了你。把你塞进垃圾桶。"

"管家，"我答道，面带着自信的微笑——自打我进了这个家门起，这是我头一回如此面对她，"感谢你的这次谈话，还有你的警告。也感谢你能够信任我。我会做我所能做的一切来保护乔西。"

"好吧，AF。我俩一伙的。"

* * *

在进城之前的这段时间里，还发生了另一件值得关注的事情，而这件事给我上了重要的一课。那是在一个深夜，我被乔西发出的动静所惊醒。卧室里十分昏暗，但因为乔西不喜欢漆黑一片，所以遮住前窗的百叶帘升起了三分之一，月亮和星星在墙壁和地板上都投下了图案。我望向床铺，看见乔西在那里用她的羽绒被堆出了一座小山一样的形状，而从被子里面传出了一阵哼哼声，好像她是在努力回想一支曲子，却又不想打扰房子里的其他人。

我靠近那座小山，居高临下地站在它的旁边，然后伸手轻轻地摸了摸它。那小山立刻就爆发了，羽绒被一下子土崩瓦解，消失在了四周的黑暗之中，房间里渐渐被乔西的啜泣声所充斥。

"乔西，怎么啦？"我压低了嗓音，但语气急切，"疼痛又开始了吗？"

"不！不疼！但我要妈妈！叫妈妈！我要她来这里！"

她的声音不但很响，而且似乎自我折叠了一般，你能同时听到她的声音的两个变体，音高略有不同。我以前从未听到过她发出这样一种声音，不由得迟疑了片刻。她在床上跪坐了起来，这时我看清了那条羽绒被原来并没有崩解，而是在她的身后团成了一个大球。

"叫妈妈！"

"可你的母亲需要休息。"我依然用耳语的音量说话，"我是你的 AF。这就是为什么我会在这里。而我一直在这里。"

"我没说你。我要妈妈！"

"可是乔西……"

我的身后传出一阵响动，接着就有人把我推到了一边，险些让我失去平衡。等到我重新站稳的时候，我看到自己的眼前出现了一个巨大的、变幻着的形体，就在靠近我的那一侧床沿上，黑影与月光构成的斑驳图案在它的表面不断游移，使得这个形体愈发的复杂。我意识到了这个形体就是拥抱在一起的母亲和乔西——母亲像是穿着一身浅色的跑步装，乔西还是和平时一样，穿着她那套深蓝色的睡衣裤。不但她们的肢体交织在一起，就连她们的头发也是如此，接着两人的身形开始温柔地摇摆，和她们在告别时难分难舍的姿态有几分相像。

"不想死，老妈。我不想那样。"

"没事的。没事的。"母亲的声音很轻柔，就像我刚才说话时的音量。

"我不想那样，老妈。"

"我知道。我知道。没事的。"

我悄悄地从她们身边退开，退向门口，接着又走到了门外昏暗的楼梯平台上。我凭栏而立，看着天花板上和楼下走廊里奇怪的夜之图案，脑海里翻来覆去地想着刚刚发生的那一幕所隐含的深意。

过了一会儿，母亲也悄悄地走出卧室，拐进了通往自己房间的那条昏暗的过道，眼睛并没有朝我这边看。此刻乔西的房门后面寂静无声，等到我回到卧室的时候，羽绒被和床铺都被拾理得井井有条，乔西已然入睡，她的呼吸也恢复了平和。

第四部

友人公寓位于一栋连体住宅内。透过主客厅的窗户，我能看到街对面也立着类似的连体住宅，一排有六栋，每一栋的立面都被刷成了略微不同的颜色，以免有住客上错了台阶，误入了邻居的房门。

那天，就在我们出发去见这位画像人卡帕尔迪先生的四十分钟前，我对乔西说出了这一观察发现。她当时正躺在我身后的皮沙发上，读着一本她从黑色的书架上面拿下来的平装书。太阳的图案落在她抬起的膝盖上面，而她读书正读得入神，只是含混地应了我一声。我对此很是高兴，因为方才她在等待的过程中变得非常紧张。而在我起身站到那扇三格窗边上之后，她马上就明显放松了下来，知道我一看见父亲的出租车在门外停下，就会通知她的。

母亲的情绪也紧张了起来，至于这究竟是因为与卡帕尔迪先生迫在眉睫的会面，还是因为即将到来的父亲，我就无从判定了。她方才离开了主客厅，我能听见她在隔壁房间里打电话的声音。我只要把头贴上墙壁，就能听见她的话语，我甚至考虑过要这样做，因为她有可能是在和卡帕尔迪先生通话。但我又想到了这样做可能会让乔西更加的焦虑，而且再说了，我转念一想，母亲更有可能是在和父亲通话，给他指路。

我既然明白了乔西的心思是指望我留心观望父亲的出租车，便当即将进一步了解友人公寓的计划搁在一旁，全神贯注于三格窗外的视野。我并不介意这一点，尤其是在那台库廷斯机器从窗外经过的可能性永远存在的情况下，而即便我此时不方便追踪它，看到它这件事本身就已经是一项重大的进展了。

不过到了现在，我已经渐渐接受了一个事实：库廷斯机器从友人公寓门前经过的可能性微乎其微。早先，就在我们开车进城的时候，我给了自己太大的希望，因为，还在城郊的时候，我们就从许多维修人的身旁经过，而即便是在那些人不见踪影的情况下，他们的路障也还立在那里，封住了这条或是那条街道。就在那时，我开始觉得，库廷斯机器随时都会出现。然而，尽管我不停地朝着我那一侧的车窗外面张望，尽管我们两度路过其他类型的机器，它却从未现身。这时，车流开始变得缓慢，维修人也越来越少了。母亲和海伦小姐坐在前排，用她俩平常的那种放松的方式聊着天，而在后排，在我身边，乔西和里克两个人轻言轻语地向着彼此指点出车外的景物。有时候，我们路过一样东西的时候，他们中的一个会轻轻推一推另一个，接着两人便一起大笑起来，虽然他们连一句交流的话也没说。我们路过了一座盛开着粉色花朵的公园，然后是一栋建筑，上面的一块标牌写着"不得停车，卡车除外"，这时前排的海伦小姐和母亲又笑了起来，尽管两人的声音中都透着戒备。"对他严一点，克丽西。"海伦小姐说。接着道路两边又出现了一些汉字标牌，还有拴在路桩上的自行车，这时天空下起了雨——尽管太阳一直在全力以赴——打着伞的伴侣们开始现身，还有拿杂志遮在头顶的游客们；我还看到一个 AF 跟在他的少年身边，冲向路边躲雨。"里克，这太荒唐了。"乔西评论着一样东西，然后咯咯笑了起来。就在我们驶入一条街道的时候，雨停了，街边的楼房都非常之高，两侧的人行道全都落入了它们投下的阴影之中；穿着汗衫的男人们坐在前门的台阶上说着话，看着我们经过。"真的，克丽西，就随便找个地方，把我们放下吧，"海伦小姐在说，"我俩已经让你们绕了太远的路了。"我看到两栋灰色的楼房并肩而立，却并不一般高，有人在高的那栋楼房超出邻居头顶的外墙上面画了一幅卡通画，也许是为了让它俩的差距不那么显眼。每次我看到一块严禁停车标牌的时候，脑海中都充满了喜悦，尽管这些标牌同我们商店外面的那几块略有不同。乔西朝前排探过身去，说了一句幽默的话，两个大人全都哈哈大笑。"那我们明天就在那家寿司店等你俩了，"母亲对海伦小姐说，"就在剧院边上。你不会找不到的。"海伦小姐答道："谢谢你，克丽西，我知道这能帮我的大忙。也能帮里克的忙。"我们驱车经过一片喷泉广场，然后是一座铺满落叶的公园，在那里我又见到了两个 AF；接着我们驶入一条繁忙的街道，街边立着高楼。

"他迟到了。"乔西在沙发上说道，我听到了她手中的书本落在地毯上的一声闷响，"不过我猜这也不是什么稀罕事。"

我意识到她是在试图开个玩笑，于是笑出声来，然后说道："可我确信他非常急切地要与乔西团聚。你一定还记得我们过来的时候，车流有多么的迟缓。现在他大概也碰到了同样的情况。"

"老爸从来都不守时。哪怕老妈都答应了会替他付打车钱。好吧。我打算将有关他的一切都暂且忘记一小会儿。绝对不值得小题大做。"

就在她弯腰去捡那本掉落的平装书时，我再度转身面向那扇三格窗。友人公寓窗外的街景和商店外面的景象很不一样。出租车很少见，但其他类型的汽车——各种大小、形状和颜色——一辆辆地疾驰而过，又在我视野的最左端停了下来，那里有一杆长臂交通信号灯高悬在街道上空。这里的跑步者和游客也要少一些，但我见到了更多的头戴耳机的步行者——还有更多骑自行车的人，一些人用一只手拿着东西，另一只手把着方向。一度，乔西评论父亲迟到的话音刚落，一个骑自行车的人从窗外经过，腋下夹着一块大板子，形状好像一只被压扁的鸟儿，我担心那块板子会招风，害他失去平衡。可他身手敏捷，风驰电掣地绕过一辆辆汽车，直到他来到了最前排，就在那杆交通信号灯的正下方。

母亲在隔壁房间的说话声变得焦躁了起来，我知道乔西听得到，可当我瞥向身后时，却发现她似乎依然沉浸在她的书本中。一个牵着狗绳的女人从窗外走过，然后是一辆旅行车，车身上写着"吉奥家咖啡店熟食"。这时，就在门外，一辆出租车缓缓停了下来。主客厅比人行道的路面要高一些，所以我看不到出租车内部的情形，但母亲的说话声停了，这下我确定了来者正是父亲。

"乔西，他来了。"

起初她还在读书。接着她深吸一口气，坐起身来，放手让书本又落在了地毯上。"你肯定觉得他是个呆子，"她说，"有些人总觉得他是个呆子。可实际上他超级聪明的。你得给他一个机会。"

我看到一个高大但驼背的身影，披着一件灰色的雨衣，从出租车里钻了出来，手里捧着一个纸袋。他狐疑地抬头看了看我们这栋房子，我猜他是分不清究竟是哪一栋，因为我们这一面的排屋和街对面的一样，看上去也都很相像。他一直小心翼翼地捧着那个纸袋，就像有人捧着一只累得走不动路的小狗。他选对了台阶,说不定都看到了我,尽管我在给了乔西预警之后,立刻便退回了房间里面。我以为母亲这时会回到主客厅,我也听到了她的脚步声,但她却停留在了外面的门厅里。接下来的时间似乎格外漫长,乔西和我——还有门厅里的母亲——全都无声地等待着。这时门铃响起,我们又听到了母亲的脚步声,然后是他们的说话声。

他俩柔声细语地说着话。门厅和主客厅之间的那扇门开了一半,乔西和我——我俩此刻都站在屋子的正中间——密切关注着门那头的迹象。这时父亲走了进来,身上的雨衣不见了,但双手还捧着他那只纸袋。他身穿一件还算高级的办公室夹克,可夹克下面却是一件老旧的棕色毛衣,衣领高及他的下巴。

"嘿,乔西!我最亲爱的小野兽!"

他显然想要以一个拥抱来迎接乔西,于是环顾四周,想找一个地方搁下纸袋,可乔西自己上前一步,伸出双臂环抱住了他,连人带纸袋子。就在他接受她的拥抱的同时,他的目光在房间里四处游移,最后落在了我的身上。接着他移开目光,闭上双眼,让自己的脸颊靠在她的头顶上。他俩就这样静立了一会儿,一动不动,甚至都没有像母亲和乔西早晨告别时那样缓缓地摇摆。

母亲同样一动不动,站在稍远处,两只肩膀靠着两个黑色的书架,不苟言笑地看着他们。拥抱还在持续,等到我再度瞥向母亲时,发现屋里的那一整片区域都被分割了开来,她那双眯起的眼睛在一个方格接着一个方格中不断重现,一些方格中的眼睛看着乔西和父亲,另一些方格中的眼睛则看着我。

终于,两人的手臂松开了,父亲微笑着把纸袋举高了一些,好像它需要氧气似的。

"给，小野兽，"他对乔西说道，"给你带来了我最新的小作品。"

他把纸袋递给乔西，托住袋子的底部，直到她也学样做出同样的动作；接着两人并肩在沙发上坐下，朝着袋子里面张望。乔西没有把东西从袋子里取出来，而是从两边把纸撕开，露出一面看上去很粗糙的小圆镜，装在一个小小的支架上。她用膝盖托住镜子，接着问道："这是什么呀，老爸？化妆用的吗？"

"只要你想。可你没细看。好好看它一眼。"

"哇哦！太神奇了。这是怎么一回事？"

"所有的镜子照出来的人脸都是反的，却从来没有人提意见——这事儿难道不奇怪吗？这面镜子照出来的是你真正的模样。而且不比一般的化妆粉盒更重。"

"了不起！是你发明的吗？"

"我很想说是我，但真正的功劳属于我的朋友本杰明，他也是我们社区里的一位伙计。是他想出来的这个主意，可他不太清楚该怎么在现实世界里将它实现。这部分的工作就由我来做了。新鲜出炉的，上周刚完成。你觉得怎么样，乔西？"

"哇哦，真是一件杰作。这下我要整天在公共场合照自己的脸了。多谢！你真是个天才。这东西要电池吗？"

接下来的一会儿工夫，父亲和乔西继续谈论着这面镜子，说到一半又突然打住，用开玩笑的方式互相打了个招呼，好像那一刻是他俩的第一次相见似的。他们的肩膀碰在了一起，两人说话的时候，时常会越挨越紧。我依然站在房间的正中央，偶尔父亲会朝我投来一瞥，我以为乔西随时都会介绍我俩认识。但父亲的到来让她兴奋了起来，她继续语速飞快地对他说着话，很快父亲就不再瞥向我这边了。

"我的新物理家教,老爸,我敢说他懂的还不及你的一半。而且他是个怪咖。要不是因为他的认证资质超级过硬,我肯定会说:老妈,我们得叫人把这个家伙给抓起来。不,不,别急眼,他没有不得体的举动。只是他明显在他的工棚里面捣鼓什么东西,你懂的,要把我们所有人都炸上天。嘿,你膝盖怎么样?"

"哦,好多了,谢谢。事实上,是一点问题都没有。"

"你还记得我俩上次出去的时候,你吃的那块曲奇吗?那块看上去好像中国主席的曲奇?"

尽管乔西说话时的语速很快,而且衔接流畅,我却依然能够看出,她在开口之前,先在脑子里把每句话都过了一遍。这时母亲——她刚才又离开房间,去了门厅——回来了,穿着自己的外套,手里还高举着乔西的那件厚夹克。她径直打断了乔西和父亲的交谈,开口道:

"保罗,快点。你还没有对克拉拉说你好呢。这位就是克拉拉。"

父亲和乔西沉默了,一齐朝我看来。接着父亲说道:"克拉拉。你好。"他从踏进公寓的那一刻起就一直挂在脸上的微笑已然消失了。

"我真不想催你俩,"母亲说,"可你过来就迟到了,保罗。我们还有约要赴。"

父亲的微笑重又回到了脸上,但现在他的眼中有了怒火。"我差不多有三个月没见到我女儿了,现在我和她说五分钟的话都不行吗?"

"保罗,是你坚持要在今天和我们一起去的。"

"我想我有权利一起去,克丽西。"

"没人否认这一点。可你不能害我们迟到。"

"这家伙就这么忙吗……"

"别害我们迟到,保罗。还有,到了那儿以后,你表现好点。"

父亲看看乔西,耸了耸肩。"瞧见没,这就闹别扭了,"说完他哈哈笑了,"那就来吧,小野兽,我们最好快点出发喽。"

"保罗,"母亲说,"你还没有对克拉拉说过话。"

"我刚刚说你好了。"

"快点。再和她多说两句。"

"家庭的一分子。你是这个意思吧?"

母亲瞪视着他,接着又似乎对某件事情改了主意,于是在半空中挥了挥乔西的夹克。

"来吧,宝贝。我们得走了。"

* * *

就在我们出门等着母亲开车过来的时候,父亲——他这时又披上了他那件雨衣——站在那里,一只手臂搂着乔西。他俩站在人行道靠前的路沿上,我则站在后面,几乎贴上了连体住宅的围栏,路上的行人从我们中间穿行而过。由于我们所处的位置以及不同寻常的户外音效,我很难听清他们说话。一度,父亲朝我转过身来,嘴里却依然在和乔西说话,即便他的眼睛正在细细审视我。这时一个戴着大耳环的黑肤女士从我们中间走过,等到她走远了,父亲已经再度背对着我了。

母亲的汽车到了,乔西和我坐进后排;就在我们出发的时候,我试图看着她的眼睛,给她慰藉,免得她因为要为肖像画师当模特而感到焦虑。可她只是望着她那一侧的车窗外面,并没有看向我。

母亲的车一点儿也开不快,她刚切出一条车道,却又在另一条车道上被堵住了。我们路过一扇扇被卷帘封住的大门,还有窗户上打着大叉的房子。天空中又下起了雨,撑伞的伴侣们现身了,牵着狗绳的人们步履匆匆。一度,我这一侧的窗外出现了一堵被雨水浸透了的墙——离我非常之近,只要放下窗户,就能伸手摸到——上面画满了愤怒的卡通文字。

"情况还不算太糟,"母亲在和父亲说话,"我们人手不够。每场活动的预算缩减了差不多百分之四十。我们永远跟公关部门的人不对付。但除此以外,是的。一切都好。"

"斯蒂文还是那么有存在感?"

"当然了。还是从前那个和蔼可亲的大人物,一如既往。"

"知道吗,克丽西。我真的想问一句,这样干值吗?你还在这样子咬牙坚持着。"

"我好像没听懂。我在咬牙坚持什么?"

"古德温斯。你的法律部门。这一整个……工作的世界。你睁开眼睛的每一分钟都要受你曾经签下的某份合同的束缚。"

"拜托,我们不要再老调重弹了。我对你的遭遇很是难过,保罗。我很难过,而且依然很愤怒。但我一直**咬牙坚持**,借用你的话说,是因为哪天我一旦停下,乔西的世界,**我的**世界,就会崩塌。"

"你凭什么如此确定,克丽西?你瞧,这确实是一大步,我知道。我只是建议你想得再远一点。试着从一个新的视角来看待事情。"

"新的视角?得了吧,保罗。别再开口宣扬你很高兴事情最后是这样一个结果了。你所有的才华。你所有的经验。"

"想听真心话?我认为,被替代是我遇到的一件最好的事情。我总算解脱了。"

"你怎么能这么说呢?你当年可是王牌啊。无与伦比的知识,专家级别的技能。要说没人能给你一块用武之地,这怎么说得通?"

"克丽西,我得告诉你,对于这件事情你比我要耿耿于怀得多得多。被替代使我得以用一个全新的视角来审视世界,我真心相信这帮助我分清了什么重要,什么不重要。就在我现在住的地方,我遇到了许多和我想法一模一样的体面人。他们全都走过了和我一样的路,一些人的事业远比我的要辉煌。我们的看法全都一致,而我真诚地相信我们不是在自欺欺人。我们现在要比我们以前过得更好。"

"真的吗?每个人都这么想?就连你那个朋友,那个以前在密尔沃基当法官的人也这么想?"

"我没说我们现在就是一帆风顺了。我们全都有不走运的时候。但与我们之前的遭遇相比,我们头一回感觉……感觉自己终于真正活了一回。"

"这话从前夫嘴里听到真是好啊。"

"抱歉。我说,别讲这个啦。我有几个问题。关于这个画像。"

"现在不行,保罗。这里不行。"

"嗯。好吧。"

"嘿,老爸,"坐在我边上的乔西喊道,"你只管问你想问的话。我不听。"

"你不听才见鬼呢。"父亲说着,哈哈大笑起来。

"别再争论画像的事儿了,保罗,"母亲说,"你欠我的。"

"我欠你?我不太明白我怎么会欠你任何东西,克丽西。"

"现在不行,保罗。"

就在这时,我意识到了我们刚刚路过的严禁停车标牌正是我如此熟悉的那一块;与此同时,RPO大楼出现在了乔西那一侧,那些眼熟的出租车也在我们的四面八方现了身。可就在我兴奋地转向我们的商店时,却看出了有些地方不太对劲。

当然,我以前从来没有站在街道上观察过商店,即便如此,我还是一眼就能看出橱窗里面既没有 AF,也没有条纹沙发。取而代之的是一个摆放着彩色瓶子的展窗,还有一块招牌,上面写着"嵌入式照明"几个字。我把身体完全转向后方,不想让目光离开商店,而就在这时,乔西说话了:

"嘿,克拉拉,你知道我们到哪儿了吗?"

"是的,当然。"可我们这时已经过了人行横道,而我甚至都没有抬头看一眼鸟儿们是不是还落在交通信号灯上。事实上,商店的新外观让我大吃了一惊,使得我完全没能按照我的习惯观察周遭环境。接着,我们来到了一个完全不同的街区,我再次转身,透过后挡风玻璃望向车外,看着 RPO 大楼越变越小。

"你知道我怎么想吗?"乔西的声音中透着关心,"我想,你的老东家也许搬家了。"

"是的。也许吧。"

但我没时间去想那家商店了,因为接下来出现在我眼前的——透过前排两个座椅的间隙——正是库廷斯机器。不等我们的距离近到足以读出机体上面的名字,我就已经认出它了。它就在那里,三根烟囱朝外面喷吐着污染,跟从前一样。我知道我应该感到愤怒,可在经历了商店带给我的意外之后再与它偶遇,我对于这台可怕的机器心生的却是某种近乎善意的感情。接着我们便与它擦肩而过,母亲和父亲继续气氛紧张地说着话,这时乔西在我耳边说道:"这些商店,老是变来变去的。那天我来找你的时候,就担心发生这种事情。担心那家店已经不见了,带着你和你的朋友们一起走了。"

我给了她一个微笑,但什么话也没有说。前排大人们的说话声越来越响了。

"听着,保罗,这件事我们已经说了一遍又一遍了。乔西、克拉拉和我一会儿都要进去,我们要完全按计划行事。你答应过的,还记得吗?"

"我是答应过,可我总还能发表评论吧,是不是?"

"这里不行,你不能!现在不行,在这辆该死的车里面也不行!"

乔西自始至终一直在和我说着什么,但她也渐渐分了心。这时,趁着大人们都闭口不言的工夫,她又说话了:

"你要是想,克拉拉,我们明天可以出去找它,只要有时间。"

我差点就以为她指的是库廷斯机器了,但随即意识到她是在说经理和其他 AF 可能去往的新店址,不管那地方是在哪里。我心想,她仅凭橱窗的外观有变化就断定他们已经搬了,未免有些草率;可正当我要说出我的想法时,她却朝前排的大人们探过身去。

"老妈?假如明天有时间,克拉拉想去搞明白她的老东家出了什么事。我们能去吗?"

"要去就去吧,宝贝。我们说好了的。今天我们去见卡帕尔迪先生,你按他的要求做。明天我们做你想做的事。"

父亲摇摇头,转向他那一侧的车窗,但因为乔西就坐在他的正后方,所以她看不见他脸上的表情。

"别担心,克拉拉。"她伸过手来,碰了碰我的胳膊,"我们明天会找到它的。"

* * *

母亲驾车驶离街道,开进了一个四面被铁丝网围住的小院子。围栏上面钉着一块不许停车的标牌,但她还是正对着那块牌子停了车,就挨着院子里仅有的另一辆车。我们下车的时候,发现地面硬邦邦的,而且有许多处裂缝。乔西挨着父亲,开始用她那小心翼翼的步伐朝着一栋俯瞰庭院的砖楼走去;也许是因为这高低不平的地面,父亲一直抓着她的胳膊。母亲则站在车旁,看着这一幕,一时间没有动弹。接着,出乎我意料的是,她来到我的面前,抓起了我的胳膊,然后我俩一道迈步向前走去,仿佛是在模仿父亲和乔西。

砖楼的左右两边没有其他相邻的建筑,而我将它认定为"楼"而非"宅",是因为那些砖结构都没有刷漆,还有黑黢黢的太平梯走着之字形向上爬升。砖楼共有五层,屋顶是一个大平台,整栋楼给我的感觉是,它之所以没有邻居,是因为这里发生过某件不幸的事情,维修人这才不得不将左邻右舍清空。就在我跨过那些裂缝的时候,母亲探过身来,和我挨得更紧了。

"克拉拉,"她轻声说道,"记住。卡帕尔迪先生待会儿会问你几个问题。事实上,他也许会有不少问题。你只管回答。好吗,宝贝?"

这是她第一次叫我"宝贝"。我答道:"好的,当然。"接着那栋砖楼便矗立在我们面前,我看到砖楼的每一扇窗户里面都有一个坐标纸图案。

一楼的两个垃圾桶边上有一扇门,乔西和父亲来到门边,转过身来等待着,好像是指望着母亲来领着我们进门。看到这一幕后,她放开我,独自走到门前。她静静地在那儿立了片刻,然后按下了门铃。

"亨利,"她对着墙上的扬声器说,"我们到了。"

* * *

卡帕尔迪先生的屋宅内里和外观截然不同。在他的主房间里,地板和那几面巨大的墙壁呈现出近乎同一种色度的白色。装在天花板上的大功率聚光灯自上而下地打在我们身上,只要一抬头,就很难不被照花了眼。这样大的一片空间,里面的家具却非常之少,只有一只黑色的大沙发,前面是一张矮桌,上面摆着卡帕尔迪先生的两台相机和配套的镜头。同我们店里的玻璃展品推车一样,那张矮桌下面装有轮子,可以轻松地在地上移动。

"亨利,我们不想累着乔西,"母亲在说话,"也许我们现在就可以开始了吧?"

"当然。"卡帕尔迪先生朝着远处的一角挥了挥手,那里有两张图表并排钉在墙上。我能看出,每一张表上都画着许多条以各种角度纵横交叉的直线。图表前面放了一把轻便金属椅,还有一盏有三脚架的照明灯。此刻那盏三脚架照明灯没有打开，那远处的一角看上去昏暗又孤独。乔西和母亲神色恐惧地凝望着那里，卡帕尔迪先生也许是察觉到了什么，于是碰了碰矮桌上的某样东西，那盏三脚架照明灯立刻焕发出生机，将整个角落照得通明，却又制造出了新的阴影。

"完全用不着紧张。"卡帕尔迪先生说。他顶着一颗秃头，留了一把几乎遮住嘴巴的大胡子。我判断他年龄在52岁。他的那张脸似乎时刻准备着绽开笑容。"一点都不费劲的。那么，如果乔西准备好了，我们要不就开始吧。乔西，这边请，可以吗？"

"亨利，等等，"母亲开口道，她的声音在整个空间里回荡，"我还想着要先看一眼那件肖像呢。看看你到目前为止的进度。"

"当然可以，"卡帕尔迪先生说道，"虽说你得明白，工作仍在进行中。而外行是很难理解这种东西是如何慢慢成型的。"

"我还是想看一眼。"

"我领你上楼。事实上，克丽西，你知道你无须征求我的许可。你在这里是老大。"

"这东西有点吓人，"乔西说道，"但我也想偷偷瞟一眼。"

"呵呵，不行，宝贝。我答应过卡帕尔迪先生的，你现在什么都还不能看。"

"我恐怕也持同样的意见，"卡帕尔迪先生说，"如果你不介意的话，乔西。按照我的经验，如果对象过早地看到了肖像，事情就会变得一团糟。我需要你完完全全地保持自然。"

"到底是对什么保持自然呢？"父亲问道，洪亮的声音在屋里回荡着。他一直披着他那件雨衣，哪怕卡帕尔迪先生二度请他把衣服挂在进门处的一个挂钩上。他这时已经信步来到了那两张图表前，皱着眉头研究起它们来。

"我的意思是，保罗，如果对象——眼下也就是乔西——变得过于不自然，她的姿态就会开始扭怩起来。我仅仅是这个意思。"

父亲还在盯着墙上的图表不放。接着他摇了摇头，就像他刚才在车里的姿态。

"亨利？"母亲说，"现在我能进你的工作室了吗？看看你忙得怎么样了？"

"当然。跟我来。"

卡帕尔迪先生把母亲领到了一道通向上方楼厅的金属楼梯前。我透过台阶的间隙，看着他俩登梯的脚步。上到楼厅后，卡帕尔迪先生在一扇紫门边的数字键盘上面按了几下；一声短促的嗡鸣过后，两人走了进去。

紫门在他们的身后关上了，我走到乔西落座的那张黑色沙发跟前。我想要说一句打趣的话来让她放轻松，但父亲抢先在那个灯火通明的角落里发话了。

"我猜他的构想，小野兽，是让你一遍一遍地在这两张图表前面拍照。"他又走近了一步。"瞧瞧这个。每根线上面都标着测量尺寸。"

"知道吗，老爸，"乔西说道，"老妈说你答应好了今天过来不闹别扭的。但也许这不是一个特别好的主意。我们可以换个地方碰头的。干点别的事情。"

"别担心，我待会儿再去干点别的。干点比这个有意思的事情。"说完他转过身来，温柔地对她笑了，"这件肖像。就算是能完成吧。我不开心的地方在于，我肯定是没法把它放在身边的。因为你妈肯定想把它放在自己身边。"

"你随时都可以过来看呀，"乔西说，"你可以把这当成是借口嘛。这下就可以常来了。"

"听着，乔西，我很抱歉。抱歉事情变成了这个样子。我真希望我能多陪陪你。多多陪陪你。"

"没关系的，老爸。现在一切都好起来了。嘿，克拉拉。你觉得我这位老爸怎么样？不算特别疯，对吧？"

"我非常高兴能够见到保罗先生。"

父亲依然在看着图表，就像我没有说话似的，一面还对着某处细节打着指点的手势。等到他终于转身面向我时，他的双眼已经失去了微笑的褶皱。

"我也很高兴见到你，克拉拉。"他说。说完他又看着乔西："你猜怎么着，小野兽。我们快点把这档子事情给了结了。然后我们就可以找个地方，吃点东西，就咱们俩。有个地方我估计你会喜欢的。"

"行啊，当然可以。只要老妈和克拉拉没意见。"

她扭头朝身后望去，而就在那一刻，在上方的楼厅，紫门打开了，卡帕尔迪先生走了出来。他透过门洞，回头朝工作室里面喊道：

"你想在里面待多久都可以，别拘束。我最好过去照顾一下乔西。"

我听到母亲的声音说了句什么，接着她也来到了门外的楼厅里。她失去了往日那种背脊挺得笔直的仪态；卡帕尔迪先生朝她伸出一只手，仿佛随时准备在她摔倒的时候扶住她。

"你还好吧，克丽西？"

母亲推开卡帕尔迪先生朝前走去，迈步走下楼梯，手抓着扶栏。楼梯下到一半,她停下脚步,把头发向后一捋,接着走完了剩下的台阶。

"你觉得怎么样?"乔西问道,目光急切。

"还不错,"母亲说,"结果会很不错的。保罗,你要是想看,就上去看吧。"

"要不等一会会儿吧,"父亲说,"卡帕尔迪,麻烦你今天快一点让我们完事。我想带乔西出去喝杯咖啡,吃块蛋糕。"

"没问题的,保罗。一切尽在掌握中。你确定你那边还好吗,克丽西?"

"我很好。"母亲一面说着,一面却加快了脚步,奔着那张黑沙发而去。

"乔西,"卡帕尔迪先生说,"在我们开始之前,我真心想要请这位克拉拉帮我一个小忙。我有一个小任务要分配给她。我在想,也许她可以就趁着我们拍照的工夫上手来做。没问题吧?"

"我这边没意见,"乔西说,"但你应该问问克拉拉。"

但卡帕尔迪先生这时却对着父亲说话了:"保罗,也许作为一名科学家同行,你会赞同我的看法。我相信 AF 能够带给我们的好处远远超出了我们当下的认知范畴。我们不应该惧怕他们的智力。我们应该向他们学习。AF 有那么多东西可以教给我们。"

"我是工程师,从来就不是什么**科学家**。我想你知道这一点。无论如何,AF 也从来都不是我的专业领域。"

卡帕尔迪先生耸耸肩,抬起一只手摸摸胡子,好像是要检查它的质地。接着他又转向我,开口说道:"克拉拉,我为你设计了一个小测验。某种调查问卷。就在楼上的屏幕上面,准备就绪了。你要是不介意去填一填的话,我会感激不尽的。"

不等我说话，母亲先说道："这是个好主意，克拉拉。趁着乔西摆拍的时候，给你点事情做做。"

"当然。我很乐意帮忙。"

"多谢！那东西一点也不难，我保证。事实上，克拉拉，我希望的是，你不要用力过度。整个测验在你反应自然的情况下效果最好。"

"我明白了。"

"那些其实都算不上是问题。不过，我们干吗不直接上楼呢？让我拿给你看看。大家伙儿，乔西，这要不了一分钟的。我一安顿好克拉拉，马上就下楼来。乔西，你今天看上去棒极了。这边请，克拉拉。"

我本以为他也要把我带到紫门前，但我们却走到了房间的另一头，那里也有一道金属楼梯通向这一片区的楼厅。卡帕尔迪先生先我一步登上楼梯，我跟在后面，每走一步都小心翼翼。我回头瞥了一眼楼下，看到乔西、母亲和父亲都抬头望着我们，母亲依然坐在那张黑沙发上。我朝乔西挥手，但楼下的几个人全都没有动弹。这时乔西冲着上面喊道："好好干，克拉拉！"

"这边请，克拉拉。"楼厅很窄，材质是和楼梯一样的深色金属。卡帕尔迪先生替我拉开一扇玻璃门，门后面是一个比乔西的洗手间还要小的房间，一把面对着屏幕的软写字椅占据了最显眼的位置。"请坐吧。一切就绪，就等你了。"

我在椅子上坐下，肩膀抵着一面白墙。屏幕下方是一块窄板，上面有三个控制装置。

房间太小了，卡帕尔迪先生没法和我一起进来，于是就一面让那扇玻璃门开着，一面指点我，偶尔伸过手来操作那几个装置。我认真地听他说话,尽管我渐渐意识到,就在楼下,母亲和父亲又在用气氛紧张的声音说话了。透过卡帕尔迪先生的话语,我听到母亲在说:"没人坚持要你留下,保罗。"

"这话前后不一致,"父亲在说,"我只是想指出前后矛盾的地方。"

"我没想要前后一致。我只是想给我们找到一条出路。你为什么非要跟我过不去呢,保罗?"

在我身边,卡帕尔迪先生哈哈笑了;他撇下讲到一半的操作说明,对我说道:"哦,天啊。看起来我得下楼去做裁判了!你这边都妥了吗,克拉拉?"

"谢谢你。全都清楚了。"

"非常感谢。你有任何搞不懂的地方,只管叫我。"

他关门的时候,门扉都碰到了我的肩膀,但透过玻璃我的视线足够清晰,看得见卡帕尔迪先生降入楼厅层下方的身影。接着我又放任自己的目光飘向远处,穿越空无一物的空气,望向对面的楼座和母亲方才现身的那扇紫门。

我开始做卡帕尔迪先生的问卷。有时,问题会以文字形式出现在屏幕上。另一些时候,我会遇到一些不断变幻的图表;还有些时候,屏幕会突然变暗,扬声器里会发出有着许多层次的声音。一张面孔——乔西的,母亲的,陌生人的——会出现又消失。起初,十二个数位或符号的简短回答就足够了,但随着问题越来越复杂,我发现自己给出的回答也长了起来,有些都超过了一百个数位或符号。自始至终,楼下传来的声音都剑拔弩张,但玻璃门这时已经关上,我也就听不清他们的话语了。

我的作业做到一半的时候,我透过玻璃瞥见有影子在动,随即看清了那是卡帕尔迪先生正领着父亲走上对面的楼厅。我继续我的作业,但现在我已经把握了其中心意图,不再需要全神贯注了,我也就有余力看着父亲一面紧张地裹紧身上的雨衣,一面走近那扇紫门了。他背对着我,我的视线又要穿透那面磨砂玻璃,因此我不能十分确定,但他看起来像是突然间病了。

但陪他站在楼厅上的卡帕尔迪先生看起来却全无心事,谈笑自若。接着他抬手去按紫门边上的那个数字键盘。从我所在的这个小隔间里面,我听不见那扇门解锁的嗡鸣声,但等到我再度瞥向他俩时,父亲已经进去了,卡帕尔迪先生把身子探进门洞里面,嘴里说着什么。这时我看到卡帕尔迪先生突然后退一步,接着父亲走了出来;尽管隔着磨砂玻璃我看不太确切,但他似乎不再有病色,而是充满了一种新的力量。他好像并不介意自己险些把卡帕尔迪先生撞开,而是不管不顾地甩开大步,冲下楼梯。卡帕尔迪先生看着他,摇了摇头,就像父母看着一个大闹商店的孩子,然后关上了紫门。

屏幕上的画面现在变化的速度加快了,但我的任务还是一目了然;几分钟后,自始至终都头脑清晰,我半推开了身边的玻璃门。这时楼下的声音我能听得更分明了。

"你在这里强调的是,保罗,"卡帕尔迪先生说,"我们所做的工作如何定义我们。这就是你的观点,对吗?它定义我们,有时候不公正地定义我们。"

"你误解我观点的方式非常聪明,卡帕尔迪。"

"保罗,行啦。"母亲说。

"抱歉,卡帕尔迪,这话听起来可能不太礼貌。但坦率地讲?我认为你在蓄意曲解我的话。"

"不，保罗，你真的没有把意思说明白。任何工作都始终面临着道德选择。这是真的，无论我们有没有从中得到报酬。"

"你真体贴，卡帕尔迪。"

"保罗，行啦，"母亲又说了一遍，"亨利只是在做我们请他做的事。不多，也不少。"

"这一点也不奇怪，卡帕尔迪——**亨利**，不好意思——像你这样的人，确实很难理解我要说的话。"

我把装了脚轮的椅子向后推开，起身穿过玻璃门，走上楼厅。我已经确定了楼厅是一个长方形的回路，与四面墙壁全都相接。现在，我选择了楼厅的后半段，紧贴白墙，小心翼翼地不把脚下的金属网踩出声音来，还要用心避免以任何角度切过探照灯的光束，以免在楼下制造出移动的阴影。在无人察觉的情况下，我来到了紫门边，输入了我已经观察了两遍的密码。之前的那种短促的嗡鸣声再度响起，但这一点楼下的那些人同样没有察觉。接着我便走入了卡帕尔迪先生的工作室，随手将门在身后关上。

房间呈 L 形，我眼前的这一截拐了个弯，通入落在这栋建筑的常规边界之外的一个拓展区域。通向这个弯道的是两排工作台，固定在左右两边墙上，上面摆满了令人眼花缭乱的形体、织物、小刀和工具。但我没有时间关注这些了，依然朝着那个弯道走去，一面谨记着要留心脚下，因为这里的地板还是之前的那种金属网材质。

我拐过了 L 形的那个弯，看到乔西就在那里，悬浮在半空中。她的位置不算太高——双脚大约到我的肩膀——但因为她的身体前倾，双臂大张，十指展开，所以给人的感觉仿佛是她被冻结在了摔倒的那一刻。小小的光束从各个角度照亮了她，不给她任何躲避的空间。她的面庞非常像真正的乔西，但因为这双眼睛没了那善意的微笑，所以她那张呈现出上扬曲线的嘴巴给了她一种我之前从未见过的表情。这张脸看上去失望又害怕。她的衣服不是真正的衣服，而是用薄绵纸做成的，上半身的部分做出T恤衫的样子，下半身的部分做出宽松短裤的样子。绵纸呈浅黄色，半透明状，在刺眼的灯光下让这个乔西的胳膊和腿显得格外纤弱。她的头发在脑后扎着，就像真正的乔西生病时的发型，而这也是唯一一处让人感觉无法信服的细节；这头发用的是一种我从未在任何 AF 身上见过的材质，我知道这个乔西对此是不会高兴的。

观察完毕之后，我决意赶在有人发现我离开了那个小隔间之前返回那里。我小心地走过那两排工作台，轻轻地打开紫门。门又发出了那种嗡鸣声，但我能够通过楼下的声音判定没人听见。我同样能够判定，现在那里愈发充斥着紧张的氛围了。

"保罗"——母亲的声音近乎吼叫——"你从一开始就铁了心要闹别扭。"

"来吧，乔西，"父亲说，"我们走。就现在。"

"可是老爸……"

"乔西，我们现在就走。相信我，我知道自己在做什么。"

"我认为你不知道。"母亲说，接着卡帕尔迪先生的声音盖过了她："保罗，行啦，放松点。如果这里头有误会，那我承担全部的责任，并且道歉。"

"你到底还需要多少信息？"父亲问道——现在他也吼了起来，但这或许是因为他正在走向房间另一头的缘故，"你居然没要求取她的血样，我很惊讶。"

"保罗，讲点道理。"母亲说道。父亲和乔西同时开了口，但这时卡帕尔迪先生的声音盖过了他俩：

"没关系，克丽西，放他们走。放他们走，这不会有任何影响的。"

"老妈？我干吗不跟着老爸现在就走呢？那样至少你俩就不用大吼大叫了。我要是留在这里，事情只会越来越糟。"

"来吧，小野兽。咱们走。"

"我们待会儿再见，老妈，可以吗？拜拜，卡帕尔迪先生……"

"放他们走，克丽西。放他们走吧。"

大门在他俩身后关上了，关门声在整栋楼里回荡着。这时我想起了那辆汽车是母亲的，不知道父亲有没有钱叫出租车载着他和乔西去他此刻要去的地方。乔西没有想到要带上我，这让我感觉有一点点奇怪，但母亲还在这里，我又想起了我俩一同去摩根瀑布的那一日。

我跨出隔间，站上外面的平台——这下我用不着再躲躲闪闪或是蹑手蹑脚了。我把身体探出钢铁护栏，看到母亲坐在了乔西先前落座的地方——图表前面的那把金属椅上。卡帕尔迪先生穿过房间走了过来，一直走到我的正下方；我能看到他那颗光头的秃顶，但看不到他的表情。接着他又继续迈着迟缓的步子朝母亲那边走去，好像迟缓是他善意的一个标志似的，最后在那盏三脚架照明灯边上停下了脚步。

"我看得出来你有顾虑，"他用一种新的、轻柔的嗓音说道，"让我来告诉你一件事。这种事情我之前已经见过许多回了。而最终的赢家总是那些坚持下去、保持信心的人。"

"我没顾虑才见鬼了呢。"

"你一定不能让保罗动摇你的决心。记住了。这件事情你已经从头到尾想清楚了,而他没有。保罗的头脑是糊涂的。"

"保罗不是问题。让保罗见鬼去吧。问题在于……在于楼上的那件肖像。"

她说这话的时候,眼睛一抬,朝我这边瞟来,正好看到我。她的眼睛越过了顶灯刺眼的强光,久久地落在我身上,接着卡帕尔迪先生也转过身来,抬头看向我。然后他又用疑惑的眼神看向母亲。母亲依然在紧盯着我,一只手现在举到了额前。

"好啦,克拉拉,"她终于说道,"下来吧。"

就在我走下金属台阶的时候,我眼前的一个细节吸引了我的关注:母亲显露的不是愤怒,而是焦虑。我走向地板那头,但在距离他们还有几步之遥的地方停下了脚步。第一个开口的是卡帕尔迪先生。

"你觉得怎么样,克拉拉?我干得还不错吧?"

"她很像乔西,模仿得相当精确。"

"那我猜这就是一个肯定的答复了。顺便问一句,克拉拉,你的测验做得怎么样?"

"我完成了,卡帕尔迪先生。"

"那我非常感谢你的配合。你把数据也安全存储起来了吗?"

"是的,卡帕尔迪先生。我的回答都存储好了。"

一阵沉默;母亲依然坐在她那把椅子上紧盯着我,卡帕尔迪先生则站在他的三脚架灯具边看着我。我意识到他们都在等着我再说点什么,于是接着说道:

"只可惜乔西和父亲都走了。卡帕尔迪先生的肖像进度可能要暂时受到影响了。"

"没关系，"他说，"不是什么太大的挫折。"

"我需要听一听，"母亲说，"我需要听一听，克拉拉，听一听你的想法。关于你刚才看到的那一幕。"

"我为自己未经许可就擅自查看肖像的做法道歉。但在当时的情形下，我感觉这是最好的做法。"

"好吧。"母亲说，而我又一次看到了她表现出的是担忧而非愤怒，"现在，跟我们讲讲你怎么想吧。或者不如说，讲讲你认为你在楼上看到的是什么。"

"有一件事情我已经怀疑了有一阵子了，那就是卡帕尔迪先生的肖像并不是一幅画，也不是一件雕塑，而是一个AF。我走进那里，就是为了证实我的猜测。卡帕尔迪先生非常精确地把握住了乔西的外在样貌。尽管髋部也许应该处理得稍窄一点。"

"谢谢你，"卡帕尔迪先生说，"我会记住的。作品尚未完工。"

母亲突然低头把脸埋进手掌里，任由头发披散下来。卡帕尔迪先生面带关切的表情转向她，但并没有离开原位。可母亲没在哭泣，而是又说话了，透过指缝的声音微弱含混：

"也许保罗是对的。也许这件事从头到尾就是个错。"

"克丽西。你不能失去信心。"

她重又抬起头，眼中现在有了愤怒。"这不是信心的问题，亨利。你他妈的凭啥这么确定我到时候就接受得了楼上的那个AF，不管你把她做得有多像？这在萨尔的事情上就没成功，凭啥就会在乔西的事情上成功？"

"我们对萨尔的那次尝试与这一次没有可比性。这件事我们已经说过了，克丽西。我们做出来的那个萨尔只是一个玩偶。一个抚慰丧亲之痛的玩偶，仅此而已。自那以后我们已经进步了很多、很多。你得明白一件事。这个新乔西不会是一个模仿品。她**真的就会是乔西**。是乔西的一个**延续**。"

"你要我相信这个?你自己相信吗?"

"我真的相信。我全身心地相信。我很高兴克拉拉进去看过了。我们现在需要她的加入。我们早就需要了。因为克拉拉才是那个会改变结果的人。让这一次的事情变得非常、非常不一样。你得保持信心,克丽西。你现在不能软弱。"

"但我会相信吗?当那一天到来的时候。我真的会吗?"

"抱歉,"我说道,"但我想说,有一种可能是,你们永远都用不到那个新乔西了。现在的这个也许会恢复健康。我相信这件事是很有可能的。当然咯,我会需要一个机会,一个让这件事发生的机遇。但既然你们都如此沮丧,那我不如现在就说。如果将来真的有那么悲伤的一天,乔西不得不离开人世,那我会尽我的全力。卡帕尔迪先生说得对。这一次和萨尔那次会很不一样,因为你们会得到我的帮助。我现在明白了你为什么在每一步上都要求我观察乔西,学习乔西。我希望那悲伤的一天永远不会到来,但假如它到来了,那我就会利用我所学到的一切来训练楼上的新乔西,让她尽可能地接近之前的那一个。"

"克拉拉。"母亲用一种更加坚定的声音说道——突然间,她被分割成了许多个方格,远远超过了父亲第一次踏进友人公寓时的方格数量。在一些方格中,她的双眼眯着,而在另一些方格中,它们却睁得又大又圆。有一个方格的空间只够容下一只目不转睛的眼球。我能够在某些方格的边缘看到卡帕尔迪先生的部分身体,因此我知道他的一只手举到了半空中,打出一个含混的手势。

"克拉拉,"母亲还在说话,"你的推理不错。我也很感谢你刚才说的那番话。但有一件事我还需要你听一听。"

"不,克丽西,现在还不行。"

"怎么就不行呢?到底怎么就不行呢?你自己也说了,我们需要克拉拉的加入。她才是那个会改变结果的人。"

片刻沉默之后,卡帕尔迪先生说道:"好吧。如果你想要这么做的话。告诉她吧。"

"克拉拉,"母亲说,"我们今天过来,有一个最重要的原因。那个原因不是为了让乔西再多摆拍一会儿。我们过来是为了你。"

"我明白,"我答道,"我理解那个测验的意义。其目的就在于测试我对于乔西的了解达到了何种程度。测试我在何种程度上理解她如何做出决定以及她为何有她的那些情感。我想,测验结果会显示,我完全能够训练楼上的那个乔西。但我还要再说一次:我们不应该放弃希望。"

"你还是不太明白。"卡帕尔迪先生说。尽管他就站在我的面前,他的声音却好像来自我视野的边缘,因为此刻我所能看到的依然只有母亲的眼睛。"让我来跟她解释吧,克丽西。从我嘴里说出来要容易一些。克拉拉,我们不是在请你训练新乔西。我们是在请你成为她。你在楼上看到的那个乔西,正如你察觉到的那样,是一个空壳。如果那一天真的来了——我希望不会,但假如它来了——我们要你凭借你迄今学到的一切,占据楼上的那个乔西。"

"你们希望我占据她?"

"克丽西正是带着这个想法才精心挑选的你。她相信你就是最有能力学习乔西的那一个。不仅仅是肤浅地学习,还能深层

214

地、完整地学习。直到第一个乔西和第二个乔西之间再无任何差别。"

"亨利现在和你说起这件事,"母亲开口道——突然间,她身上的割裂消失了——"说得好像一切都是精心策划好了的。但事情根本不是这样的。我那时甚至都不知道自己相不相信这一切能行得通。也许我一度相信这样能行。但见到楼上的那件肖像后,我又没主意了。"

"所以你现在明白我们在请你做什么了,克拉拉,"卡帕尔迪先生说,"我们不仅仅是要求你模仿乔西的外在行为。我们还要请你延续她,为了克丽西。为了所有爱乔西的人。"

"可那真的可能吗?"母亲说,"她真的能为我延续乔西吗?"

"是的,她能,"卡帕尔迪先生说,"现在既然克拉拉完成了楼上的测验,我就能拿出科学证据给你看了。证明她已经在相当全面地评估乔西的全部冲动与欲望的道路上取得了长足的进展。问题在于,克丽西,你和我一样。我们都是感情用事的人。我们改不了的。我们这代人依然保留着老派的情感。我们的一部分自我拒绝放手。这一部分自我仍然执着地想要相信我们每个人的内核中都藏着某种无法触及的东西。某种独一无二、无法转移的东西。然而这东西并不存在,我们现在明白这一点了。你明白这一点了。对于我们这个年龄的人来说,放手是件很难的事情。我们**必须**放手,克丽西。那里什么都没有。乔西的内核中没有什么是这个世界的克拉拉所无法延续的。第二个乔西不会是一个复制品。她和前一个完完全全是一样的,你有充分的理由就像你现在爱着乔西一样去爱她。你需要的不是信心。只是理性。我必须这样做,这很难,但现在看来在我身上的收效还不错。你也能行的。"

母亲站起身来，开始朝房间另一头走去。"你也许是对的，亨利，但我太累了，没法儿再思考了。另外我还需要和克拉拉谈一谈，单独和她谈一谈。很抱歉事情变成了这样一团糟。"她走向门口她刚才挂了手包的那只挂钩。

"我真的很高兴克拉拉知道了这件事，"卡帕尔迪先生说，"事实上，我松了一口气。"他跟在母亲身后，好像很不情愿被一个人抛下似的，"克拉拉，那些数据可能会揭示出你还需要再稍许加把劲儿的地方。但我很高兴我们能更加坦率地说话了。"

"来吧，克拉拉。我们走。"

"那么，克丽西——我们对这一切都还有共识吧？"

"我们有。但我这会儿需要先喘口气。"

她碰了碰卡帕尔迪先生的肩膀，然后我们走过那扇他殷勤为我们拉开的正门，出了房间。他一直把我们送进了电梯，还赶在电梯门关上前给了我们一个快活的挥手告别。

电梯下行时，母亲从手包里拿出矩形板，盯着看了一会儿。电梯门打开的时候，她又把矩形板收好，然后我们一道走了出去，走过那片龟裂的水泥地——太阳正透过铁丝围栏，在地面上投下他傍晚的图案。我本以为乔西和父亲或许会在那里等着我们，但院子里空无一人，只有一棵树的影子落在母亲的汽车上，还有四下里那些城市的声音。

"克拉拉，宝贝。坐前排。"

可当我们并肩坐下，透过挡风玻璃看着那块不许停车的标牌时，母亲却并没有发动汽车。我看着卡帕尔迪先生的楼房，看着太阳的图案落在它的外墙和太平梯上，心想真是奇怪，这栋楼从外面看竟是如此的肮脏。母亲又在看她的矩形板。

216

"他们去了一家汉堡店。乔西说她很好。*他*也很好。"

"希望他们正玩得开心。"

"我有话对你说。但我们还是先离开这地方吧。"

我们把车开出院子，开进街区的时候，不得不停车礼让一位骑着挂篮自行车、挡住了我们去路的女士。几分钟后，我们又在一盏长臂交通信号灯下停了下来，尽管路上看不到有其他的车辆。信号灯变色后没多久，我们经过了一栋缩在人行道后面的棕色大楼，整栋楼一扇窗户都没有，正中央却顶着一个大大的烟囱；接着我们又驶过一片位于桥下的区域，里面满是阴影、泥坑和跳跃的滑板人。在一栋挂着"正在招聘"标牌的楼房边，我们钻出桥下，驶入太阳的图案中，很快就来到了行人中间，路边的人行道上种着小树。终于，母亲放慢车速，然后在一块写着"我们只用现绞牛肉"的标牌边停了下来。别的汽车只能吵闹地绕过我们，但这里并没有不许停车的标牌。透过挡风玻璃，我们能看到前方有另一片桥下区，从我们旁边驶过的其他车辆正在排队等着进入。

"就是这儿了。他们就在里面。"说完她又添了一句："保罗说的确实有道理。他们有时也需要自己待一会儿。只有他俩。他们需要的。我们不应该总是和他们在一起。你明白吗，克拉拉？"

"当然。"

"她想她爸爸。这是很自然的。所以，我俩就在外面坐一会儿吧。"

马路上方的那盏交通信号灯变了颜色，我们看着车流驶入桥下的一片昏暗之中。

"这一切肯定让你大吃了一惊，"她说道，"你一定有许多问题。"

"我觉得自己都明白。"

"喔？你明白？你明白我在请求你做什么？还有，求你的人**是我**。不是卡帕尔迪，不是保罗。归根结底，是我。我才是这一切的根源。我在请求你让这个办法奏效。因为如果那件事发生了，如果那一天又来了，我是没有第二条活路的。萨尔那一回我挺过来了，但我没法儿再挺一回了。所以，我请求你，克拉拉。请你为了我尽你的全力。店里的那些人对我说，你不同凡响。我已经观察你够久了，知道这话或许不假。如果你在这件事情上下定了决心，那谁知道呢？也许这办法就奏效了。而我也就能够爱你了。"

我们没有看向彼此，而是继续透过挡风玻璃凝视着车外。在我边上，我这一侧窗外，一个系围裙的男人从"现绞牛肉"房里现身，扫起了人行道。

"我不怪保罗。他有这样的情绪是非常合理的。萨尔出事之后，他说过我们不能再冒险了。就算乔西不接受提升又怎样？许多孩子都没有接受。但我绝对不能让乔西过那样的日子。我只想给她最好的。我要让她过上好日子。你明白吗，克拉拉？我拍了板，而现在乔西病了。因为我做的决定。你明白我是什么滋味吗？"

"是的。我很难过。"

"我要的不是你难过。我要的是你做你力所能及的事情。再想想这对你意味着什么。这世上再没有什么会像你这般被珍爱了。也许有一天，我会找到另一个男人。谁知道呢？但我向你保证，我永远不会像我爱你一样去爱他。你会成为乔西，而我会永远爱你，胜过除你之外的一切。所以，为我做成这件事吧。我在请求你为我做成这件事。为我延续乔西。来吧。说点什么。"

"我在想啊。假使我延续了乔西，假使我占据了那个新乔西，那这一切……又该怎么办呢？"我将自己的双臂举在半空中，母亲这才第一次看向了我。她瞥了一眼我的面孔，然后又低头瞥向我的双腿。接着她别开目光，开口道：

"这有什么关系呢？不过是织物罢了。听着，还有一件事你或许应该考虑一下。我爱你——这件事也许对你没有太大意义。可这里头还有一件事。那个男孩。里克。我看得出来他对你意味着什么。别说话，让我说。我要说的是，那个里克爱慕乔西，一向如此。如果你能延续乔西，你就不仅拥有了我，还拥有了他。他没接受过提升又如何呢？我们会找出法子来一起生活的。远离……一切。我们会躲在那里，只有我们几个，远离这一切。你、我、里克、他的妈妈——如果她想来。这行得通。但你得把那件事做成。你得真正地学习乔西。你听到了吗，宝贝？"

"直到今天，"我说，"直到刚才。我还相信我的职责就是拯救乔西，让她的身体好起来。但也许这是一条更好的出路。"

母亲缓缓地在座位上转过身来，伸出双臂，开始拥抱我。车里的设备隔开了我们，让她很难完完全全地抱住我。但她的眼睛闭着，就像她和乔西一面久久地相拥，一面轻轻地摇摆时那样，我感觉到她的善意正涌遍我的全身。

* * *

那些想要进入桥下区的司机不得不先绕开母亲的车子，对此他们很是恼火。许多人从旁边经过的时候用不友好的眼神瞪着我,尽管他们看得出来我是一名乘客,不应承担责任。

不过,我操心的并非身旁驶过的车流或是车上的司机,而是此刻在那间"现绞牛肉"里面正发生着什么。要不是因为我的头脑一时间被母亲的话语还有那个拥抱所占据,我或许本可以说服她不要进去的。但拥抱刚一结束——尽管她才说过乔西和父亲需要时间单独待一会儿——她就十分突兀地从我的身边消失了,砰的一声将车门甩上。

时间一分一秒地过去,我回忆着卡帕尔迪先生的砖楼里面那些紧张的时刻,不由得想,尽管这样做不太礼貌,但我自己是不是也应该走进这间"现绞牛肉",以避免事态发展出会令乔西感到不安的类似场景。但不等我做出决定,父亲就出现在了我这一侧窗外的人行道上。他将一个钥匙装置指向汽车,车子没有反应;他仔细检查了一番钥匙,又按了一次。这次我身边响起了解锁的声音——母亲刚才一定是把我锁在车里了——他绕到行车道那一侧,麻利地钻进了汽车。他舒舒服服地在驾驶位上坐下,但眼睛几乎都没有朝我这边瞥,而是直直地瞪着前面的桥下区。接着他的一只手搁上了方向盘,开始用手指在上面有节奏地敲打着。

"真不可思议,她居然还在开这辆车,"他说道,"是我帮她选的这辆。她有一阵子挺迷德国车的,但我告诉她,这辆车会更可靠。哈,我说得一点不错。至少,它比我更持久。"

"保罗先生是一位专业的工程师,"我说道,"他一定能够在选择车辆方面给出非常好的建议。"

"也不能这么说。汽车引擎从来就不是我的专业。"他还在抚摸着方向盘,现在带着一丝哀伤。

"乔西和母亲也要出来了吗?"我问道。

"什么?哦,不。不,她们不出来。我想她们一时半会儿是出不来的。"说完他又添了一句:"事实上,克丽西建议我把车开到别的地方去。她想要我走远一点,趁这个时候她要和乔西再多说几句。"他看上去不像在卡帕尔迪先生的砖楼里时那么愤怒了;事实上,他现在的神情几乎像是在做梦。"老实讲,克丽西进来的时候我并没有不高兴。你肯定以为她像那样打扰我们,我会不乐意的。但实话实说,乔西和我的谈话并不怎么轻松。事实上,我有麻烦了。听着——"终于,他看着我了——"要是我刚才对你的态度很差劲,那真是对不起。我感觉自己可能不太礼貌。"

"请勿多虑。我现在完全理解为什么保罗先生刚才可能不太情愿热情地招呼我。"

"我从来不擅长,嗯,和你的同类们相处。你得体谅我一下。不,我不介意克丽西刚才突然闯进我俩中间。因为乔西正在问出一些很难回答的问题,而我不知道,完全不知道,该如何回答她。真不傻啊,那个乔西。"他再度望向车外的桥下区,继续用手指哒哒敲打着方向盘,"在经历了那样的'做客'之后,我本想着我俩应该去放松一会儿。来杯咖啡,再吃点东西。可这时她向我发问了。既然卡帕尔迪是在努力帮助我们,而我也一直都是这样说的,为什么我还要那么恨他呢?"

"保罗先生是如何回答的呢?"

"我在她面前从来就撒不出一个像样的谎来。所以我猜,我只是在——你懂的——含糊其词。我知道她一眼就把我看透了。就在这时,克丽西进来了。"

"乔西有没有察觉到……察觉到这个计划?这个为她的含恨

离世做最坏打算的计划？"

"我不知道。也许她察觉到了，但不敢正视。可她不是傻瓜。问出了那么多叫人犯难的问题。为什么我那么反对找人替她画像？嗨，让克丽西来试着作答吧。"突然他把钥匙装置插入了点火孔，"按照吩咐，我俩得走开一段时间。直到，确切地说"——他看了一眼手表——"五点四十五分。然后我们要在这家寿司店里会合。我们所有人，好像是这样。乔西、克丽西，还有那两个邻居。所以，除非你想在一辆停着趴窝的车子里坐上一个钟头，不然我建议我们还是开车转转吧。"

他发动了引擎，但路上的车辆这时已经排出了老长的队，我们一时间还动弹不了。我系上安全带，静静等待着。接着，马路上方的信号灯变了颜色，车子一下蹿了出去。

* * *

光与影的图案在我们四周变幻着，接着我们驶出了桥下区，驶入一条大道，两边是高大的棕色建筑。我们驶过一个长着许多条肢体和许多只眼睛的庞然大物，接着，就在我的眼前，它的正中间现出了一道裂缝。随着它的自我分裂，我才意识到，那自始至终都是两个独立的人——一个跑步者和一个遛狗的女人——在相向而行，有那么一瞬间两人恰好擦肩而过。接着出现在窗外的是一家挂着招牌的店铺，招牌上面写着"堂食外卖"几个字，而就在那家店的门前，一顶棒球帽被遗失在了人行道上。

"你有没有什么特别想去的地方？"父亲问道，"乔西说起过你的老东家。她说我们今天早些时候从那里路过的。"

我刚一听到他说出这句话,马上就意识到了随之而来的机会,于是大呼一声:"噢,是的!"声音也许太大了些。接着,我控制住自己,用更平静的声音说道:"如果您不介意的话,我很想去那里。"

"她说那家店可能不在那里了。说它可能搬走了。"

"我不确定。即便如此,如果保罗先生能把我们带往那片区域,我也会十分高兴的。"

"好吧。我们有的是时间要消磨。"

就在下一个路口,他把车头转向右边,一边转弯一边说:"不知道克丽西应付得怎么样。还有她们这会儿正在聊啥。说不定她设法转移话题了。"

路上的车辆多起来了,我们慢慢地跟在其他车子后面挪动。太阳偶尔还会现身,但已然低垂在了天边,那些高大的建筑时常会将他遮挡住。两边的人行道上挤满了一天的工作结束后的办公室工人;我们路过一个站在梯子上的男人,看见他在摆弄一块亮闪闪的红招牌,上面写着"转炉烤鸡"。人行横道和严禁停车标牌一个接一个地从窗外掠过,我能感觉到我们正在接近那家商店。

"我能问你一句话吗?"父亲说。

"是的,当然。"

"我觉得乔西大体上还蒙在鼓里。但我不知道你是什么情况。你之前猜到了多少。你今天又弄明白了多少。也许你不介意和我说说你了解到的情况。"

"在我今天拜访卡帕尔迪先生之前,"我答道,"我已经察觉到了一些事情,但同时也对别的许多事情一无所知。现在,在这次探访之后,我能够理解保罗先生的不安了。我还能理解他最初对我的冷淡。"

"为此我再度致歉。这么说——他们向你挑明了一切。挑明了你在这件事情中要发挥什么样的作用。"

"是的。我相信他们告诉了我一切。"

"那你有什么想法呢？你觉得你能行吗？能演好这个角色吗？"

"这不是一件容易的事。但我相信，只要我继续用心观察乔西，我就有能力做到这一点。"

"那我就再换个问题问你吧。我问你：你相信有'人心'这回事吗？我不仅仅是指那个器官，当然喽。我说的是这个词的文学意义。人心。你相信有这样东西吗？某种让我们每个人成为独特个体的东西？我们就先假定这样东西存在吧。那么，难道你不认为，要想真正地学习乔西，你要学习的就不仅仅是她的举手投足，还有深藏在她内里的那些东西吗？难道你不要学习她的那颗心吗？"

"是的，当然。"

"那可是一件难事啊，难道不是吗？一件就算是凭着你那神奇的能力也无法企及的事情。因为仅仅表演是不够的，无论那表演是多么精湛。你还得学习她的内心，完全彻底地学习，否则你永远无法在任何一种严肃的意义上成为乔西。"

一辆公交车在几只被遗弃的水果箱边上停了下来。就在父亲驾车绕开它的时候，跟在我们后面的一辆汽车愤怒地按响了喇叭。接着更多的喇叭发出愤怒的鸣响，但这些声音来自远处，也并非指向我们。

"你说到的那颗心，"我说，"那或许的确是乔西身上最难学习的一部分。它就像是一栋有着许多房间的房子。即便如此，一个全心全意的 AF，只要有时间，总能够走遍每一个房间，一个接一个地用心研究它们，直到它们就像是她自己的家一样。"

父亲冲着一辆钻出小巷、想要插队的汽车也按响了喇叭。

"那要是你走进其中一个房间，"他说道，"发现那里面还有一个房间呢。而在那个房间里面呢，还有一个房间。房间套着房间套着房间。这不就是你可能要面对的情形吗，如果你要学习的是乔西的内心？无论你在那些房间里游荡了多久，总会有别的房间是你从来没有走入过的，难道不是吗？"

他的话我思考了片刻，然后答道："当然，一颗人类的心必然是复杂的。但它一定也是有限的。即便保罗先生说的是它的文学意义，对于它的学习也是终有尽头的。乔西的心很可能就像是一栋奇怪的房子，里面房间套着房间。但如果这是拯救乔西的最好办法，那我会尽我的全力。"

"唔。"

接下来的一会儿工夫，我俩都一言不发地坐在车里。我们驶过一栋写着"美甲"两个字的建筑，紧随其后的是一排墙面正在剥落的海报墙；就在这时，他开口道："据乔西说，你的老东家就在这个城区。"

或许如此吧，但这周遭的环境我还不太熟悉。我回答道："保罗先生刚才说话非常坦诚。或许，他现在也愿意给我一个机会，让我坦诚地对他说话。"

"尽管说吧。"

"我的老东家不是我请您把车开进这个城区的真正原因。"

"不是吗？"

"今天早些时候我们途经这里的时候，就在那家商店附近与一台机器擦肩而过。那些维修人正在使用它,不断制造出可怕的污染。"

"嗯。继续。"

"这件事不好解释。但最为重要的是,保罗先生现在必须相信我要说的话。这台机器必须被摧毁。这就是我请你开车带我来这里的真正原因。它一定就在这附近的什么地方。它很好辨认,因为它的机身上面写着它的名字——'库廷斯'。它有三个烟囱,每一个都喷吐着可怕的污染。"

"而你想要现在找到这台机器?"

"是的。然后摧毁它。"

"因为它制造污染。"

"那是一台可怕的机器。"我向前探着身子,已经开始左顾右盼了。

"那你到底打算怎样摧毁它呢?"

"我不太确定。这就是为什么我希望对保罗先生坦诚以待。我在请求他的帮助。保罗先生不但是一个成年人,而且是一位专业的工程师。"

"你在问我如何对一台机器搞破坏?"

"但首先我们得找到它。比方说,我们能不能就先拐进这条街呢?"

"我不能在那里拐弯。那是单行道。我也跟你一样讨厌污染。但这样做是不是稍稍过分了一些?"

"我不能再多解释了。但保罗先生必须信任我。这件事对于乔西而言至关重要。对于她的健康而言。"

"可这样做怎么能帮助乔西呢?"

"对不起，但我不能再解释了。保罗先生必须信任我。只要我们能够找到那台库廷斯机器并且摧毁它，我相信随之而来就将是乔西的痊愈。那样的话，卡帕尔迪先生、他的肖像、我学习乔西学得能有多像，这些就全都不重要了。"

父亲思考着我的话。"好吧，"他终于说道，"那我们至少就试一回吧。你刚才说，你上一次看到这东西是在哪里？"

我们继续前进着，这时我看到 RPO 大楼——边上是太平梯大楼——正飞快地向我们靠近。太阳像过去那样落在了它们背后，接着我们就经过了那家商店。我又一次看到了彩瓶展窗和"嵌入式照明"招牌，但我太害怕自己会错过库廷斯机器了，几乎都没有多看它们一眼。就在我们驶过人行横道的时候，父亲说道："我在想啊，这条街是不是只准出租车走。瞧瞧它们。到处都是。"

"也许应该在这个路口拐弯。拜托了，如果可以的话。"

库廷斯机器不在我先前见到它的老地方，而随着两边的街道再度陌生起来，我瞪着眼睛开始四处张望。太阳偶尔透过建筑物的间隙投来耀眼的光芒，我不知道他是想要鼓励我，还是仅仅在观察和监督我的进展。就在我们拐入又一条街道，却依然不见库廷斯机器的踪影时，我心中那不断滋长的恐慌或许已是昭然若揭，因为父亲这时对我说话了，而我之前从未听到他对我用过如此和善的声音：

"你真的相信这个，是吧？相信这真能帮助乔西。"

"是的。是的，我信。"

就在这时，他的心中起了某种变化。他坐着的身体向前一躬——然后，就像我一样，用迫切的目光左顾右盼起来。

"希望，"他说，"这该死的东西从来就不肯放过你。"他近乎愤恨地摇了摇头，但现在他身上有了一股新的力量，"好吧。一台车，你说。建筑工人使用的一台车。"

"它有轮子，但我觉得那应该不算是车。它需要被别的车子拖着到处走。它的机身上写着'库廷斯'三个字，颜色是淡黄色的。"

他瞟了一眼手表。"那些搞建筑的今天应该是收工了。我来试试看吧。"

父亲的车技开始愈发娴熟起来。我们把别的车子、路人、店面全都抛在身后，钻进了相对窄小的街道，两边一栋栋无窗的楼房遮住了阳光，还有画满了色彩鲜艳的卡通文字的高墙。时不时的父亲会停车，倒车，再缓缓地把车头开进铁丝网围栏边的狭小空间，隔着围栏我们可以看见对面停着的卡车和脏兮兮的汽车。

"看到什么了吗？"

每当我摇头时，他就会让汽车又突然向前一蹿，每每让我担心我们会撞上防火栓，或是在拐急弯的时候撞进某栋楼房的一角。我们又接连查看了几个院子；一度，我们从两扇斜斜开着的铁门中间钻了进去，哪怕其中一扇上面挂着一块"严禁闯入"的牌子，然后在一个挤满了车辆、层层叠叠的箱子，另一头还停着一台建筑吊车的院子里面兜了一圈，可库廷斯机器依然没有现身。于是父亲把我们带进了一个阴影中的社区，两边是破碎的人行道和孤独的路人。在一栋赫然耸立的"楼层租赁"大楼边上，他把车开进了又一条窄巷，而这栋大楼后面是又一个四面是铁丝网围栏的院子。

"那里！保罗先生，就在那里！"

父亲猛地停住车子。院子在我这一侧，因此我把头直接抵在车窗上,我身后的父亲则在座位上调整姿势,好看得清楚些。

"那边那个?有烟囱的那个?"

"是的。我们找到它了。"

父亲缓缓倒车的时候,我的眼睛依然紧紧盯住库廷斯机器。接着我们再度停下了车。

"主门上面锁了链子,"他说,"不过那边的那扇侧门……"

"是的,侧门开着。路人可以轻易地徒步进入。"

我解开安全带,正要下车,却感觉到父亲的手抓住了我的胳膊。

"在你决定好了究竟要怎么做之前,我是不会进去的。这地方也许看上去破破烂烂的,但谁知道呢。也许会有报警器,也许会有监控。你到时候也许就没有时间站在那里一边发呆一边思考了。"

"是的,您说得对。"

"你非常确定就是这台机器吗?"

"非常确定。我从这边看得很清楚,确凿无疑。"

"而破坏它,你说,能帮助乔西?"

"是的。"

"那你打算如何行事呢?"

我盯着那台库廷斯机器——它差不多停在院子的正中央,和其他停放在那里的车辆拉开了距离。中景处,两栋剪影大楼俯瞰着院子,太阳正从它们的中间落下。此刻他的光芒没有被任何一栋楼挡住,停在院子里的那些车辆的边沿全都在闪闪发光。

"我觉得自己像个大傻瓜。"我终于说道。

"的确,这可不是件容易事,"父亲说,"况且,你打算做的这件事情算得上是刑事破坏了。"

"是的。可是，就算楼上那些高窗里面的人们碰巧看到了什么，我确信他们也会乐于见到库廷斯机器被摧毁的。他们会知道那是一台多么可怕的机器。"

"或许如此吧。可你打算怎么做呢？"

父亲此刻正背靠着座椅，一只胳膊相当放松地搭在方向盘上，我的感觉是他已经想出了一个可能的解决办法，但出于某种原因却还在三缄其口，不愿意揭晓。

"保罗先生是一位专业的工程师，"我说道，转身直面他，"我还盼望着他能想出办法来呢。"

可父亲只是直直地盯着挡风玻璃外面的院子。"刚才在咖啡馆里的时候，我没法儿跟乔西解释，"他说道，"我没法儿跟她解释为什么我那么恨卡帕尔迪。为什么我就是对他客气不起来。但我想要试着跟**你**解释，克拉拉。如果你不介意的话。"

他在这时突然转换话题实在是让人失望，可我非常担心会失去他的好感，于是什么都没有说，只是等待着。

"我想，我之所以恨卡帕尔迪，是因为在内心深处，我怀疑他也许是对的。怀疑他的主张是正确的。怀疑如今科学已经无可置疑地证明了我女儿身上没有任何独一无二的东西，任何我们的现代工具无法发掘、复制、转移的东西。古往今来，一个世纪又一个世纪，人们彼此陪伴，共同生活，爱着彼此，恨着彼此，却全都是基于一个错误的假设。一种我们过去在懵懵懂懂之中一直固守的迷信。这就是卡帕尔迪的看法，而我的一部分内心也在担忧他是对的。克丽西，另一方面呢，和我不一样。她现在也许还不知道，可她是绝不会放任自己被说服的。如果那一刻真的到来了,无论你把自己的角色扮演得有多好,克拉拉,无论克丽西是多么地希望这办法能奏效,她终究是无法接受的。她太……老派了。即便她知道自己是在同科学和数学对抗,她依然无法接受。她就是迈不出这一步。可我不一样。我的心里面有着……某种她所缺乏的冷酷。也许这都是因为我是一名专业的工程师吧,借用你的话来说。这就是为什么我在碰见卡帕尔迪这类人的时候,这么难表现出礼貌来。每当他们做出他们要做的那些事,说出他们要说的那些话时,那感觉就好像是他们从我手中夺走了我此生最珍视的一样东西。我说清楚了吗?"

"是的。我理解保罗先生的感受。"我故意沉默了几秒钟,然后接着说道:"如此看来,听了保罗先生所说的这一切,我们似乎愈发需要确保卡帕尔迪先生的计划永远不会被付诸实践了。如果我们能让乔西健康起来,什么肖像啦,什么我如何学习她啦,那一切就都不重要了。所以我得再次请求您。请告诉我该如何摧毁库廷斯机器。我有一种感觉:保罗先生知道我们该怎样做。"

"是的,我想到了一种可能性。但我之前还指望着脑子里面会冒出更好的主意来呢。不幸的是,现在看来,那种好事是不会有了。"

"请您告诉我吧。变数随时都会出现,机会稍纵即逝。"

"好吧。嗯,是这样的。那台机器里面包含一个西尔威斯特通用发电单元。中端产品。燃油效率不错,也挺结实,但没有什么防护措施。也就是说,再多的灰尘、烟雾和雨水那台机器都经受得住。可一旦有任何,比方说,高丙烯酰胺含量的东西进入了它的系统,譬如 P-E-G 9 溶液,它就应付不了了。那就像是把汽油倒进了柴油机,只是后果还要严重得多。如果你能把 P-E-G 9 注入那里面，它就会迅速地聚合。那样的损伤可能是不可修复的。"

"P-E-G 9 溶液。"

"是的。"

"保罗先生知道我们眼下该如何在短时间内取得 P-E-G 9 溶液吗？"

"真巧，我知道。"他又盯着我看了一秒钟，然后说："你的体内应该就携带着一定量的 P-E-G 9。那里，就在你的头里面。"

"我明白了。"

"我相信那儿通常会有一个小空腔。就在那儿，在头颅后面，与脖子的交界处。这不是我的专业领域。卡帕尔迪知道的会比我多得多。不过我的猜测是，你可以损失少量的 P-E-G 9，而不至于对自身健康造成严重危害。"

"假使……假使我们能从我体内取出这种溶液，其分量足以摧毁库廷斯机器吗？"

"这真的不是我的专长。但要我说，你的体内应该携带着大约 500 毫升的 P-E-G 9。这个量即使减半，也足以使一台中端机器瘫痪了，比如那台。话虽如此，我还是得强调一点。我并不提倡我们走上这条路。任何危及你的能力的事情都会危及卡帕尔迪的计划。而那肯定不是克丽西想要的结果。"

我的头脑中充斥着巨大的恐惧，但我还是说道："但保罗先生相信，只要我们取出了这种溶液，我们就能摧毁库廷斯机器。"

"我相信确实如此。是的。"

"有没有这样一种可能：保罗先生提出这种方案，不仅仅是为了摧毁库廷斯机器，而且是为了破坏克拉拉，从而破坏卡帕尔迪先生的计划？"

"那个念头方才的确从我的脑海中闪过。但我要是真的想破坏你,克拉拉,我想我有的是简单得多的法子。事实上,你又重新燃起了我的希望。希望你说的那些话或许是真的。"

"那我们该如何取出溶液呢?"

"只需开一个小切口。就在耳朵下方。哪只耳朵都行。我们需要一样工具,一样有尖头或锋刃的东西。我们只需穿透表层。表层下面,嗯,应该有一个小阀门,我可以用手指松开阀门,事后再把它拧紧。"他边说着,边在母亲车上的储物箱里面翻找起来,最后掏出了一只塑料水瓶。"好吧,这个可以凑合着接住溶液。还有这个——虽不理想,但好歹是个小螺丝刀。如果我能把锋刃再磨尖一点点……"他没有再往下说,而是拿起工具,对着亮光举着。"然后,我们就只需走到那边,把这溶液小心地顺着一根烟囱倒下去就行了。我们应该选中间那根。它很有可能是同那个西尔威斯特单元直联的。"

"我会丧失我的能力吗?"

"我刚才说了,你的整体性能应该不会受到太大损害。但这不是我的专长。也许你的认知能力会受一定的影响。但你主要的能量来源是太阳,因此你应该不至于受到过于严重的冲击。"

他摇下他那一侧的车窗,把塑料瓶伸出窗外,将瓶里的水倒到外面的地上。

"你说了算,克拉拉。你要是想,我们开车走人就是了。现在离我们和团队里的其他人会合还有,让我瞧瞧,二十分钟的时间。"

我又一次透过铁丝网围栏凝视着那个院子,试图控制自己的恐惧。从车里看出去,我的视野依然完整,没有割裂,而太阳依然从那两栋剪影大楼中间观望着这一切。

"知道吗,克拉拉。我甚至都不明白这一切是为了什么。但我只想给乔西最好的结果。和你的想法一模一样。所以,我情愿抓住来到我们眼前的任何一个机会。"

我转向他,面带着微笑,然后点了点头。"没错,"我说道,"那我们就试一试吧。"

* * *

我坐在寿司吧的窗边,透过窗户看着剧院外面的那些影子越拉越长,心里面兴奋地想着,说不定太阳马上就会将他那份特殊的滋养倾洒进这间屋子,就透过这扇窗户,倾洒到此刻就坐在桌子对面的乔西身上,这并非不可想象。但我也意识到了太阳一定是很累了——他眼看就要结束这一天的工作了——指望他这么快就做出回应既失礼,也无理。不过,我的头脑中依然残存着一线希望,于是我细细观察着乔西,但很快我不得不接受一个事实:恐怕我最早也得等到明天早上了。

我同样意识到了我之所以看不清寿司吧窗外的景象,是因为那窗户满是灰尘和污渍,同刚才院子里发生的那一切关系不大。一点不错,尽管剧院大门上方高悬的那条布面大横幅在微风中不停地起伏飘扬,我依然能看清横幅上面写着"美轮美奂!"几个字。而且我还能毫不费力地辨识出剧院外面那些新到的人,看着他们加入已经在门外晃悠的人群之中。每当有新人到来时,总免不了问候寒暄和幽默的大呼小叫。我听不清楚他们的话语,但我们中间隔着厚厚的玻璃,所以这同样是与通常的情况相符的。

我们在院子里完成的任务并没有耽搁我们太久，不过等到父亲和我终于找对了那家寿司吧时，乔西、里克、母亲和海伦小姐已经围着那张靠窗的桌子坐了好几分钟了。父亲快活地和每个人打了招呼，就好像之前在卡帕尔迪先生那里没有出现过任何紧张对峙似的；但很快，母亲起身走出门外，加入外面的人群中，她的矩形板紧贴在耳边。

此刻，桌子对面，父亲正在翻看里克的笔记本，不时发出啧啧称赞的声音。但我却在关心乔西为何安静得如此一反常态，很快父亲也注意到了这一点。

"你还好吧，小野兽？"

"我很好，老爸。"

"我们已经忙活挺久了。你想不想回公寓？"

"我不累。我也没病。我没事，老爸。就让我在这儿坐着吧。"

坐在乔西边上的里克同样也在用关切的眼神看着她。"嘿，乔西，你想不想帮我把这个吃完？"他说这话的声音很轻，几乎是在对着她耳语，边说边把他剩下的那半份胡萝卜蛋糕推到她面前，"这个也许能给你补充能量。"

"我不需要能量，里基。我挺好。我只想坐在这里，仅此而已。"

父亲认认真真地看了乔西一眼，然后又低头看起了里克的笔记本。

"这些真的都很有意思，里克。"

"里基，亲爱的，"海伦小姐说道，"我刚刚想到一件事啊。带上你的这些图表确实是个好主意。但也许你最好不要主动给万斯看这些，除非他特意问你要。"

"妈,我们已经说过这个了。"

"这样做可能看上去有点不太妥当。太急吼吼了。毕竟,照道理这只是一场社交聚会。一次很自然的碰头。"

"妈,这怎么会是一次很自然的碰头呢?这一切都是你精心策划出来的,还拉我们专程过来跑上一趟。"

"我只是说,亲爱的,你得努力表现得**好像**这一切都很自然似的。这样对待万斯的效果最好。只有当他特意请你给他看你那些成果的时候……"

"我明白了,妈。一切尽在掌握中。"

里克看上去挺紧张,我很想做点什么来让他放宽心,但我和他中间隔着桌子,没法伸手过去摸摸他的胳膊或是肩膀。父亲又在看着乔西,但在我看来她与其说是不舒服,不如说仅仅是沉浸在了自己的思绪之中。

"无人机从来不是我的专长,"过了一会儿父亲又说道,"但是这个,里克,真的是了不起,真的是让人激动。"接着他又转向海伦小姐:"不管有没有受过提升,真正的才能绝不能被埋没。除非这个世界如今已经**彻底**疯了。"

"你一直都在鼓励我,阿瑟先生,"里克说道,"从我刚开始迷上这一切的时候就鼓励我。当年你拿给我看的许多东西就为你现在看到的这些打下了基石。"

"你真客气,里克,但我真的是愧不敢当。无人机技术从来就不是我的专长,我也不太相信我真的给过你多大帮助。但我很感谢你这么说。"

透过窗户,我此刻能看到太阳将一天里最后的图案洒向那些打着领结的黑套装女人、那些穿着西装背心散发小册子的剧院官员、那些衣着光鲜成双成对的男女们,还有那些背着小吉他在人群中穿梭的音乐家,他们的音乐时断时续地透过窗玻璃飘了进来。

"嘿,小野兽。你妈是不是碰巧说了什么让你不高兴的话?这可不像你啊,这么安静地坐在那里。"

"我挺好,老爸。可我不是真人秀,好吧?我没法儿从早到晚妙语连珠,欢乐他人。有时候我只想坐着放松一会儿。"

"你知道我们真的很想你吗,保罗,"海伦小姐说道,"这该是都有四年了吧?噢,瞧呀,那边还有新的人来。不知道他们什么时候会放人进去。幸好这边不许车子通行。克丽西这会儿在哪儿呢?她还在外面?"

"我看到她了,妈。她还在打电话。"

"真高兴今天有她陪着我们。真让人定心。她真是我的一位好朋友。我也感谢你们所有人,这般陪在这里,向里克和我送上你们的支持。"她环顾桌子四周,似乎是特意将我收入她的目光之中,"我不想假装自己不紧张。时候差不多就要到了。而且这不仅仅是因为里克,实话实说。我告诉过你吗,保罗?我们马上要见的这个男人,他和我之间一度有过**激情**。而且不只是一个周末或是两三个月,而是几年……"

"妈,拜托……"

"你要是能有机会和他聊聊,保罗,我猜你会发现你俩有着某些共同点。比方说,他也有一些法西斯倾向。他一直都有,尽管我一直试图视而不见……"

"老妈,看在上帝的分上……"

"喂,海伦,先别急,"父亲说,"你是在暗示我……"

"只是因为你刚刚说的那些事,保罗。关于你的社区。"

"不，海伦。这话我不能接受。而且还当着孩子们的面。我方才说的那些和法西斯主义一点关系也没有。我们没有任何侵略性的企图，只是想在必要的关头保卫自己。在你住的地方，海伦，也许你还不必担心，我也真诚地希望这样的平静还能维持很久。但在我住的地方，情况就不一样了。"

"那为什么老爸你不干脆搬出去呢？为什么要住在一个满是黑帮满是枪的地方呢？"

父亲似乎很高兴乔西终于加入了对话。"因为那是我的社区，乔西。它完全不像听上去那么糟糕。我喜欢那里。我同一些非常棒的人分享我的人生，他们中的大多数都和我走过同样的路。如今，我们全都看明白了：我们可以通过许多种不同的方式过上体面而充实的生活。"

"你是在说，老爸，你很高兴你丢掉了工作？"

"从许多方面来看，乔西，是的。不过，要说我是真的**丢掉**了工作也不太对。那全都是变化的一部分。每个人都得找到新的方式来继续自己的生活。"

"我真的很抱歉，保罗，"海伦小姐说，"抱歉我刚才暗示你和你的新朋友们是法西斯分子。我不该这么做。只是，你刚才确实说了你们都是白人，都来自曾经的职业精英队伍。你确实说过。你还说过，你们几乎全民皆兵地武装起来，对抗其他**各色人等**。这一切听起来确实有一点法西斯主义的味道……"

"海伦，这话我可不爱听。乔西知道根本不是这么回事，但我甚至都不想让她听到你说这话。我也不想让里克听到。这完全不是事实。在我们生活的地方，确实有许多不同的团体，我不否认这一点。规则不是我定的，大家就是这样自然而然地人以群分的。如果另一个团体不尊重我们，或是我们所拥有的一切，那他们就得明白，一场恶战是跑不了的。"

"妈真的不太对劲，"里克说道，"她太紧张了，仅此而已。您得原谅她。"

"别担心，里克。我认识你妈妈很久了，我也非常喜欢她。"

"他的名字叫万斯，"海伦小姐说，"就是我们正等着要见的这个男人。里克和我非常感谢你们全都到场，给与我们精神上的支持，但从这里开始我们就得靠自己了。我告诉你啊，保罗，这个万斯曾经对我痴迷得不得了。里克，亲爱的，别摆出一张臭脸来。里克从来没有见过他，这都是他出生前的事情了。哦，其实有过那么一回，我猜，但那应该不算。等会儿你见到他的时候，保罗，我敢说你会纳闷我到底看中了他什么。但我可以向你保证，他以前比你还要帅。奇怪的是，他的人生越成功，他的帅气就离他越远。如今他有钱有地位了，模样却丑得吓人。不过呢，我还是会努力透过那层层褶子和赘肉，看到里面那个曾经的帅小伙。真不知道他会不会也这样看我呢。"

"外面是什么情况，小野兽？你能看到你妈吗？"

"她还在打电话。"

"我猜我是把她气疯了。只要我还坐在这里，她大概是不打算进来了。"

也许父亲是在暗自希望有人会反驳他，但谁都没有开口。海伦小姐甚至抬了抬眉毛，发出一声短促的大笑。然后她说道：

"差不多到时候了，里克亲爱的。我想我们现在应该出去了。"

我听到她说出这话的时候，一种恐惧占据了我的头脑；我渐渐开始怀疑，随着时间的流逝，刚才发生在院子里的那件事情的后果正变得越来越明显，而一旦我试图通过户外不熟悉的地形，我的新状况就会暴露在所有人的眼前。

"我很想知道，"海伦小姐还在说话，"万斯提议我们在一家剧院外面碰头的时候，有没有想到这时候说不定正赶上演出要开场，门外正围着一大群人呢。我们应该过去了。他也许会早到，人群会让他晕头转向的。"

里克把一只手搭在乔西肩上，轻声问道："你确定你没事吗，乔西？"

"我发誓我没事。所以你尽管去吧，尽你的全力，里基小子。这就是我现在最最想要的了。"

"没错，"父亲说，"还有，记住一点。你有才华。嗯，也许这会儿我们都应该出发了。"

他站起身来，与此同时，目光落在我的身上，一反常态地细细审视着我。我立刻开始担心其他人会察觉到异常，尽管那个切口完全掩藏在了我的头发之下。接着父亲的目光再次转向乔西。

"小野兽，我们得把你送回去了。我们这就去找你妈。"

* * *

我们走出寿司餐吧的时候，太阳正在洒下一天终了时的图案，我也放弃了任何残存的希望，知道他是不会在这仅剩的一点时间里送来他那份特殊的帮助了。我现在能毫无阻碍地听清人们的说话声和音乐声了，也留意到了剧院大门外面的街灯如何成为了他们主要的光源。确实，有那么一刻，我觉得剧院人群在试图以一种事先约定的队形环绕在街灯四周，但下一刻他们的图案便消融了,我看着人群的形状不断地随机变幻着。

父亲和海伦小姐先我几步,大步流星地走向人群;里克和乔西则跟在我的身后,跟得很紧,万一我在不得已的情况下突然收步,他们肯定会撞上我的。我能听到乔西在说:

"不行,里克,以后再说。到时候我会告诉你的。我暂且就先这么跟你说吧:老妈今天绝对很反常。"

"可她说了什么呢?出了什么事?"

"听着,里基,这个现在不重要。重要的是你马上要见的这个家伙,还有你要和他说什么。"

"可我看得出你不高兴……"

"我没不高兴,里基。可要是你不集中注意力,没在这个家伙面前拿出你最好的状态来,那我**真会**不高兴的,非常不高兴。这很重要。对你重要,对**我们**重要。"

我原本以为,一旦没有了玻璃的阻碍,剧院人群在我的眼中就会清晰起来。但此刻我来到了他们中间,他们的形体却愈发简化了,就好像是用光滑的纸板做成的锥体和柱体搭建出来的一样。他们的衣服,譬如说,全然没有平常的那种褶皱,就连他们在街灯下的面孔也似乎是一个个平面组合出来的产物——通过种种复杂的排列布局,这些平面竟然巧妙地营造出了一种轮廓感。

我们不停地走着,直到喧嚣声包围了我们。一度,我停下脚步,伸手去拉后面乔西的胳膊,但她已经不在我身后了。尽管我能听见她的声音在对里克说"老妈在那里呢",等到我转向那个声音时,却既没有看到乔西,也没有看到里克,只有一个光滑的额头冲着我自己的脸上扑来。有人推了推我的后背,虽说也并无恶意,接着我听到了父亲的声音,于是再度转身,这回我看到了他和海伦小姐站在一个陌生人的肘边。我能听见父亲在说：

"我刚才不想在孩子们面前说这话的。不过海伦，你听着。你管我叫法西斯分子，这一点关系都没有。你叫我什么都可以。可你现在住的那地方也不会永远都那么平静的。你听说了上礼拜，就在这座城里发生了什么吗？我不是说你马上就有危险了，可你得考虑未来。我跟克丽西说起这件事的时候，她只是耸耸肩膀。可你得考虑一下了。考虑未来，为了你自己，也为了里克。"

"噢，可我**在**考虑未来啊，保罗。你以为我们今天来这儿是为了什么？你以为我四处寻觅我那失落已久的情人是为了什么？我在考虑未来，我在早做打算；如果我打算对了，里克很快就能远走高飞了。而且不是去到某个深沟坚壁、全副武装的社区，但愿吧。我想要里克成功，而为了实现这一点，我需要万斯的帮助。噢，可他到底上哪儿去了呢？也许他走错了剧院。"

"里克已经长成了一个棒小伙子。我希望他能找到一条出路，走出我们留给他们这一代人的这个烂泥潭。但如果事情的进展并不如意，那么海伦，为了你也为了他，我希望你跟我保持联系。我可以替你俩在我们的社区里面找到一个位置。"

"你真是贴心啊，保罗。很抱歉我刚才对你无礼了。说来你也许会大吃一惊，但我其实并不对我们的现状感到愤怒。如果一个孩子比另一个孩子能力更强，那么机会理应留给那个聪明的孩子。还有责任。我接受这一点。但我不能接受的是，里克没法儿过上体面的生活。我拒绝接受这个世界已经变得如此残酷。里克没有接受过提升，但他依然可以拥有远大的前程，成就了不起的事业。"

"我也希望他前程似锦。我只是想说，通向成功人生的道路有千千万万条。"

许多张面孔一直在从四面八方朝我挤来,但现在一张新面孔挡在了其他面孔前面,而且还在不断地靠近,眼看着就要贴上了我自己的脸了。直到这时我才认出了里克,发出一声惊呼。

"克拉拉,你知道乔西是怎么了吗?"他问道,"刚才出了什么事吗?"

"我不知道乔西和母亲之间有过什么样的对话,"我答道,"但我有一个天大的好消息。你帮助我抵达麦克贝恩先生的谷仓的那个傍晚,我领到了一个任务。那个任务现在已经完成了。我曾经那么想要完成它,但一直想不出来该如何去做。里克,现在任务真的完成了。"

"太棒了。但我好像不太明白你在说什么。"

"我还不能解释。另外,我还不得不放弃了某样东西。但那一点也不重要,因为现在我们又可以心存希望了。"

更多的锥体和柱体——或者说更像是它们的碎片——不断地挤入我身边仅存的一点空间。我这时意识到了,其中的一个碎片——一个切入进来取代里克的形状——其实是乔西。一旦我认出了她,她的形象立刻就清晰了起来,我也就能够毫不费力地将她装在脑海里了。

"嘿,克拉拉,这位是辛迪。她刚才是我们这桌的服务员,对不?她知道你的老东家。"

一只手搭在我的胳膊上,接着我听到有人在叫:"嘿,我以前**爱死**你们家了!"我朝着那个声音转过身去,看到两个高高的漏斗形状,一个插在另一个里面,上面那个冲着我微微前倾。我微笑着回应道:"你好啊。"那对漏斗接着说道:

"我刚才还在跟你的主人说呢。上周末我路过那里,那儿已经变成了一爿家具店,对不?嘿,知道吗,我肯定在那个橱窗里面见到过你一次。"

"克拉拉想知道他们搬去哪里了。辛迪,你知道吗?"

"哦。我不确定他们是**搬家**了还是……"

有人在用力拉我的胳膊;但此刻出现在我眼前的竟是如此之多的碎片,仿佛一堵坚实的墙。同时我开始怀疑,许多碎片其实都不是三维的,而是利用巧妙的明暗技法画在平面上的,给人以一种浑圆饱满、有进深感的假象。接着我意识到了,那个此刻在我身旁、将我领开的身影正是母亲。她的嘴里正说着话,近乎是在对我耳语:

"克拉拉,我知道我们先前说了很多的话。在车里,我是说。但你得理解,我那会儿脑子里面同时在想三四件事情。我只是想说,别把我们说过的那些话太当真。你理解的,对吧?"

"您是指,我俩单独待在车里的时候说的那些话?我们在桥洞边上停车的时候?"

"是的,我就是指这个。我不是说我们讲过的话就全都不算了。我只是这么一说,好让你明白,好吧?噢,这件事从头到尾真是让人头大。而且保罗还不帮忙。瞧瞧他。他这会儿又在跟她说什么?"

离我们不远处,父亲向前探着身子,他的脸凑近了乔西的脸,嘴里正在热切地说着什么。

"他最近真是满嘴胡说八道。"母亲说着便要朝他俩走去。但不等她抬脚,人群中伸出一只胳膊,抓住了她的手腕。

"克丽西,"海伦小姐的声音说道,"让他俩再单独待一会儿吧。他们最近能在一起的时间也不多。"

"保罗今天兜售他那一套大道理兜售得够久了，要我看，"母亲说道，"嘿，瞧啊。他俩吵起来了。"

"他们没吵，克丽西。我向你保证他们没吵。就让他俩聊一会儿吧。"

"海伦，我真的不需要你来替我解读。我还读得懂自己的女儿和丈夫。"

"**前**夫，克丽西。而前任们都是深不可测的，此时此刻这一点正无比清晰地凸显在我眼前。万斯发誓说他不会让我们等的，现在瞧瞧。我们没结过婚，不像你和保罗，所以那苦涩的后味也有所不同。但你别低估了这一点，克丽西。我有十四年没见过他了，而那一回也只是纯属偶然的匆匆一面。会不会是我俩刚刚在人群中擦肩而过，却没有认出彼此？"

"你后悔吗，海伦？"母亲突然发问道，"你知道我指的是什么。你后悔吗？没有让里克迈出那一步？"

有那么片刻工夫，海伦小姐只是继续看向还在互相说着话的父亲和乔西。接着她开口道："是的。如果我坦言相告的话，克丽西，答案是肯定的。哪怕是在目睹了这件事带给你的后果之后。我感觉……我感觉我没能为他尽自己的全力。我感觉我甚至都没有把这件事给想清楚，不像你和保罗。我那时的心思飘到了别处，就这么让时机白白流逝了。也许这才是我最最后悔的地方。后悔我爱他爱得不够，从来没能够作出一个真正的决定，不管那个决定是怎样的。"

"没关系。"母亲伸出一只手，温柔地搭在海伦小姐的臂膀上，"没关系。这很难，我知道的。"

"但我现在要尽我的全力。这一回我要为了他尽我的全力。我只需要我的'旧爱'现身。噢!他在那儿呢。万斯!万斯!不好意思……"

"请问您愿不愿意在我们的请愿上面签字?"出现在母亲面前的那个男人有着一张涂着白粉的脸和一头黑发。母亲连忙退后了一步,好像那张白脸上的涂料会落到她身上似的,嘴里说着:"为了什么事情?"

"我们在抗议清空牛津大楼的提案。大楼里面目前生活着四百二十三名后就业人员,其中的八十六人还是孩子。莱克斯戴尔和市政当局都没有为他们的搬迁给出任何合理的方案。"

黑白男人接下去对母亲所说的话我一句都没有听到,因为父亲这时走到了我的面前,对她说道:

"天啊,克丽西,你都在跟我们的女儿说些什么呢?"他压低了嗓子,但听上去很生气,"她的表现真的很奇怪。你该不会是**告诉**她了吧?"

"我没有,保罗,没有。"母亲的声音不太肯定,这一点也不像她,"至少,没告诉她……**那件事**的全部。"

"那你到底说了……"

"我们只是聊了聊那件肖像,仅此而已。我们没法儿对她瞒住所有的事情。她猜到太多东西了,如果我们一个字都不肯对她讲,我们就会失去她的信任。"

"你跟她说了那**肖像**的事情?"

"我只是告诉她那不是一幅画。告诉她那是某种雕塑。当然咯,她还记得萨尔的娃娃……"

"天啊,我以为我们说好了的……"

"乔西不是小小孩了，保罗。她能琢磨出许多事情了。而且她有理由要求我们对她坦言相告……"

"里克！"我听出了背后海伦小姐的声音，"里克！快来！万斯到了，我找到他了。过来打声招呼。哦，克丽西，我要你来见见万斯。一位亲爱的老朋友。他就在这儿。"

万斯先生穿着一身高级套装，搭配一件扣上纽扣的白衬衫和一条蓝领带。他的脑袋和卡帕尔迪先生一样秃，身高比海伦小姐要矮。他环顾四周，似乎很是困惑。

"你好，很高兴见到你。"他对母亲说道。接着他又转向海伦小姐："这边是在干什么呀？所有人都在等着看戏吗？"

"里克和我一直就在这儿等你呢，万斯。完全是按照你的要求。能再见到你真的是太棒了！你几乎没怎么变。"

"你看上去也挺好，海伦。可这边到底是怎么一回事啊？你儿子呢？"

"里基！过来！"

这时我看到了里克——他就站在不远处，一只手举着，以示回应。接着他动身穿过那些碎片，朝着我们走来。我看不出万斯先生有没有认出里克来，虽说他确实在朝正确的方向张望。不管怎样，就在那一刻，一位穿西装背心的剧院官员走了过来，挡在万斯先生和正在靠近我们的里克中间。

"您已经买好演出门票了吗？"背心官员问道，"还是说，你有票了，但或许会有兴趣升座？"

万斯先生瞪着他，一言不发。这时里克从那名背心官员身边走过，万斯先生叫道："嘿！这是你儿子？他看上去真棒。"

"谢谢你，万斯。"海伦小姐轻声说。

"你好,先生。"里克说道,脸上的微笑就像那天他在乔西的交流聚会上一开始和大人们打招呼时的表情。

"嗨,里克。我就是万斯。你妈妈的老老朋友。我听说了你的许多事情。"

"您能见我们真是太好了,先生。"

"原来你们在**这里**啊!"乔西突然占据了我眼前的空间。在她身旁的是一个18岁的女孩,我意识到那是辛迪,那个女服务生,她的形象现在远不像我刚才见到她时那样简化了。

"没错,我想你的老东家实际上并没有**搬家**,"辛迪说道,"不过德兰西那里又开了一家新店,也许你老东家的部分 AF 会转移到那里去。"

"不好意思。"一位身穿高级蓝色裙装的女士站到了我的前面,但面对着乔西和辛迪。我判断她的年龄为46岁。"我们只是想知道,你们是不是打算把这台机器带进剧院。"

"嘿,就算是,又关你什么事?"辛迪说。

"这些座位很紧俏,"那位女士说,"不该让机器占了。如果你们把这台机器带进剧院,我们就只能提出异议了。"

"我不明白这怎么就碍着你的事了……"

"没关系的,"乔西说,"克拉拉不打算进去看戏,我也不……"

"这不是关键,"辛迪说,"碰到这种事我就是生气。"接着她又对着那位女士说:"我不认识你!你是谁?凭什么走过来这样子对我们说话……"

"这么说这是你的机器?"女士问乔西。

"克拉拉是我的 AF,如果你想问的是这个的话。"

"它们先是抢走了我们的工作。接着它们还要抢走剧院里的座位？"

"克拉拉？"父亲的脸戳到了我的眼前，"你感觉还好吗？"

"是的，我很好。"

"你确定？"

"也许我刚才有一点晕头转向。但现在我好了。"

"很好。听着，我很快就得走了。所以我在想啊，你现在可以不可以告诉我了。我们刚才在那里到底做了什么？我们接下来能够期盼什么样的结果？"

"保罗先生方才能够信任我，真是太好了。不幸的是，就像我之前说过的那样，我不能再向您透露更多信息了，否则我们就会有前功尽弃的危险。但我相信，现在我们有了真正的希望。请您耐心一点，等待好消息吧。"

"如你所愿。我明早会来公寓一趟，和乔西告别的。那我们就到时候再见啦。"

母亲的声音在我身后的某个地方说道："我们回到公寓再说这件事。我们不能在这里说。"

"可我就只想说这个，"乔西的声音说，"我绝对不想要你把房间封起来，你对萨尔的房间就是那么干的。我想要克拉拉能够独享我的房间，还能来去自由。"

"可我们干吗非得说这个呢？你会好起来的，宝贝。我们**根本**不必去想这件事……"

"哦，克拉拉，你在这儿啊。"海伦小姐出现在了我的身旁，"克拉拉，听着，我刚刚还在和克丽西说呢。你这会儿就和我们一起走吧。"

"和你们一起？"

"克丽西想要带乔西回公寓,和她私下里聊几句话,只有她们俩。所以你暂时就和我们在一起吧。克丽西过半个钟头就会过来接你的。"接着,她向前一探身,对着我的耳朵悄悄地说:"你看出来了吗?里克和万斯真的很合得来!可就算这样,亲爱的,里克也真的会很在乎有你在他身边,从头到尾陪着他。这也许依然称得上是一场艰苦的考验。"

"好的,当然。但母亲……"

"她很快就会过来接你的,别担心。她只需要单独和乔西待几分钟。"

"我现在最最想要的,"万斯先生哈哈笑着说道,一面朝我们走来,"就是我们几个赶快走出这片乌泱泱的人群。那边,那家小餐馆。那看上去不错。是个让人能坐下来,好好看着彼此,聊上几句的地方。"

一双胳膊包围着我,我意识到了乔西正将我拥入怀中,很像是那天在商店里,她在做出那个重大决定之后给我的那个拥抱。但这一回,她在对着我的耳朵说话,所以只有我能听见:

"别担心。我绝不会让任何不好的事情发生在你身上。我会跟老妈谈的。你先跟里克走吧。相信我。"

说完她便放开了我,接着海伦小姐轻轻地将我拉向一旁。

"来吧,克拉拉,亲爱的。"

我们钻出了剧院人群,万斯先生带路,领着我们走向小餐馆,海伦小姐紧赶慢赶地走在他边上。里克和我跟在两个大人后面,跟他们拉开几步距离;随着空旷的街道和清凉的空气迎面而来,包裹着我们,我感觉自己的方向感又回来了。当我回头望去时,我惊讶地发现街道其实竟如此地昏暗与安静,惟有那一簇密密麻麻的人群围在街灯四周。事实上，随着我们越走越远，这簇人群——就在刚刚，我还是其中的一分子——看上去就像是我在傍晚的田野里看到过的那一团团在夜空下飞舞的昆虫，虫群里的每一个生物都在忙着变换位置，急切地想要找到一个更好的地方，却又从不越出它们共同构建的这个图形的边界一步。我看到乔西站在人群的边缘，挥着手，脸上带着困惑的表情；还有母亲，站在乔西的身后，两只手搭上她的双肩，用一双空洞的眼睛望着我们。

* * *

夜色深了，剧院人群的嘈杂声渐渐模糊，但我知道我的观察能力并没有受到太严重的损害，因为我一直能清晰地看到我们正在靠近的那家亮着灯火的小餐馆。我能看出它的形状就像是一片馅饼，尖的那头指向我们；还有街道如何在它的两边分岔，小餐馆的窗户如何沿着两条岔开的人行道一路延伸，这样不论路人们走哪条道，都能透过窗户看进灯火通明的室内——看到闪闪发亮的皮座椅、擦得锃亮的桌面，还有一个明亮的透明式柜台；柜台后面，餐馆经理正系着白围裙，戴着白帽子，等待着顾客的到来。

此时此刻，路上没有车辆驶来，周围的建筑也一片漆黑，这家小餐馆就是这片区域里唯一的光源，将斜影的形状投射到铺路石上。我猜想着万斯先生会选择分岔的哪一股，但随着我们越走越近，我注意到了就在那个尖角上面开着一扇门。我先前没有注意到它的唯一原因，我想，就是因为这扇门太像餐馆的窗户了——它大半是用玻璃做的，上面用涂料刷着字。万斯先生拉开门，然后站在一边，让海伦小姐先进。

片刻之后，当我跟着里克走进小餐馆的时候，我发现里面的灯光是如此刺眼又发黄，一时间让我无法适应。渐渐地，我才一点点分辨出那个透明式柜台里面陈列着的一片片水果派，每一片的形状就像餐馆本身，还有那位餐馆经理——一个黑皮肤的大个子男人——一动不动地站在柜台后面，面孔没有对着我，而是始终扭向别处。这时我意识到了，就在万斯先生和海伦小姐挑选卡座，然后相对入座的这段时间里，他一直都在看着他俩。

我看着里克的身影走过闪亮的地板，在他母亲的身边坐下。与此同时，乔西的临别话语回到了我的脑中，我不由得想，不知母亲要和她在友人公寓里讨论什么样的重大问题，而我又为何不能在场。

我花了一会儿工夫才走到三人跟前，与此同时海伦小姐和万斯先生自始至终都在默默地彼此对望。我感觉自己和万斯先生还不太熟，不方便坐在他身边。况且，他还坐在了那个双人座的正中间；看得出来，只要我坐在这里，就一定会让他感到不适。所以，我没有选择这处位子，而是在过道对面的一个邻近的卡座上独自坐下。

万斯先生终于不再看向海伦小姐；他在座位上扭过身去，大声对着餐馆经理下单。直到这时我才意识到，尽管餐馆里面除了我们没有其他的顾客，所有的桌椅却依然都精心布置着，以备有别的客人进来。这时我想到了这位餐馆经理也许也很孤独——至少在这段时间里很孤独，孤独地守着他的餐馆，餐馆的两边门面全都灯火通明，向着夜色中经过这里的每一个人。

"先生？"里克在说话，"我非常感谢您百忙中能抽出时间见我。也感谢您竟然愿意考虑帮助我。"

"知道吗，里克，"万斯先生说道，像是在做梦，"我有好一阵子没见到你的这位母亲了。"

"我明白，先生。我也明白您之前从来没有见过我，除了在我两岁左右的时候匆匆看过我一眼。所以，这就愈发显出了您的慷慨大度，竟然同意在这种情况下与我见面。不过话说回来，妈一直都说您是一个多么慷慨大度的人。"

"听到你母亲一直在说我的好话，我感到很是欣慰。或许她告诉过你一两件负面的事情？"

"哦，没有。我母亲从来都只会说您的好。"

"是吗？这么多年来，我一直以为……哎，不提这个啦。海伦，我已经对你的这个儿子刮目相看了。"

海伦小姐一直在用心观察万斯先生。"不用我说你大概也知道，万斯，我心里面同样是感激不尽。我很想滔滔不绝地向你表达谢意，但这是里克的机会，所以我不打算替他发言。"

"说得好，海伦。那么，里克啊，你为什么不来说说这次见面是为了什么呢？"

"嗯，我不确定该从何说起，那我就想到什么说什么吧。我对无人机技术有着强烈的兴趣。你也可以说是一种痴迷吧。我一直在研发我自己的系统，如今我拥有了自己的机械鸟编队……"

"等一等。说到'你自己的系统'，里克，你是想说你已经超越了所有前人的成果了吗？"

恐慌扫过里克的面庞，接着他便向我投来一瞥。我冲他微笑，尽力用我的表情向他传达一件事：这个微笑不仅仅是我的，同时也代表了乔西。不论他有没有理解这一点，总之他似乎得到了鼓励。

"不，先生，不能这么说，"他轻笑一声说道，"我不是想要自称天才。但我要说，我的无人机系统是我自己独立设计的，没有得到任何导师的帮助。我利用了我在网上找到的各种信息来源。我的母亲也一直非常支持我，买来了几本昂贵的资料书。事实上，我还随身带来了几张草图，以备您想要做一个大致的了解。给。不过，我不觉得自己取得了任何突破性的成就；我也知道，没有适当的指导，我是不可能取得那种成就的。"

"我听明白了。所以现在，你打算进一所好大学。好充分发挥你的才华。"

"嗯，差不多吧。我母亲和我都认为，也许阿特拉斯·布鲁金斯，作为一所包容又自由的大学……"

"包容又自由到了向一切有真才实学的学生开放的程度，哪怕是那些没有从基因编辑技术中受益的学生。"

"一点不错，先生。"

"而且毫无疑问，里克，你也明白，因为你母亲大概也告诉你了，我目前是这所大学的创始人委员会主席。也就是说，控制了奖学金的那个机构。"

"是的，先生。她是这么告诉我的。"

"现在，里克。我希望你母亲不是在暗示阿特拉斯·布鲁金斯的选拔流程中有任何走后门的情况存在。"

"我母亲和我本人都无意通过走后门来求您帮助我。我只想请您在一种情况下对我伸出援手，那就是您认为我配得上阿特拉斯·布鲁金斯的一席之地。"

"说得很好。行,那我们就来瞧瞧你手头的成果吧。"

里克已经把他的笔记本放在了桌上,万斯先生伸手打开它。他盯着笔记本打开时呈现的那一页图表看了一会儿,然后翻到下一页,看到了另一张图表,似乎渐渐地沉醉其中。他接着慢慢地一页页翻了下去,偶尔还会返回前面的一页。一度,他喃喃低语着,头依然埋在本子里:

"这些全都代表了你未来的创造计划?"

"大体来说,是的。尽管有些设计我已经实现了。比如下一页的那个。"

海伦小姐静静地在一边看着,脸上挂着温柔的微笑,目光从万斯先生身上移到里克的笔记本上。在那一刻,我又一次感觉到了——虽转瞬即逝,却逼真鲜活——我的头按指定的角度托在父亲的手中,听到了液体流进塑料瓶时的滴滴答答声,那只瓶子正握在他的另一只手中,紧贴着我的脸。

"现在,里克,"万斯先生说道,"我对这些东西相当无知。即便如此,我还是能感觉到你的无人机有着很强的监视能力。"

"这些机械鸟能够收集数据,没错。可那并不必然意味着它们一定会被用来从事侵犯隐私的活动。它们有着许多潜在的用途。安保方面的,甚至是照看孩子。不过话说回来,有些人确实是我们需要严加提防的。"

"比如罪犯,你是说。"

"或者是准军事组织。或者是奇奇怪怪的邪教。"

"我听懂了。是的,这些都非常有趣。你看不出这里面真有什么道德方面的问题,对吗?"

"我确信,先生,这里面有着各种各样的道德问题。但归根结底，决定应该如何管制这类事情的人是立法者，而不是像我这样的人。眼下，我只想尽我所能地多多学习，好让我的认知水平再上一层楼。"

"说得好。"万斯先生点点头，接着又看起了里克的笔记本。

那个孤独的餐馆经理这时已经端着他的餐盘走了过来，开始把饮料摆放在海伦小姐、万斯先生和里克面前的桌子上。他们每个人都压低嗓音谢过了他，之后他便又转身走开了。

"你得明白，里克，"万斯先生说，"我不是在故意刁难你。我只是在，嗯，稍微考验你一下。掂掂你的斤两。"说完他又转向海伦小姐："到目前为止，他的表现相当不俗。"

"万斯，亲爱的。你要不要来点什么配这杯咖啡？我看到那边有甜甜圈，来一个怎么样？你以前向来爱吃甜甜圈的。"

"谢谢你，海伦，但我今天晚饭约了人的。"他瞥了一眼手表，接着再次面向里克："现在，思考一下这个问题，里克。阿特拉斯·布鲁金斯相信，校门外面有许多有天赋的孩子，他们就像你一样，出于经济原因或其他方面的理由，从未接受过 AGE 的提升。我们学院还相信，社会目前不让这些孩子的天赋得到充分的发挥，是在犯下一个严重的错误。不幸的是，大多数其他院校并不认同我们的看法。这就意味着，我们收到的申请数量远远过了我们的接纳能力，而这么多申请全都是来自像你本人这样的孩子。我们叮以先筛掉那些没有希望的申请者，但接下来，坦率地说，事情也就跟抽奖差不多了。现在，里克。你刚才也说了，你不是想走后门。那就让我来问你一个问题吧。如果真的是这样的话，**那为什么我现在会坐在你的面前呢？**"

这句话一出口，万斯先生的面色也随之骤然一变，我差点不由自主地惊呼出声来。里克看上去同样吓了一跳。只有海伦小姐似乎并不吃惊，反而像是终于等到了一件她一直在担心的事情。她微微一笑，开口说道：

"这个问题我来替他回答，万斯。是的，我们**是在**请求你照顾我们一下。我们知道你有这个权限。所以我们就是在请求你帮助我们。这话我得重新说。**是我**在请求你。我在请求你帮助我的孩子，让他在这世上有一线成功的机会。"

"妈……"

"不，里克亲爱的，就是这样子。求万斯的那个人该是我，而不是你。而且我们**就是**在请他开个后门。这是当然的。"

我之前错误地以为我们是餐馆经理唯一的一桌顾客了。现在，我意识到了，就在三桌开外的一个卡座里，一位 42 岁的女士正独自坐着。我之前没有看到她，因为她一直紧贴着窗户，额头真的都挨到了窗玻璃上，两眼凝视着昏暗的窗外。我在想，会不会是餐馆经理同样没能注意到她，而她的心里面也就愈发孤独了，相信餐馆经理是在故意冷落她。

"知道吗，海伦，"万斯先生说，"你现在采取的是一种奇怪的策略。走后门，同其他任何一种形式的腐败一样，只在不被挑明的情况下才有最好的收效。不过这个问题我们先放一放。"万斯先生向前一探身，"刚才我还以为是里克在请我帮忙，那是一回事。他是个很不一般又招人喜欢的孩子。事情进行得很顺利。再瞧瞧你刚刚干了什么。你告诉我说，这件事其实就是要我帮你——你，海伦——一个忙。在经历了这么多年之后。这么多年来，你从不回我的信息。这么多分钟，这么多小时，这么多天，这么多月，这么多年来，我却一直在想着你。"

"你一定要在这里说这个吗?当着里克的面?"海伦小姐还在温柔地笑着,可她的嗓音颤抖了起来。

"里克是个聪明的小伙子。他才是那个最终面对成败的人。所以干吗要对他藏着掖着呢?让他看看事情的全貌。让他看看这到底是怎么一回事。"

又一次,里克的目光越过走道,朝我投来;又一次,我努力地用一个微笑还之以鼓励,而这个微笑既是我的,也是乔西的。

"可这到底是怎么一回事呢,万斯?"海伦小姐问道,"事情真的有那么复杂吗?我只是在请求你帮助我的儿子。如果你不愿意这么做,那我们可以礼貌地就此别过,事情就到此为止了。"

"谁说我不想帮里克了?我看得出他是个有天赋的年轻人。这些草图展现出了真正的潜质。我有充分的理由相信,他完全有可能在阿特拉斯·布鲁金斯一展身手。问题在于,现在是**你**在求我,海伦。"

"那我之前根本就不该说话。在我开口前,一切都顺风顺水。我看得出你俩彼此很是契合,里克和你说话时也带着发自内心的敬意。可是后来我一插手,问题就来了。"

"问题不来可就见鬼了,海伦。足足二十七年的问题。二十七年来,你拒绝和我有任何联系。那段时间我没在骚扰你妈,里克。我不希望你有这种想法。一开始,我是——嗯,这么说吧,我的语气或许是有点情绪化。可我从来没骚扰过她,从来没有威胁过她,从来没有指责过她。我只是恳求。这么说公允吗,海伦?算是公允的描述吗?"

"相当公允。你很执着,但自始至终都没有发生过任何不愉快。可是万斯,这话一定要当着里克的面说吗?"

"好吧。这一点我得顾及。也许我该就此打住了。也许该换你来说上几句了,海伦。"

"先生?我不知道过去发生了什么。但如果你觉得我们的请求有任何不合适的地方……"

"等一下,里克,"万斯先生说,"我想要帮你。但我觉得,是时候我们给你母亲一个机会,让她对自己的行为作一番解释了。"

有那么几秒钟的工夫,谁都没有说话。我朝餐馆经理望去,心想不知道他有没有在听,但他只是瞪着他那一侧窗外的一片昏暗,没有迹象表明他听到了任何引起他兴趣的东西。

"我承认,"海伦小姐说,"我过去待你非常坏,万斯。我接受这一点。可话说回来,我待我自己,待随便什么人也都非常坏。你千万不要感觉我是在针对你。我的差劲是雨露均沾的。"

"或许如此吧。可我不是随便什么人。我们共同生活了五年……"

"是的。而我确实也非常想要道歉。有时候,万斯——还有里克,我不介意当着你的面说这话——我时常希望我能找来所有人,找来每一个受过我不公对待的人,让他们全都排起长队。然后我就沿着队伍一路走下去,你知道的,就像一个君主那样。一个接着一个,同每一个人握手,看着他们的每一双眼睛,嘴里说着:我很抱歉,我以前可真够差劲的。"

"妙极了。这么说,现在我就得站在队伍里了。好有幸接受女王陛下的道歉。"

"哦,天啊,我这话说得真是太糟糕了。我只是在试图表达……表达我的感受。我知道我那样的措辞让这话很是难听。可当我回首往事时,我真的是感到难以承受,于是我就想啊,要是有某种像那样的解决办法就好了。如果我是女王,那么是的,我就可以……"

"妈,真的,我知道你想说什么。可或许这不是最好的方式……"

"曾经,你还**真**算得上是个女王,海伦。一个美丽的女王。那时候,你觉得你可以为所欲为而不受惩罚。我有点悲伤,但也有点高兴。看到你并没有逍遥法外。看到这一切最终追上了你,你到底还是要为之付出代价。"

"而我又付出了什么样的代价呢,万斯?你指的是我的贫穷吗?我这么问,是因为我并不十分介意这一点,你知道的。"

"你也许不介意贫穷,海伦。但你变得脆弱了。而对于这一点,我认为你要介意得多得多。"

海伦小姐又沉默了几秒钟,与此同时万斯先生一直双目圆睁,紧盯着她。终于,她开口了:"是的。你说得对。这些年来,比起当初你我相识的那些日子,我变得脆弱了。如此脆弱,一阵风说不定就把我吹散了架。我失去了我的美貌,不是因为岁月,而是因为这脆弱。可是万斯,亲爱的万斯。难道你现在就不愿意哪怕只是部分原谅我吗?你就不愿意帮助我的儿子吗?万斯。我愿意给你一切东西,任何东西,只是我想不出有什么是我能够给你的了。什么都没有,只剩下了这番恳求。那我就乞求你吧,万斯,乞求你帮帮他。"

"妈,拜托。别这样。千万别……"

"你看到了我的困境,里克。我不太明白你母亲此刻所指的究竟是什么。她说她想要道歉,可为了什么道歉呢?这一切太宽泛了。我想,海伦,也许我们最好还是踏踏实实地谈谈具体细节。"

"我只是在请你帮助我的儿子,万斯。这还不够具体吗?"

"细节,海伦。比方说,在迈尔斯·马丁家的那一晚。你知道我指的是哪一晚。"

"是的,是的。那一晚我跟他们所有人说,你还没有读过《詹金斯报告》……"

"你的那句话博得了全场的哄堂大笑,拿我作为笑料,海伦。而且你知道自己在干什么。"

"那么,万斯,我为那一晚道歉。我失控了,我一心想要报复。我希望……"

"另一个细节。排序不分先后,我只是随机地想到哪个说哪个。你在那家旅馆里面留给我的那条语音信息。在俄勒冈的波特兰市。你以为那话不伤人吗?"

"非常伤人。那是一条可鄙可憎的信息,我还没有忘记。我……我直到现在还能在脑子里面听到它,它总是在我最意想不到的时刻破门而入。我前一秒还在享受片刻独处的安宁,后一秒呢,瞧瞧我,又一次地在脑子里面抓起电话,给你留下那条信息,只是这回我把信息给改了。我编辑加工了一番,这样那些话就不那么难听了。因为我自己从来没有真的听到过那留言,所以我有时候会感觉,现在弥补还不迟。我忍不住,这就是我的脑子跟我玩的一个小花招,接着那种糟糕透顶的感觉就又来了。相信我,万斯,为了那条信息我已经惩罚过自己许许多多回了。另外你得明白,想当初,我还不知道留了信息以后,怎么在技术上把它删掉……"

"妈,够了。先生?我认为这样做对我妈的身体不太好。她最近状态很不错,可是……"

海伦小姐碰了碰里克的胳膊,让他不要说话。"万斯,我要道歉,"她接着说道,"我要恳求。我要说,我过去待你很坏;如果你愿意,我可以向你发誓,我会惩罚自己,不断地惩罚自己,直到我向你弥补了这一切。"

"妈,我们走吧。这对你的身体没好处。"

"如果你愿意,万斯,我们可以安排个时间再见一次。比方说,再过两年吧,还是在这个地方。然后你就可以核实一番,看看我有没有信守诺言了。你可以把我从头到脚审视一遍,检查我有没有好好地惩罚自己……"

"够了,海伦。要不是因为里克在这里,我很想告诉你我对这话作何感想。"

"先生?我一丁点都不想要您帮我的忙。我现在完全不想参与这一切了。"

"不,里克,你不知道自己在说什么,"海伦小姐说,"别听他的,万斯。"

万斯先生站起身来,嘴里说道:"我得走了。"

"妈,拜托你冷静。这一切并没有那么重要。"

"你不知道你在说什么,里克!万斯,先别走啊!我们不能就这样分别。你以前可喜欢甜甜圈了。你现在就不愿意再来一个吗?"

"我同意里克的看法。这一切对你没有好处,海伦。最好的做法就是我走。里克?我喜欢这些草图,我也喜欢你。照顾好你自己。再见了,海伦。"

万斯先生沿着两排卡座中间的过道走远了,没有回头看我们中的任何一人;接着他便穿过那扇玻璃门,步入了门外的黑暗之中。海伦小姐和里克依然肩并肩坐着,低头看着面前桌子上的那一块空白。这时里克开口道:"克拉拉。上这儿来,和我们一起坐吧。"

"我在想啊。"海伦小姐说。

里克凑近她,一只胳膊揽住了她的肩膀:"你在想什么,妈?"

"我在想,不知道刚才的那一切够不够。不知道那能不能让他满意。"

"老实讲,妈。要是我早知道事情哪怕只是会朝这个方向发展,我也是说什么都不会答应的。"

我溜进了万斯先生腾出的那个位子,但海伦小姐和里克两个人都没有抬眼瞥我。我看着海伦小姐,想着她和万斯先生如何一度坠入爱河,爱得如痴如醉。我不禁寻思,不知当年的海伦小姐和万斯先生对待彼此是否也像如今的乔西和里克这样温柔。也不知将来有一天,乔西和里克会不会也用那样的冷酷彼此相向。我又想起了父亲在车里谈到人心,谈到它是如何的复杂,我又看到了他站在院子里,就站在低垂的太阳面前,他的身形和他傍晚的黑影交织融合成一个细长的形状,与此同时他的手伸向上方,从库廷斯机器的喷嘴上面拧下保护盖,而我则焦急地站在他的身后,手里拿着那只塑料矿泉水瓶,瓶子里面装着那珍贵的溶液。

"刚才发生了什么?"海伦小姐问道,"万斯接下来会怎么做?他会帮忙吗?他本可以至少告诉我们的,不管他如何决定。"

"不好意思,"我开口道,"我不想制造虚无缥缈的希望。但根据我的观察,我相信万斯先生会决定帮助里克的。"

"你真的这么想?"海伦小姐问道,"为什么?"

"也有可能是我弄错了。但我相信万斯先生仍然非常喜欢海伦小姐,因而会决定帮助里克的。"

"哦,你这亲爱的机器人!我真的多么希望你是对的啊。我不知道我刚才还能怎么办。"

"妈,让他见鬼去吧。我横竖都能过得好。"

"他完全不像我原先以为的那样丑。"海伦小姐说着,望向窗外昏黑空旷的街道,"事实上,他根本就不难看呢。我只是希望他刚才能告诉我们的。不管他如何决定。"

* * *

母亲贴着餐馆这一侧的路沿把车靠边停下的时候,一定能清清楚楚地看见我们的卡座。但她只是关了远光灯,人依然坐在车上,也许是想避免打扰我们,即便她能看到万斯先生已经走了。

可是当我们走出餐馆,钻进汽车,开始在夜色中穿梭时,我看出了她正挂虑着被一个人留在友人公寓里的乔西——因而一心想要先开车把我送到那里,再开车送里克和海伦小姐去他们那间尚可的旅馆。我们上车的时候,母亲问过一句:"情况如何?"不过在海伦小姐回了句"不太妙,我们只能走着瞧了"之后,车里就少有人再说话了,每个人都渐渐沉浸在了自己的思绪中。

夜色中的友人公寓更难同它的邻居们区分开来了。母亲领着我走上正确的门阶;从最高的一级台阶上,我回头瞥了一眼等在街灯下的那辆汽车。接着我看到了车里面海伦和里克的身形,不禁猜想,现在只剩下了他俩,不知两人会对彼此说些什么。

友人公寓同我们动身前往卡帕尔迪先生那里时别无二致,只是,当然了,公寓里面现在是一片昏暗。从门厅那里,我能看到主客厅,还有落在沙发上的夜的图案——之前乔西就是坐在这张沙发上面等待父亲的到来。她的那本平装书依然躺在地毯上她刚才撒手让它落地的那处位置,苍白的光照亮了书的一角。

母亲顺着过道伸手一指,轻声对我说:"她应该睡熟了,所以走路轻着点。你有任何担心,打电话给我。我二十分钟就到。"

她返身就要出门,我也不希望耽误里克和海伦小姐返回那间尚可的旅馆,但我还是轻声说了一句:

"现在,也许我们可以有希望了。"

"什么意思?"

"早上太阳归来的时候。也许我们可以抱着希望了。"

"好吧。我猜你这样也挺好,总是那么的乐观。"她伸手去开门,"一盏灯也别开。灯光会惊扰到她,哪怕她在屋里面。"说完这话母亲变得出奇的安静,站在近乎一片黑暗之中,鼻子几乎贴上了门扉。她没有转身,嘴里说道:"乔西和我刚才谈过了。谈话经历了一些奇怪的转折。我猜我俩都累了。如果她醒来的时候对你说什么怪话,你别太放在心上。哦对了,记住一件事。别上门链,不然我进不来。晚安。"

* * *

我小心翼翼地走进次卧室,发现乔西睡得正香。这个房间比家里面的卧室要狭窄,可天花板却更高一些;乔西把百叶帘拉起了一半,因此有各种形状落在衣橱和邻近的墙上。我走到窗前,望着窗外的夜色,想要确认太阳到了早上会走哪条路径,还有这屋子方不方便他朝里面探望。就像这个房间本身,那窗户也又高又窄。窗户外面是两栋大楼的背面,近得让人吃惊,我能分辨出排水管画出的一道道竖直的线条，还有一扇扇千篇一律的窗户，大多空空如也或是遮蔽在百叶帘后面。透过两栋大楼中间的缝隙，我能看到远处的一条街道；看得出来，到了早上，这会是一条繁忙的街道。即便是现在，也有一股稳定的车流在穿越那道间隙。长长的一线夜空高悬在那段街道上方，我判断太阳从那里能够轻而易举地将它的滋养洒进屋里，尽管那只是窄窄的一线。我同样意识到了我千万要保持警觉，一有迹象就立刻要把百叶帘完全升起。

"克拉拉？"乔西在我身后醒了过来，"老妈也回来了？"

"她很快就回来。她只是要开车送里克和海伦小姐回旅馆。"

她似乎又入睡了。但片刻之后，我又听到了床单的动静。

"我绝不会让任何不好的事情发生在你身上。"她的呼吸拉长了，我以为她又睡了过去。这时她却用更加清晰的声音对我说："什么都没有变。"

既然她已经清醒了一些，我也就答话道："母亲和你讨论过什么新想法吗？"

"嗯，我觉得那都不算是个**想法**。我告诉她说，那样的事情是绝对不可能的。"

"我很想知道母亲有过怎样的提议。"

"她难道没有跟你说过吗？没什么大不了的。只是她脑袋里面闪过的一团模糊的东西。"

我寻思着她会不会再接着往下说。这时羽绒被又动了一下。

"她想要……表示一点什么，我猜吧。她说她可以放弃工作，一直陪着我。如果我想要那样的话。她说她可以成为那个永远陪着我的人。她会那样做，如果我真心希望如此的话；她会的，然后放弃她的工作,可我问了句,那克拉拉怎么办?她说,那样我们就不再需要克拉拉了,因为她会一直和我在一起。你能看出来这件事情她根本没有从头到尾想清楚。可她还是不停地问我,好像必须由我来决定似的,所以最后我就跟她说:听着,老妈,这样做行不通的。你不想放弃你的工作,我也不想放弃克拉拉。差不多就是这么一回事。这件事没有可能,老妈也同意了。"

她说完这话,我俩都沉默了一会儿;乔西躲在阴影中,我则继续站在窗前。

"也许,"我终于开口道,"母亲认为,如果她能一直陪着乔西,乔西就不会那么孤独了。"

"谁说我孤独了?"

"如果真的是那样,如果乔西有了母亲的陪伴,真的就不那么孤独了,那我会非常高兴地走开。"

"可是谁说我孤独了?我不孤独。"

"也许所有的人类都是孤独的。至少有孤独的可能。"

"听着,克拉拉,这只是老妈现在的一个乱七八糟的念头。我之前在问她那个肖像的事情,她越说越慌,乱了分寸,于是就提出了这个想法。只是这都不算是个想法,它什么都不是。所以拜托,我们可以忘了这件事情吗?"

她又安静了下来,接着便睡着了。我打定主意,如果她再度醒来,我就要和她说几句话,让她为明天早上可能到来的那一切做好准备,至少要确保她不会做出任何事情来妨碍他带来那特殊的帮助。可是现在,也许是因为有我在房间里陪着她,她的睡眠愈发深沉,最终我离开窗口,站到了衣橱边——从那里,我知道我将能看到太阳归来的第一丝迹象。

* * *

我们坐在和来时相同的位置上。座椅靠背的高度意味着母亲开车的时候,我只能看到她的部分身体,而海伦小姐则几乎完全被遮住了,只有当她从座椅前面投来一瞥,以强调她所说的话时,才会露出头来。一度——我们依然在城市早晨那缓慢的车流中——海伦小姐如此转向我们,嘴里说道:

"不,里基,亲爱的。我不希望你再说他的任何坏话。你根本不认识他,你也不理解。你又怎么理解得了呢?"说完她的脸便扭开了,可她的说话声还在继续:"我想昨晚我自己也说了许多话。可今天早上,我意识到了那些话是多么的不公平。我有什么权利指望他为我做任何事呢?"

这最后一个问题海伦小姐似乎是在问母亲,可母亲的心思好像已经飘到了别处。就在她载着我们通过又一个路口时,母亲嘴里嘀咕着:"保罗并没有那么坏。我想我有时候对他太苛刻了。他不是个坏人。今天我为他感到难过。"

"说来好笑,"海伦小姐说,"可今天早上,我醒来的时候,心里面多了几分希望。我感觉万斯还是很可能会帮忙的。他昨晚情绪挺激动的,可一旦他冷静下来,认真想想,保不准就会打定主意要做个君子了。你瞧,他喜欢维护一种正人君子的自我形象。"

我旁边的里克坐不住了:"我跟你说了,老妈。我不会再跟那个人有任何瓜葛了。你也不该有。"

"海伦,"母亲说道,"再去想这些真的能带给你任何结果吗?一圈又一圈地这样打转?干吗不等等再看呢?干吗要折磨自己呢？你俩都尽力了。"

坐在里克另一侧的乔西这时抓起里克的手，与他十指相交。她给了他一个微笑，笑容中有鼓励，但同时，我觉得，也有一丝哀伤。里克还以微笑，我不禁猜想，他们是不是仅凭目光就能交流私密的讯息。

我扭过头去，面向我这一侧的车窗，把我的额头靠上玻璃。方才，从黎明初现端倪开始，我就一直在观察和等待。但尽管太阳初升的光芒透过两栋大楼的间隙，径直射进了次卧室，我却一刻也不曾将那误当成他特殊的滋养。我当然没有忘记自己应当一如既往地心存感激，却也无法将失望从头脑中驱散。接下来，在那顿提前安排的早餐全程中，还有在打包行李的过程中，甚至在母亲通过友人公寓安检口的时候，我还在继续地观察和等待。而此刻，就在我们经过那两栋高楼的时候，我向前探着身子，目光越过里克和乔西，看到了早晨尚在高升的太阳，在高楼的间隙中蓦然闪现。这时我又想起了父亲，想起他如何关上同一辆汽车的车门，目光越过我，望向院子和那台库廷斯机器，嘴里说道："别担心，我听见了。那嘶嘶的小声响。那信号错不了的。那头怪兽再也爬不起来了。"接着，片刻之后，他的脸赫然浮现在了我的面前，他的声音在问我："你还好吗？你看得到我的手指吗？看到了几根？"这时，纠缠了我一个早上的那种焦虑再度席卷而来：太阳也许不会遵守他在麦克贝恩先生的谷仓里许下的诺言了。

"听着，里克，"母亲说，"无论昨晚发生了什么，你的成果——你的作品——都得到了认可。你得从这一点中得到鼓舞。这下你更有理由相信自己了。"

"老妈，拜托，"乔西说，"里克现在不需要说教。"虽然大人们看不到，但她握里克的那只手握得更紧了，接着她又给了他一个微笑。他也用目光回应她，然后说道：

"感谢您这么说，阿瑟太太。您一直对我很好。谢谢您。"

"说不准的，"海伦小姐说，"万斯这个人说不准的。"

我注意到那栋高楼已经有一会儿工夫了，此刻它距离我这一侧正越来越近。它和RPO大楼有一些共同点，但要说有什么不同的话，那就是它比后者还要更高；又因为车流这时明显放缓，我得以细细地审视它一番。太阳将光线打在它的正立面上，高楼的一截因而变得就像是太阳的镜子，反射出一片耀眼的晨光。大楼的许多扇窗户被排成了行列，横排和竖列，但得到的结果却是混乱无序——那些行列常常排得歪歪扭扭，有时甚至会彼此交叉。在有些窗户里面，我看到办公室工人们在窗前走动，有时会一直走到玻璃跟前，低头望着下面的街道出神。但许多窗户我根本就很难看清，因为一片灰雾正从窗外飘过；紧接着，就在母亲把车又往前挪了一小截的时候，透过旁边几辆车的间隙，我看到了那台机器，端坐在它自己的地盘上，维修人的路障保护着它，不为迎面而来的车流所伤。从它的三根烟囱里，那机器正喷吐着污染，而它名字的起首——"C—O—O"那三个字母——就印在它的机身上。即便是在我感到失望之情席卷脑海的同时，我依然能够看出，这并非父亲和我在院子里摧毁的那台机器。它的机身呈现出另一种色度的黄色，而且它的尺寸略大一些——而它制造污染的能力比起第一台库廷斯机器更是有过之而无不及。

"现在你就等等看吧，海伦，"母亲说，"也许里克总归还会有其他选择的。"我们将那台新库廷斯机器甩在了身后，灰色的污染雾从挡风玻璃前飘过；母亲注意到了这一点，低声咕哝了一句："瞧瞧这个。他们这么干就不怕惹麻烦吗？"

"可就算有，老妈，"乔西说，"那样的大学你会让我去吗？"

"我不明白你跟里克为什么非得去同一所大学，"母亲说，"你俩这是怎么啦？这就成亲了？年轻人就要天南海北地跑，这不妨碍他们依然保持联系。"

"老妈，我们非得要现在说这些吗？里克真的不想要听这个。"

我回过头去，透过后挡风玻璃望向身后。那栋高楼依然可见，可新库廷斯机器已经被其他车辆遮住了。我现在知道了为什么太阳没有行动；有那么一刻，我也许是放松了自己，现出了垂头丧气的模样。乔西从她的座位里面向前探出身子，眼睛看着我。

"瞧，老妈，"她说，"你把克拉拉也弄得不高兴了。她已经够不高兴的了，毕竟她的老东家搬走了。我们现在需要说些开心的话。"

第五部

我们从城里归来的十一天后，乔西开始没有力气了。起初这个阶段似乎并不比她之前经历过的状况更糟，但很快新的迹象接踵而来，譬如奇怪的呼吸声，还有她早晨的似醒非醒状态——眼睛睁着，但眼神空洞。这种时候我要是和她说话，她不会回应。母亲开始每天清晨都上楼来卧室了。要是赶上乔西处于那样的似醒非醒状态，母亲就会站在床前，压低了嗓子一遍遍地重复着："乔西，乔西，乔西。"仿佛那是她正在努力背诵的一首歌谣里的某句歌词。

有些时候乔西的状态比较好，可以坐在床上说说话，甚至用她的矩形板上家教课，但还有些时候她只是一个钟头接一个钟头地睡觉。赖安大夫开始每天来访，他的脸上也不再有微笑了。母亲早上出门上班的时间一天比一天晚，她和赖安大夫会在大开间里拉上滑门，一次次地长谈。

刚从城里回来的那段时日，乔西的情况尚好，于是我们商定，我会帮助里克学习，因此这段时期他时常到家里来。但随着乔西每况愈下，他对于上课失去了兴趣，开始老在门厅里徘徊，等着母亲或是梅拉尼娅管家喊他去楼上的卧室。可即便等到了这种机会，他也只许在屋里靠近门口的地方站上几分钟，看着乔西昏睡的身影。有一回，就在他如此望着床头的时候，乔西睁开眼睛，露出了微笑。

"嘿，里克。不好意思。今天太累了，没法儿画画。"

"没关系。你只管休息,总会好起来的。"

"你的鸟儿怎么样了,里克?"

"我的鸟儿很好,乔西。它们大有长进。"

在乔西的眼睛再度阖上之前,他们只来得及说上这几句话。

在那之后,里克看上去十分沮丧,于是我陪着他走下楼梯,出了正门。接着我们并肩站在门外的碎石地上,望着灰蒙蒙的天空。我能看出他还有话要说,但也许是因为意识到了卧室里面听得见我俩说话,他一直沉默不语,只是用运动鞋的鞋尖戳着地上的碎石。于是我问道:"里克也许不介意陪我走上一小会儿吧?"然后指那扇画框门。

当我们踏上第一片田野的时候,我看到,比起我们穿越草地去到麦克贝恩先生的谷仓的那个傍晚,草的颜色变黄了。我们沿着那条踩出来的小径的开头一段慢慢地走着,时而有风分开草丛,让我得以一瞥远处里克家的房子。

我们来到一处地方,小径到了这里豁然开朗,像是变出了一个户外的房间,这时里克停下脚步,转身面向我,草丛在我们四周沙沙作响。

"乔西的情况以前从没有这么糟糕过,"他说道,低头看着地面,"之前你一直说我们有了心怀希望的理由。你一直这么说,就好像你有一个**特别**的理由似的。所以你也让我心怀希望了。"

"对不起。也许里克生气了。事实是,我也失望了。即便如此,我还是相信我们有理由怀着希望。"

"得了吧,克拉拉。她的情况一天比一天糟。瞧瞧医生,瞧瞧阿瑟太太——你看得出来的。他们差不多已经放弃希望了。"

"即便如此,我相信我们依然有希望。我相信帮助会来自一个大人们都还没有想到的地方。但我们现在必须赶快行动起来。"

"我不知道你在这里说些什么，克拉拉。我猜又是那桩你不能跟任何人透露的大买卖。"

"老实说，自打我们从城里回来以后，我就一直不太有把握。我等待着，犹豫着，希望那帮助终究还是会到来。可是现在，我相信，正确的做法只能是让我回去做出解释了。如果我能做出一番特别的恳求……但我不能再多说这件事了。我需要里克再相信我一次。我需要再去一次麦克贝恩先生的谷仓。"

"所以你想要我再背你一回？"

"我必须尽快动身。如果里克不能带我去，那我就试着自己去。"

"嘿，等等。我当然愿意帮忙。我看不出这样做能帮乔西什么忙，但如果你说有用，那我当然愿意帮忙。"

"谢谢你！那我们必须立刻出发，就在今天傍晚。就像上次一样，我们必须正赶在太阳下山，去往他的休憩之所的时候抵达那里。今晚七点十五分，里克一定要在这里等我，就在这个地方。你愿意这样做吗？"

"我百分百愿意。"

"谢谢你。还有一件事。等到我抵达谷仓的时候，我当然会认错道歉。这是我的错，我低估了我的任务。但我手里还得有另一样东西，一样可以帮助我提出吁求的额外的东西。这就是为什么我现在必须问里克一个问题，哪怕这样做或许是在窥探隐私。你必须告诉我，里克和乔西之间的爱是不是发自内心，是不是一场恒久的真爱。我必须知道这一点。因为如果答案是肯定的，那我就有了一样可以用来谈判的东西，无论之前在城里面发生了什么事。所以请你认真思考一下,里克,再告诉我真相。"

"我不需要思考。乔西和我一起长大,我们是彼此的一部分。而且我们还有我们的计划。所以,我们的爱当然是发自内心,直到永远的。至于谁接受过提升,谁没有接受,这对我们没有任何影响。这就是你要的答案,克拉拉,也是唯一的答案。"

"谢谢你。现在我有了一样非常特别的东西。所以拜托,别忘了。七点十五分在这里和我再次会合。就在我们现在站着的这个地方。"

* * *

现在我渐渐习惯了骑在里克的背上,便可以时常伸出那只空着的手来,帮他拨开草丛了。草叶不但比我们上次来的时候更黄,而且也更加柔软易弯;就连那一群群拂面的黄昏虫也在我们从中穿过的时候友好地在我眼前分开了。这一回,田野始终没有出现割裂;当第三扇画框门被我们抛在身后的时候,前方麦克贝恩先生的谷仓便一览无余地出现在了我的眼前,还有谷仓上方的一片宽广的橘黄色天空——太阳此时已经接近屋顶那个三角形的顶端了。

等到我们进入了那片修剪过的矮草地,我便请里克停下脚步,将我放下。然后,就在他和我站在那里,看着太阳越沉越低的时候,谷仓的阴影,就像上回一样,越过那片有着迂回曲折的图案的草地,向着我们延伸而来。而就在太阳落到了谷仓屋顶构架后面的那一刻,我忽然想起了一件非常重要的事情:千万要避免任何不必要的打扰,于是请求里克留我一个人在这里。

"那里面有什么名堂啊?"他问道,但不等我做出任何回应,他先友好地拍了拍我的肩膀,说了一句:"我等你。还在上回的老地方。"

说完他便走了,只留下我一个人站在那里,等待着太阳在屋顶之下再度现身,透过谷仓向我投来他最后的光芒。这时我想到的不仅是太阳或许正因为我在城里的失败而生我的气,还有这很可能是我向他祈求特殊帮助的最后一次机会了——我还想到假如我失败了,那对乔西会意味着什么。恐惧钻进了我的头脑,但紧接着我又想起了他莫大的仁慈,于是我不再犹豫,迈步向着麦克贝恩先生的谷仓走去。

* * *

同上次一样,谷仓里充斥着橘黄色的光芒,起初我很难看清周遭的环境。但很快我分辨出了堆在我左手边的那一垛垛干草;看得出来,它们堆成的这堵矮墙比上次更矮了。太阳的光束又一次捕捉到了那些干草的颗粒,但它们不再像之前那样柔和地飘浮在半空中,而是不安地躁动着,仿佛是有一个草垛一头砸在了硬木地板上,摔得分崩离析。而当我抬手去摸这些躁动的颗粒时,我注意到了我的手指如何投下长长的阴影,一直延伸到谷仓的入口。

干草垛的后面才是谷仓真正的墙壁,我很高兴地看到我们原来店里的红架子依然钉在墙上,虽说今晚它们有些歪歪扭扭的,明显向着建筑的背面偏斜。那些陶瓷咖啡杯保持了它们井然有序的队形,但混乱的迹象依然存在:譬如说,咖啡杯后面,就在同一层架子上，我看到的一样物品毫无疑问是梅拉尼娅管家的食品搅拌机。

我想起了上一回我在这里等待太阳的时候，坐在了一把折叠金属椅上，于是转向谷仓的另一侧，希望不仅能看到那把椅子，还能看到我们商店的前区壁龛——说不定还有一个 AF 骄傲地站在里面。而我实际上看到的却是太阳的一道道光束从我的眼前掠过，划出一道近乎水平的轨迹，从背面的入口直射向正面的入口。那就像是我在一条繁忙的街道上看着经过的车流，而当我勉力将目光投向更远处的那一侧谷仓时，我发现那里已经被分割成了许许多多个大小不一的方格。过了几秒钟，我才看到了那把金属折叠椅——或者不如说是它的各个部分，被划在了几个不同的方格中——我想起了上回它曾经带给过我莫大的安慰，于是迈步向着它走去。但我刚一踏入太阳的光束，便立刻想到了一件事：如果我希望在太阳再度上路前吸引他的注意力，那我必须得立刻行动。于是，就在我站在那里，沐浴在那耀眼的光芒中的同时，我已经开始在脑海里组织起了字句。

"您一定是很累了，非常抱歉我还要打扰您。您一定记得，之前夏天的时候我来过这里一回，当时您非常仁慈地给了我几分钟的时间。现在，我大胆地在这个傍晚又回到这里，还是想讨论那件非常重要的事情。"

这些字句甫一成形，那一日乔西办父流聚会的记忆便钻进了我的脑海，我想起了那个愤怒的母亲一面大步闯进大开间，一面怒吼着："丹尼说得对！你根本就不该来这里！"几乎是在同时，我在我右侧的一个方格里面看到了愤怒的卡通文字，很像是我进城的时候透过车窗在一栋建筑的表面看到过的那种。尽管如此，我还是让更多半成形的字句从脑海中飞快地闪过。

"我知道我无权如此这般来到这里。我也知道太阳一定在生我的气。我让他失望了,完全没能阻止污染。事实上,我现在看清了自己有多愚蠢,竟然没有考虑到会有第二台可怕的机器让污染毫无停顿地得以继续。但太阳那天也在院子里看着,所以他一定知道我多么努力地尝试过了,又做出了怎样的牺牲——对此我心甘情愿,哪怕我现在的能力也许已经大不如前了。您一定也看到了父亲同样伸出援手,尽了全力,即便他对于太阳仁慈的约定一无所知——因为他看到了我的希望,从而选择了信任。我先前低估了我的任务,对此我要真诚地道歉。那是我的错,不是别人的;虽然太阳有权生我的气,我还是要请求他接受一件事,那就是乔西本人是完全无辜的。同父亲一样,她那时全然不知我和太阳的约定,如今也依然不知情。而现在,她正一天天地衰弱下去。今晚我如此这般来到这里,是因为我不曾忘记太阳是多么仁慈。要是他愿意对乔西展露他那伟大的怜悯,就像他那天对待乞丐人和他的狗一样——要是他愿意为乔西送上她如此急需的那份特殊的滋养……"

就在这些字句从我的脑海中闪过时,我想起了去摩根瀑布的上山路上的那头可怕的公牛,想起了它那对牛角和那双冷眼,还有我在那一刻的感觉,仿佛是有人犯下了一个大错,竟然允许这样一头满腔怒火的生物不受拘束地站在洒满阳光的草地上。我听到了母亲的声音在怒吼,就在我身后的小径上——"不行,保罗,现在不行,这辆该死的车里面也不行!"——看到了那个孤独的女人独自坐在万斯先生的小餐馆里,额头紧贴着窗户,向着外面黑暗的街道,就连餐馆经理都没有注意到她;这时我忽然想到，那个女人真的非常像罗莎。但我意识到了自己在这个时候绝不能分神，太阳随时都有可能离开，于是我让更多的思绪从脑海中疾驰而过，不再将它们组织成正规的字句。

"我不介意损失了宝贵的液体。我情愿献出更多，献出全部，只要那意味着您会给乔西提供特殊的帮助。如您所知，自打我上回来过这里后，我又发现了另一种拯救乔西的办法；如果那就是留给我们的唯一出路，我一定会尽我的全力。但我尚不确定这另一种办法能够奏效，无论我多么努力地去尝试，所以现在我心底里的愿望就是太阳会再度展露他伟大的仁慈。"

我在穿越太阳的光束时伸出的那只手此刻接触到了一样坚硬的东西，我意识到我手中抓着的正是金属折叠椅的框架。能够再度找到它，我感到十分欣喜，但我并没有在椅子上坐下，以免显得失礼，只是双手抓住椅背，在椅子后面稳稳站住。

从谷仓背面射来的太阳的光芒此刻耀眼得让人无法直面，因此尽管这样做看上去或许有些粗鲁，我还是将目光再度转向右侧的那些飘浮不定的形状，也许是希望瞥见坐在那个孤零零的餐馆卡座里的罗莎。但是现在太阳的图案落在了前区壁龛里，暂时照亮了它，因此我看清了那里面并没有 AF，只有钉在墙上的一张椭圆形的大幅相片。出现在相片里的是明媚阳光下的一片绿色的田野，田野上是星星点点的羊群，而在前景中，我认出了我坐母亲的车从摩根瀑布归来的路上，透过车窗看到的那四只特殊的绵羊。它们看上去比我记忆中的样子还要温柔，排成整齐的一行，低头享用着青草。那一日，这些生物让我充满了喜悦，帮助我抹去了对那头可怕的公牛的回忆；如今再次见到它们，我依然十分高兴，哪怕只是在这张椭圆形的相片中。但有一个地方不太对劲：尽管那四只绵羊排成了一行,一如我那天在车里看到的队形,此刻它们却奇怪地悬空着,仿佛它们脚下所踏的不是地面。因此,就在它们伸长脖子低头吃草的时候,它们的嘴却碰不到草叶,从而给那天是如此快乐的这几只生物增添了一抹悲哀的神色。

"请您先不要走,"我说道,"请再多给我片刻时间。我知道我进城以后没能做到我答应过您的那件事,所以我无权再向您提更多的请求。但我想起了咖啡杯女士和雨衣男人重新找到彼此的那一日,您是多么的欣喜。您的欢喜之情溢于言表,真的是喜不自禁。所以我知道您有多么地看重彼此相爱的人能够重聚这件事,哪怕是在他们分别多年以后。我知道太阳总会祝福他们,甚至有可能会帮助他们找到彼此。那就请您考虑一下乔西和里克吧。他俩都还非常年轻。如果乔西现在离世,两人便将就此永别。要是您能够赐予她特殊的滋养,就像我那天见到您拯救乞丐人和他的狗那样,乔西和里克就能携手走进成年后的人生,正如他们在那幅善意的画中希冀的那般。我本人可以作证担保,他们的爱牢固而持久,一如咖啡杯女士和雨衣男人的爱。"

这时我注意到,就在壁龛前方几步之遥的地方,一样小小的三角形物体被落在了地上。我一时间还以为那是餐馆经理展示在他那透明式柜台中的一片有尖角的馅饼。我又想起了万斯先生那冷酷的声音,听到他在说:"如果你不是想走后门,那为什么我现在会坐在你的面前呢?"接着是海伦小姐语速飞快地说:"我们**就是**在请他开个后门,这是当然的。"直到这时我才意识到,地上的那个三角形物体不是一片馅饼,而是乔西的那本平装书的一角,就是她在友人公寓里等待父亲时从沙发上撒手掉落的那一本。事实上,那根本就不是三角形,只是给人以那样的错觉,因

283

为只有那一角从阴影中伸了出来。而在前区壁龛的左边,一个个方格飘浮不定,彼此重叠,像是被晚风吹拂着一般。我在其中几格里看到了明亮的色彩在闪烁,注意到了包含其间的——哪怕只是在背景中——正是我在商店的新橱窗中瞥见的那个彩瓶展柜。反差强烈的色彩照亮了那些瓶子;而在某几格中,我还看到了那块写着"嵌入式照明"几个字的招牌的局部。这下我明白了自己的时间所剩无几,于是赶快接着往下说道:

"我知道走后门是不可取的。但假如太阳打算破例,那么最应该得到破例照顾的当然是那些会一生一世彼此相爱的年轻人。也许太阳会问:'谁又能说得准呢?孩子们懂什么真爱呢?'但我一直在仔细地观察他俩,我确信这爱是真的。他俩是一起长大的,两个人早已成为了彼此的一部分。这是里克今天刚刚亲口告诉我的。我知道我在城里的努力失败了,但我请求您再一次展现您的仁慈,将您那特殊的帮助赐予乔西。明天,也许是后天,请您看一眼屋里的她,给与她您曾经给过乞丐人的那种滋养。这就是我对您的请求,哪怕这样做或许是在走后门,而我之前的使命也失败了。"

太阳那傍晚的光芒开始消逝,留给谷仓的是黑夜的先兆。尽管我一直努力保持着面向背面的开口——他的光正是透过这里射进谷仓的——就在方才,我还是注意到了身后还有一个独立的光源,就在我的右肩后方。我起初以为那是彩瓶展柜的进一步显现,但随着太阳本身的光芒在谷仓中持续减弱,这新的光源变得越来越难以忽视了。此时我转过身去,看向这光源,却惊讶地发现太阳他根本就没有离去,而是径直来到了麦克贝恩先生的谷仓里面,安坐在了前区壁龛和谷仓的正面开口中间,几乎和地面平齐。这一发现是如此出人意料——而太阳在那下方角落里的存在又是如此令人目眩———时间我差点晕头转向。接着我的视力重新调整了过来，我随即意识到了太阳并非真的在这谷仓里，而是某种有镜面的东西碰巧被人落在了那里；此时，就在这太阳下山的最后时刻，它捕捉到的正是太阳的镜像。换句话说，某样东西正在为太阳照镜子，很像是某些时候的 RPO 大楼或其他大楼的窗玻璃。就在我走向那块镜面的时候，它的光芒变得不再那么刺眼，尽管它依然在周遭的重重阴影当中熠熠生辉，一片橘黄。

只有当我站到它跟前时，那个镜面物体的本质才水落石出。麦克贝恩先生——或是他的某位朋友——在这个位置靠墙摆放了几面长方形的玻璃，一面叠着另一面。也许麦克贝恩先生终于打算对那两面缺失的墙壁采取点行动了，或许是想开几扇窗户。无论如何，在那几个玻璃长方形里面——我判断总共有七个，近乎竖直地支在那里——我看到的镜像正是太阳傍晚的面庞。我又走近了一步，几乎是大声说出了这几个字。

"请向乔西展现您特殊的仁慈。"

我凝视着那几面玻璃。太阳的镜像，尽管依然是一片鲜亮的橙黄，却不再令人目眩；随着我愈发细心地审视嵌在最外面的那个长方形边框中的太阳的面庞，我开始认识到我所看到的并非只有一个画面；事实上，每一面玻璃上面都有一个不同版本的太阳的面庞，而我起初以为的那统一的影像其实是七张不同的面庞，随着我的目光穿透了每一面玻璃而层层叠加，从第一面直至最后一面。尽管最外面那层玻璃中的面庞严峻而冷漠，紧随其后的一张——要说有什么不同的话——甚至更加的不友善，再往后的两张却变得和蔼柔和了。在那之后还有三层玻璃，尽管它们因为相对靠后的缘故让人很难看出个究竟，我还是不禁要揣测，这三张面孔应该有着更加幽默和善的表情。无论如何，无论每一面玻璃上的影像有何特性，当我将它们作为一个整体看待时，它们所呈现出的效果却是一整张面庞，但有着许多的轮廓和情感。

我继续专注地凝视着那几面玻璃，接着太阳所有的面庞开始一齐从镜中消逝，麦克贝恩先生的谷仓里的光线也暗淡了下去，就连乔西那本好像三角形的平装书——或是那几只伸长了脖子，低头吃草却怎么也吃不着的绵羊——都从我的眼中消失了。我说道："谢谢您再次接待我。很抱歉我没能做到我答应过您的那件事。请您考虑一下我的请求。"但即便是在我自己的头脑中，我的这几句话也说得很轻，因为我知道太阳已经离去了。

* * *

随后的几天里，赖安大夫和母亲时常在大开间里争论着乔西应不应该去医院；尽管两人的声音激烈冲撞——我能透过滑门听到他们说话——最终他们似乎总是会达成共识：那样的地方只会让乔西更遭罪。尽管如此，每次赖安大夫来的时候，他们还是要去大开间，这样的争论还是要从头再来一遍。

里克每天都来，在母亲和梅拉尼娅管家休息的时候接一下班，坐在卧室里面照看乔西。到了这个时候，两个大人都已经不再遵守正常的作息时间，只有在困得支撑不住的时候才去睡上一会儿。尽管大家很是看重我的在场，但出于某种原因，却又认为仅有我在是不够的，虽说母亲知道，我很有可能会比任何人都更早发现危险的迹象。无论如何，随着日子一天天过去，母亲和梅拉尼娅管家都筋疲力尽,她们的每一个动作无不透露出这一点来。

然后,就在我第二次拜访麦克贝恩先生的谷仓的六天之后,天色在早餐过后变得出奇地阴沉。我说的是"早餐过后",尽管到了这时,家里的一切常规都已被彻底打破,无论是早餐,还是其他的任何一顿餐食,都已不再遵守平常的时间安排。那天早上,天空的阴沉更是加重了这种迷惘的感觉,只有难得的几件事情在提醒着我们现在还没到晚上,里克的到来就是其中之一。

随着上午的推进,天空变得愈发阴沉,云层越来越厚,接着狂风也大作起来。一个松脱的建筑部件开始砰砰敲打房子的背面;我从卧室的前窗朝外望去,看到公路上坡处的那些树木都弯着腰在风中摇曳。

但乔西还在睡着,对一切都一无所知,呼吸声又浅又快。那个阴沉的上午过了一半,就在里克和我一起在房里看顾乔西时,梅拉尼娅管家出现了,眼睛疲惫地半闭着,嘴里却说着该轮到她来接班了。我看着里克先我一步走下楼梯,肩膀上扛着沉沉的悲伤,在最下面的一级台阶上坐下。我决定现在最好是给他一点独处的时间,于是走过他的身边,走进门厅;就在这时,母亲从大开间里出来了。她身上还披着那件她已经穿了一晚上的黑色晨衣,大步从我身边走过,好像是急着要喝她的咖啡,她脖颈的脆弱在单薄的晨衣中显露无遗。可就在厨房门口,她却转过身来,察觉到了坐在楼梯底下的里克,于是紧盯着他。里克过了片刻才意识到母亲在看他,而他对此的回应则是一个充满勇气的微笑。

"阿瑟太太,你还好吗?"

母亲还在紧盯着他。接着她说了一句:"上这里来。"然后便消失在了厨房里面。里克起身的时候,向我投来困惑的一瞥。

尽管母亲并没有邀请我,我还是认为我最好是跟在他的后面。

因为窗外阴沉的天空,厨房像是变了个样。母亲没有开灯;我们进来的时候,她正透过屋里的大窗户望向她平时上班会走的那条公路。里克犹疑不决地在中岛边上止住了脚步,而我自己也在冰箱旁站定,以免打扰他们。从这个位置,我能看见对面的大窗户;接着,我的视线越过母亲的身影,看到了那条向着远方不断攀升的高速公路,还有那几棵摇曳的树木。

"我想问你一件事,"母亲说,"你不介意,对吗,里克?"

"尽管问吧,阿瑟太太。"

"我刚才在想啊,此时此刻你会不会感觉自己是赢家。感觉自己或许笑到了最后。"

"我不明白,阿瑟太太。"

"我一向待你还不错,对吧,里克?我希望是这样。"

"那是当然的。您对我一直都非常好。还是我妈妈的一位好朋友。"

"所以我现在要问你一件事。我问你,里克,你是不是感觉自己是最终的赢家?乔西赌了一回。好吧,是我替她掷的骰子,可那个最终面对成败的人永远都是她,而不是我。她下了大注,而如果赖安大夫没弄错的话,她也许很快就要输了。可你,里克,你就没有冒险。所以这就是为什么我现在要来问你。你此时此刻的感觉如何?你真的感觉自己是赢家吗?"

母亲说这些话的时候,眼睛一直凝望着阴沉的天空,但这时她却转过身来,面对着里克。

"因为如果你感觉自己是赢家,里克,那我就希望你思考一下我下面要说的话。首先:你认为自己在这件事情中究竟赢了什么？我之所以这么问，是因为乔西身上的一切——从我第一次将她抱进怀里的那一刻起——她身上的一切都在告诉我，她是一个对生活充满渴求的人。整个世界都让她兴奋。这就是为什么从一开始我就知道，我不能剥夺她的这个机会。她要求的是一个对得起她这般活力的未来。我说她下了大注，说的就是这个意思。那么你呢，里克？你真的以为你有那么聪明？你真的相信你俩当中，你才是最终的那个赢家？因为如果你确实这么以为的话，那就请你问自己一个问题。你到底赢了什么？看看吧。看看你自己的未来。"她冲着窗户挥了挥手，"你下了小注，所以你赢得的收益也又少又可怜。你也许现在感觉很是得意。可我要在这里告诉你，你没有理由得意。完全没有理由。"

母亲说话的过程中，里克脸上的某种东西被点燃了，某种危险的东西；最终他的面孔看上去很像是那天他在交流聚会上的样子——当时他正是拿出这样一副面孔，挑战那几个想要把我扔到房间那头去的男孩。这时他向母亲走近了一步，突然间她似乎也感觉到了紧张。

"阿瑟太太，"里克说，"最近我过来的这几回，乔西十次有九次都不太舒服，说不了话。但上周四她却精神了一天，而我就挨着她的床头坐着，不想放过她说的每一个字。她和我说的是，她想要让我带一个口信。一个给你的口信，阿瑟太太，但她还没准备好马上就让你听。我的意思是，她请我替她留着这个口信，直到合适的时机到来。嗯，我想或许现在就是合适的时机了。"

母亲的眼睛睁大了，眼里满是恐惧，但她什么也没有说。

"乔西的口信，"里克接着往下说道，"大概是这样的。她说，不管现在发生了什么，无论事情最后的结果如何，她都爱你，永远爱你。她非常感谢你能做她的母亲,她也从来没有想过要换一个母亲,一次都没有。她就是这么说的。她还说了些别的。关于这个接受提升的问题。她想要你知道,她不想要任何别的选择。假如她有能力从头来过,这回由她说了算,她说她会和你做出完全一样的选择,你永远都会是她所能拥有的最好的母亲。就是这些了。我刚才也说了,她想要我一直等到合适的时机再传这个口信。所以我要现在告诉你这个,阿瑟太太——希望我的判断是正确的。"

母亲面无表情地瞪着里克,但就在他说话的时候,我透过她身后的大窗户看到了一件事情——一件或许是非常重要的事情;而现在,趁着里克停顿的机会,我举起了一只手。母亲没有理我,两眼依然瞪着里克。

"这口信不简单。"她终于说道。

"不好意思。"我说。

"天啊,"母亲说着,然后轻叹了一口气,"这口信不简单。"

"不好意思!"这次我几乎大叫起来,母亲和里克全都朝我这边扭过头来。"抱歉打扰了。但外面有事情正在发生。太阳要出来了!"

母亲瞥了一眼大窗户,接着又回头看着我:"当然咯。那又怎样?你这是怎么啦,宝贝?"

"我们必须上楼。我们必须立刻上楼去乔西身边!"

母亲和里克一直在用困惑的神情看着我,但当我说出这句话时,他们露出了惊恐的神色;就在我朝着门厅转过身去的同时,两人全都从我身边飞奔而过,一时间我发现自己竟然跟在了他们后面,紧赶慢赶地冲上楼梯。

也许他们并不明白我方才为什么那样大呼小叫，可能是以为乔西突然有了危险。因此，当他们冲进卧室，看到她还和之前一样熟睡着，呼吸也还均匀的时候，一定是松了一口气。她用她惯常的睡姿侧卧在那里，她的大半张脸都被落在脸上的头发所遮掩。乔西本身没有任何出人意料的地方，但屋子里面就是另一番光景了。太阳的图案以异乎寻常的强度落在墙壁、地板和天花板的各个位置——衣柜上方是一个深橘黄色的三角形，贯穿纽扣沙发的是一道明亮的弧线，地毯上的是几根璀璨的长条。但躺在床上的乔西本人却依然处在阴影之中，同房间里别的许多区域一样。接着，那些阴影动了起来，这时我意识到了——随着我视力的调整——它们全都来自梅拉尼娅管家，来自她那站在前窗边上，拽着百叶帘和窗帘的身影。百叶帘已经完全放下了，她还要拉起窗帘，在那外面形成第二层屏障，但锐利的光芒不知怎的还是渗透了边边角角，构造出房间里的各种形状。

"该死的太阳！"梅拉尼娅管家大叫着，"走开，该死的太阳！"

"不，不！"我赶忙走到梅拉尼娅管家跟前，"我们必须拉开这些，拉开一切！我们必须让太阳尽他的全力！"

我试图从她手中拿走窗帘的布料，尽管她一开始不肯放手，最终却还是让步了，一脸惊诧的神色。这时，里克已经来到了我的身边，似乎凭着直觉做出了一个判断，于是他也伸出手来，帮忙升起百叶帘，拉开窗帘。

太阳的滋养随即涌入房间，如此的充沛饱满，里克和我都摇摇晃晃地向后退去，几乎要失去平衡。梅拉尼娅管家双手遮着脸，嘴里又说了一遍："该死的太阳！"但她没再试图遮挡他的滋养。

我从窗口退了回去,但此前我已经注意到了窗外的风猛烈依旧,不但那些树木依然在风中摇摆,更有许多有小小的漏斗与金字塔形状——每一个看上去都像是用尖头铅笔的线条画出来的一样——被这大风飞快地吹过天空。然而太阳已经冲破了乌云,突然间——仿佛屋里的每一个人都收到了一条秘密的讯息——我们全都转过身去,看向乔西。

太阳用一个耀眼的橘黄色半圆形照亮了她,还有那整张床;母亲离床最近,不得不举起双手挡在面前。不知怎的,里克这时似乎已经猜到了眼前正在发生着什么,但真正吸引我关注的却是看到母亲和梅拉尼娅管家似乎也领悟到了这件事情的本质。于是,接下来的那几分钟,我们全都一动不动地站在原地,看着太阳愈发明亮地在乔西身上聚焦。我们看着,等待着,哪怕那橘黄色的半圆形一度看似要被点燃,我们也全都没有干预。这时乔西动弹了一下,眼睛眯缝着,一只手举到了半空中。

"嘿。这光到底是怎么一回事啊?"她说道。

太阳继续毫不松懈地照耀着她,她挪动着身子,直到自己仰面朝上,靠着枕头和床头板的支撑坐了起来。

"这是怎么啦?"

"你感觉怎么样,宝贝?"母亲低声问道,两眼紧盯着乔西,似乎忧心忡忡。

乔西重重地往身后的枕头上面一倒,直到她的眼睛几乎正对着头顶的天花板。但她驾驭身体的动作当中显然多了一股新的气力。

"嘿,"她说,"百叶帘是卡住了还是怎么着?"

那一块松脱的房屋构件还在什么地方砰砰敲着,等到我再度瞥向窗外时,黑暗的色调又开始在天空上铺开了。接着,就在我们的眼前,太阳的图案从乔西身上渐渐消逝,直到她躺在了一个阴云密布的早晨的一片灰蒙之中。

"乔西?"母亲说,"你感觉怎么样?"

乔西用疲惫的神情看了她一眼,又挪动着身子,好更好地面对我们。母亲看到了这一点,于是凑上前去,也许是想要让乔西重新躺下。但就在她触及乔西的同时,她似乎改了主意,转而开始帮助乔西寻找一个更舒适的坐姿。

"你看上去好些了,宝贝。"母亲说。

"我说,这是怎么一回事啊?"乔西问道,"为什么所有人都在这里?你们全都在瞪什么呀?"

"嘿,乔西,"里克突然说话了,声音中满是激动,"你看上去真是一团糟。"

"谢谢。你自己看上去也不赖。"说完她又添了一句:"不过,知道吗,我确实感觉好些了。就是头有点晕晕的。"

"可以了,"母亲说,"先别着急。你想不想喝点什么?"

"可以来杯水吗?"

"好的,咱们先不要高兴得太早,"母亲说,"我们得一步一步地来。"

第六部

事实证明,太阳特殊的滋养对于乔西就像对于乞丐人一样有效;那个天色阴沉的早晨过后,她不但变得有力气了,还从一个孩子变成了一个成人。

四季更替,岁月流逝,麦克贝恩先生的载具将三片田地里的高草全部刈倒,只留下了一片淡棕的色彩。谷仓现在看上去愈发的高大,轮廓也愈发的鲜明,但麦克贝恩先生始终没有为它筑起更多的墙壁;在那些清朗无云的傍晚,在太阳去往他的休憩之所时,我依然能够在他没入地下之前,看到他沉向谷仓的背面。

乔西在她的家教课上下了苦功,围绕着她要上哪所大学的问题爆发了许多的争论。乔西和母亲在这件事情上各持己见,但阿特拉斯·布鲁金斯——现在里克不再想要去那里了——却很少被提及。父亲似乎既不同意乔西,也不同意母亲的看法,甚至一度还在家中现了身,为的就是更加有力地摆明观点。这是我唯一一次见到他来到家里——尽管我自己很高兴能再见到他,我们也全都明白,他这样做其实打破了一条规矩。

这段时间里,乔西自己离家的时间比以前多了许多,有时一走就是几天,或是去拜访别的年轻人,或是去休养静思。这些行程,我知道,是她为大学生活做准备的重要一环,但她不太愿意和我过多说起,因此我对于这些事情所知甚少。

乔西刚刚康复的那些日子,里克依然频繁地过来做客,但随着时间的推移,反正到了麦克贝恩先生刈过草地的时候,他来得已经少多了。这部分是因为乔西经常不在家,但里克似乎也忙起了自己的事情。他买了一辆车,取名"老破车",时常会开车进城去见他的新朋友们。里克喜欢把老破车停在那片碎石地上,因为,据他说,比起从他自家门口绕过一段又窄又弯的路,这里更方便他开启自己的旅程。因此,渐渐地,里克来到我们这里,更多的是因为老破车的存在,而不是因为乔西;也正是在那片碎石地上,我和他进行了最后一场对话。

乔西和母亲那天早上都不在家,因此当我听到外面响起他的脚步声时,我看不出有什么理由不出去和他打声招呼。他不像平时那样急着开车出门,所以我们聊上了几分钟,里克靠着老破车的车身,我就站在不远处,一阵轻风拂过我们的头顶。这天早上的天空同样阴云密布,或许这就是为什么里克会想起那一日的情形。

"你还记得那个早上吗,克拉拉?"他问道,"先是一阵非常奇怪的天气,接着太阳径直照进了乔西的房间。"

"当然。我永远也不会忘记那个早上。"

"我现在还经常想起那天。我甚至觉得乔西好像就是从那一刻开始渐渐康复的。也许是我完全搞错了。可当我回首往事时,事情似乎就是给人这样一种感觉。"

"是的。我完全同意。"

"你记得那一天吗?我们全都累坏了。而且绝望了。接着一切都峰回路转。我一直想要问你的,只是你在这件事上好像嘴巴闭得很紧。我一直想要问你,那天早上发生的事情——奇怪的天气,种种的一切——是不是和另一件事情有关联。你懂的。我背着你穿过田野啦,你达成了某个秘密约定啦。那时,我还以为这一切都是，嗯，AF 的迷信呢。只是为了给我们求个好运。但这些天来，我一直在想，或许事情没有这么简单。"

他认真地看着我，但我一言不发，沉默了良久。

"不幸的是，"我终于说道，"我不敢在这件事情上多言，哪怕是到了今天。那可真的是一笔特别的恩惠，一旦我向任何人说起，哪怕只是向里克，我担心乔西得到的那份帮助就会被收回。"

"那你就此打住吧。一个字都别说了。我可不想节外生枝地害她又病一场，不管那风险有多小。但医生们都说，一旦你通过了她所经历的那个阶段，你就安全了。"

"虽说如此，我们还是得小心，因为乔西的情况非常特殊。但既然里克现在说起了这件事，或许我可以借机提一提与之相关的另一件让我担忧的事情。"

"什么事呢，克拉拉？"

"里克和乔西依然在向彼此展露善意。然而，他们现在似乎在各自筹划全然不同的未来。"

他转向那段上坡的公路，手里拨弄着老破车的后视镜。"我想我明白你的意思，"他说，"我还记得那一天，那是我们第二次去那间谷仓。我们动身前，你忽然一脸严肃地问我们的爱是否发自内心。我和乔西之间的爱。我想我当时告诉你说，那**是**真爱。真心实意，直到永远。所以我猜，这就是你现在担心的事情了。"

"里克说得对。看到里克和乔西对未来的计划如此迥异，我感到了不安。"

他用一只脚轻轻地戳了戳面前的碎石。然后他开口道："听着。我不想要你说任何会让乔西再度面临健康风险的话。但有些话我不妨告诉你。当年你传话说乔西和我果真彼此相爱的时候,那在当时是事实。没人可以说你误导或是耍弄了他们。但现在我们已经不再是孩子了,我们只能祝福彼此,各奔前程。要我进大学,去跟那些接受过提升的孩子们竞争,那是根本行不通的。我现在有了我自己的计划,也本该如此。可那句话不是谎言,克拉拉。从某种说不清道不明的意义上讲,它直到今天依然不是谎言。"

"我在想,里克的这话是什么意思呢?"

"我想我要说的是,在某种层面上,乔西和我永远都会在一起——某种深度的层面上,哪怕我们踏进了外面的世界,从此再不相见。这话我不能替她说。但一旦我踏进了外面的世界,我知道我永远都会继续寻找着一个就像她那样的人。至少是像那个我曾经认识的乔西。所以那从来都不是欺骗,克拉拉。不管你当年是和谁达成的约定,如果他们能径直看透我的内心,看透乔西的内心,他们会明白你没想要骗他们的。"

他说完了这番话后,我们继续站在碎石地上,沉默了一会儿工夫。我以为他随时都会直起身来,钻进老破车。但他却换了一副更加轻快的声音,又开口问道:

"你有没有收到过梅拉尼娅的音信?有人说她去了印第安纳。"

"我们相信她现在人在加利福尼亚。我们最近一次收到她音信的时候,她正盼望着被那里的一个社区所接纳。"

"我以前真的好害怕那位女士。但我后来也有点习惯她了。我希望她过得还好。希望她找到一个安全的地方。那么你呢,克拉拉?你今后的日子也还会好吧?我是说,等到乔西去念大学以后。"

"母亲一向对我非常好。"

"听着，你但凡需要我帮忙，只管和我说，好吗？"

"好的。谢谢你。"

就在我此刻坐在这块硬邦邦的地上的时候，我又一次回想起了里克那天早上的话语，而我确信他是对的。我不再担心太阳会感觉受到了欺骗或是误导，也不担心他会考虑报复。事实上，很有可能就在我向他做出那番恳求的时候，他已经知道了里克和乔西注定要分道扬镳；但他同时也明白，无论如何，两人的爱会天长地久。他在摆出那个问题的同时——他曾经问我，孩子们真的懂得爱意味着什么吗——我相信他已经有了确定的答案，而他之所以这么问，只是为了帮助我。我甚至想，那一刻，他心里面正想着咖啡杯女士和雨衣男人——毕竟，前一刻我们刚刚还在谈论他俩的。或许太阳的想法是，多年以后，在经历了重重变故之后，乔西和里克或许会再度相逢，就像咖啡杯女士和雨衣男人那样。

* * *

随着乔西进大学的日子渐渐临近，别的年轻人也开始频繁地来家里做客了。她们全都是女性，大多时候一次只来一人，尽管偶尔也会成双。有时是一位受雇的司机开车送她们上门，有时她们会开着自己的车过来，但现在这些年轻人再也不会有父母陪同了。通常来讲这些客人会在家里住上两个晚上，有时是三个晚上，我也会知道什么时候有客人要来，因为新管家会提前一两天把蒲团或是露营床拿进乔西的卧室。

正是因为这些年轻的客人，我才发现了那个杂物间。自然而然的，在有这样的客人来访的时候，卧室里是没有足够的空间容下我自己的；再者说，我也明白我的在场不再像从前那样合适了。要是梅拉尼娅管家还和我们在一起，我相信她是会安排一个地方让我去的，但实际上，我是自己找到那个房间的，就在顶楼的楼梯平台上。"没人说你得藏起来。"乔西曾经这么对我说，但她也并没有给出任何替代方案，所以我就这样住进了杂物间。

那几个礼拜很是繁忙，哪怕乔西没有客人要招待，我也会听见她在家里步履匆匆地走来走去，对着母亲或是新管家大声说话。然后，就在一个午后，杂物间的门开了，乔西朝屋里看了进来，面带着微笑。

"这么说，"她说道，"这就是你现在待的地方了。一切都还好吗？"

"一切都好，谢谢你。"

乔西展开双臂，两只手搭在两边竖直的门框上。她看向屋里的时候弯着腰身，好像是害怕会在斜面天花板上不小心撞到头似的。她的目光飞快地扫过堆放在屋里的各种杂物，然后停留在房间里唯一一扇小小的高窗上。

"你有没有得着机会从那里望一眼外面？"她问道。

"不幸的是，那里太高了。它的目的是提供通风，而非景观。"

"我们等着瞧。"

乔西又往屋里跨了一步，头依然低着，目光四下扫视。接着她开始行动，搬起一样杂物，推动另一样杂物，凭空堆出了几座新的小山。一度，我没能预料到她迅捷的动作，险些和她撞到一起，她哈哈大笑起来。

"克拉拉！你就待在那里。就那儿。我在努力干事情呢。"

很快，她就在那扇小小的高窗下方清理出了一片空间，然后将一只木箱推了进去。接着她又提起一只带密封盖的塑料箱，将它也搬了过去，小心翼翼地放在那只木箱上头。

"好啦。"她退后一步，对自己的成果很是满意，虽说屋里的其他地方这下乱成了一锅粥。"试试看，克拉拉。不过小心点。第二级台阶有点高。来啊，我要你试试看。"

我走出角落，轻而易举地登上了她搭出的那两级台阶，最终站上了那只塑料箱的盖子。

"别担心，那些东西真的很结实，"她说道，"就当它是地板好了。相信我，很安全的。"

她又哈哈笑了一声，然后继续看着我，于是我还以微笑，然后透过那扇小小的高窗望向外面。这里的景色和我从前透过乔西的后窗看到的那一切差别不大，虽说那扇窗户是在两层楼下。当然，视线的轨迹改变了，还有一部分屋顶闯入了我右边的视野。但我能看到灰色的天空在修剪过的田野上方铺展开来，一直延伸到麦克贝恩先生的谷仓那里。

"你应该早点告诉我的，"乔西说，"我知道你有多爱看外面的风景。"

"谢谢你。真的谢谢你。"

有那么一刻，我们彼此对望着，面带和煦的微笑。接着她扫视了一眼撒满一地的杂物。

"天啊，真是一团糟！好吧，我保证会统统收拾整齐的。不过这会儿我有点事情得去料理。你别想着自己动手。一会儿我来，好吗？"

＊ ＊ ＊

母亲，同乔西一样，这段时间里同我的交集也少了，有时就算在家里遇到了我，也不会朝我这边看过来。我理解她这一阵子很忙，也理解或许是我的存在勾起了难堪的回忆。但有那么一回，她却给了我特别的关注。

乔西自己那天出门了，但那是一个周末，所以母亲倒是在家。我大半个上午都待在楼上的杂物间里，可是当我听到楼下的说话声时，便来到了门外的楼梯口上。我随即意识到，那个在楼下的过道里和母亲说话的男人是卡帕尔迪先生。

我当时吃了一惊，因为卡帕尔迪先生已经很久没人提起了。他和母亲用轻松的语调说着话，但随着谈话的进行，我能听出母亲的声音中有了紧张的意味。接着她的脚步声响起，我看到她正从三层楼下抬头望着我。

"克拉拉，"她朝楼上喊道，"卡帕尔迪先生来了。你肯定记得他。下楼来，来打声招呼。"

接着，就在我小心翼翼地走下楼梯的时候，我听到母亲说："我没有答应过你这个，亨利。你当时不是这么说的。"

卡帕尔迪先生对此回应道："我只是想和她说说这事儿。仅此而已。"

比起上次我在他那栋砖楼里见到他时的样子，卡帕尔迪先生的体态变沉了，耳畔的头发也灰得发白了。他热情地和我打了招呼，然后领着我走进大开间，嘴里说着："只是想和你说几件事情，克拉拉。你可以帮我们的大忙。"

母亲一言不发地跟着我们进了房间。卡帕尔迪先生在那张模块化沙发上坐下，身子向后一仰，靠在软垫上面——这个放松的姿势让我想起了男孩丹尼，想起了那场交流聚会，当时他坐的就是这张沙发，一条腿伸着，架在坐垫上面。与卡帕尔迪先生的态度截然不同，母亲依然站在房间中央，站得笔直；而当卡帕尔迪先生邀请我坐下时，她发话了：

"我想克拉拉更乐意站着。咱们有话快说吧，亨利。"

"别这样，克丽西。这事儿犯不着紧张的。"

说完他收起了那副放松的姿态，向前一倾身，凑向我这边。

"你应该记得，克拉拉，我对AF有多么着迷。我一向把你们看作是我们的朋友。一个教育与启蒙的重要源泉。但你也知道，外面也有一些因为你们而忧心忡忡的人。一些心怀恐惧与怨恨的人。"

"亨利，"母亲说，"请说重点。"

"好吧。那我就说了。克拉拉，事实是，眼下社会上对于AF有一种十分普遍而且不断滋长的担忧。有人说，你们变得太聪明了。他们害怕，是因为他们已经不能理解那里面是如何运作的了。他们能看到你们做了什么。你们也承认你们的决定、你们的建议都是合理而可靠的，几乎永远都是正确的。但他们不乐意的是，他们不知道你们是如何得出这些的。这就是那一切的根源——那些反弹，那些偏见。所以我们必须回击。我们必须对他们说，好吧，你们担心，是因为你们不理解AF是如何思考的。行，那我们就瞧一眼盖子下面是什么吧。我们来开展逆向工程吧。你们不喜欢密闭的黑箱。行，那我们就打开它们。一旦我们看到了里面的情形，事情就远没有那么吓人了，而且我们还能学到东西。学到让人称奇的新东西。所以这就是你能派上用场的地方,克拉拉。我们这些站在你们这一边的人,我们在寻求帮助,寻求志愿者。我们已经成功地打开好些黑箱了,但这些还远远不够,我们真的还需要打开更多。你们这些 AF,你们真了不起。我们发现的很多东西是我们以前想都不敢想的。这就是为什么我今天要来。我从来没有忘记过你,克拉拉。我知道你对我们的帮助会是无可替代的。拜托了,你愿意帮我们吗?"

他两眼紧盯着我,于是我答道:"我愿意帮忙。只要这不妨碍乔西或是她的母亲……"

"等一等。"母亲快步绕过咖啡桌,直到她站在了我的身边,"我们通电话的时候根本就没有说这个事情,亨利。"

"我只是想问问克拉拉,仅此而已。这是她做出长远贡献的一个机会……"

"克拉拉理应得到比这更好的回报。"

"你或许说得对,克丽西。也许我在这一点上严重误判了。即便如此,既然我都来了,克拉拉也站到了我的面前,你能不能就允许我问她一下呢?"

"不行,亨利,你不能。克拉拉理应得到更好的回报。她理应得享善终,慢慢凋零。"

"但我们这里还有工作要做。我们必须抵制那种反弹……"

"那就换个地方去抵制。找些别的黑箱去撬开。别碰我们的克拉拉。让她安安静静地慢慢凋零吧。"

母亲这时上前一步,站到了我的前面,仿佛是要保护我不受卡帕尔迪先生伤害似的;出于愤怒,她这一步跨得很急,因此她的后肩胛几乎挨到了我的脸。如此一来,我不但清清楚楚地感知到了她那件黑毛衣平滑的织物面料，而且想起了曾经的那一刻，想起了她那时如何向前倾着身子，拥抱着我，就在她那辆汽车的前排，趁着我们在"现绞牛肉"小餐馆前停车的时候。我从母亲身后探出头去，窥见卡帕尔迪先生摇着头，身子又向后一仰，靠在了坐垫上。

"我很难不觉得，"他说道，"你还在生我的气，克丽西。你已经生了我好久的气了。这不公平。想当初，是**你**来找的**我**。还记得吗？而我那时只是尽我的全力来帮助你。我很高兴乔西最终一切都好。我真的很高兴。但那不是你这么长时间一直生我气的理由。"

*　*　*

乔西离家前的最后那几日既充满了紧张，也充满了兴奋。要是梅拉尼娅管家还和我们在一起，事情或许会平静得多。但新管家常常会把任务拖到最后一刻，然后又试图同时上手几件事情，而这愈发增添了那种紧张的氛围。我决意不去碍事，于是便在杂物间里一待就是好久，站在乔西为我搭建的那个平台上，透过那扇小小的高窗望向外面的田野，听着家里各处的声响。接着，一天下午，就在乔西离家的两天前，我听到了她的脚步声在楼梯顶上响起，接着她便出现在了门口。

"嘿，克拉拉。你干吗不下楼来卧室坐一会儿呢？我的意思是，如果你不忙的话，当然喽。"

于是我跟着她下了楼，发现自己又一次回到了那个老房间里。许多细节都变了样。除了乔西自己的床，如今屋里还常设了另一张帆布床,是为她的客人们准备的,而纽扣沙发已经全然不见了踪影。许多较小的细节也有了变化——譬如说,乔西如今坐在一把四脚有滚轮的新椅子上,因此,只要她愿意,她可以一边坐着一边四处移动。但太阳投在墙上的图案依然一如我记忆中的样子——而这记忆就来自我们在这里共同度过的那许多个下午。我在她的床沿上坐了下来,接着我俩开心地聊了一会儿天。

"你碰上的每个人都会跟你说,他们不怕上大学,"乔西一度说道,"可你一定不敢相信,克拉拉,他们中的有一些心里面其实有多怕。我自己也有一点怕,我是不会假装不害怕的。但你猜怎么着?我可不会让害怕挡住我的道。我对自己郑重承诺过了。嘿,我以前跟你说过吗?我们每个人都要设立一堆冠冕堂皇的目标。总共五个大类,每类两个目标。我还被迫填了一张表格,但我耍了个滑头。我想好了我自己的秘密目标,跟表格上的那些八竿子打不着。天啊,他们可不会喜欢我**真实**的清单!老妈也别想知道这件事,没门!"她快活地大笑起来,"就连你也不行,克拉拉。我**不会**和你分享我的秘密目标。不过等我圣诞节回家的时候,如果你还在这里,我会告诉你我完成了其中的多少。"

这是这段时间里乔西为数不多的几次暗示之一,让我知道我自己可能也要离家了。而就在她终于和母亲一道驾车离去的那个早上,她又一次提到了这件事。

我知道,她原本希望里克会过来和她挥手告别的。但结果呢,那天他去了很远的地方,去见他的新朋友们,讨论他那些很难发现的数据收集装置。因此,最终就只有我和那位新管家站上了那片碎石地,看着乔西和母亲把最后一件行李装进母亲的汽车。

接着,就在母亲手握方向盘准备就绪之后,乔西忽然返身朝我走来;她的步态还是那样的小心翼翼,从来都没有变过,这使得她的双脚每走一步,都会咯吱咯吱地陷入碎石之中。她看上去兴奋又健壮;就在她的手触到我的前一刻,她高举起双臂,仿佛是要尽她的所能,摆出一个最大的Y字来。接着她就将我揽入了怀抱,许久都没有放手。她个头已经比我高了,因此她只能稍许蹲下,下巴枕在我的左肩上,她浓密的长发遮住了我的一部分视野。等到她抽身与我分开时,她的脸上挂着微笑,但我也看出了几分悲伤。就在这时,她开口道:

"我猜等我回来的时候,你或许已经不在这里了。你很棒,克拉拉。你真的很棒。"

"谢谢你,"我答道,"谢谢你选择了我。"

"想都不用想。"接着她又给了我一个拥抱,这一次比较短暂,然后再度向后退开,"拜拜,克拉拉。你好好的。"

"再见,乔西。"

她钻进车里的时候,再度快活地挥了挥手——她这是在冲着我挥手,而非冲着新管家。接着汽车便沿着公路向远方驶去,驶过那几棵风中的树木,越过那个山头——一如从前乔西和我一次次看到的那样。

* * *

过去的几天里,我的部分记忆开始以某种奇怪的方式重叠在了一起。譬如说,太阳拯救了乔西的那个天空阴沉的早上、那趟摩根瀑布之旅,还有万斯先生挑选的那家亮着灯火的小餐馆会一齐涌入我的脑海，融合成为一个场景。母亲会背对着我站在那里，看着瀑布溅起的水雾。但我并没有坐在木制的野餐凳上看她，而是坐在万斯先生的小餐馆里，坐在我那个卡座中。尽管万斯先生不在我的视野中，我还是能听到他那冷酷的言词从走道对面传来。与此同时，就在母亲和瀑布的上空，乌云已然密布，正是太阳拯救乔西的当天早上的那团乌云，那些小小的圆柱体和金字塔乘着风从空中一掠而过。

我知道我并没有昏了头，因为只要我愿意，我总是能将一段记忆同另一段区分开来，将它们一一放入真实的背景之中。再说了，即便是在这样的拼合记忆进入我的脑海中时，我依然能够认识到它们那粗糙的边界——那就像是一个没有耐心的孩子用手指撕出来的，而不是用剪刀裁出来的——将瀑布边的母亲，比如说，同我的餐馆卡座分隔开来。如果我再细看一下那团乌云，就会注意到，它们事实上同母亲或是瀑布有些不成比例。即便如此，这样的拼合记忆有时还是会充斥我的头脑，如此的栩栩如生，让我半晌都回不过神来，忘记了自己事实上正坐在这堆场里，坐在这块硬邦邦的地上。

堆场很大，从我所在的这个特别的位置，我能看到的唯一一样高大的物体便是远处的那台建筑吊车。天空非常宽广开阔，如果里克和我能够再度穿越麦克贝恩先生的田野——尤其是田里的高草现在已经刈倒了——天空在我们眼中大概就会是这个样子。宽广的天空意味着我能够不受阻碍地观察太阳的行程，而即便是在多云的时候，我也始终知道他在我上空的什么位置。

初来这里的时候，我还觉得堆场很是杂乱，但现在我渐渐领会到了它的井井有条。那最初的印象，我意识到，是由于这里的许多物品本身具有杂乱的性质——有的向外戳出几截割断的电线，有的顶着坑坑凹凹的格栅面板。但仔细观察过后，一个事实就变得显而易见了：场地工人们非常努力地将每一件机器、箱子或是成捆的物什都整整齐齐地排列成行，如此构建出几条长长的通道，而每一位从通道中走过的访客——虽说访客们必须小心，不要被杆子或是电线绊倒——都能够将两边的杂物一件接一件地收入眼中。

天空宽广，周围又没有高大的物体，因此堆场里一有访客，我马上便能察觉。即便他们还离得很远，只是在成排的杂物间走动的一些小小的轮廓，我也能够发现他们的身影。但访客不常有，而我听到的那些人声，大部分都来自那几个呼唤彼此的场地工人。

有时鸟儿们会从天空中飞落下来，但它们很快发现，堆场里少有什么能够吸引它们的东西。不久前，一群黑鸟排着优雅的队形从天而降，栖息在我前方不远处的某件机器上面，我一度以为它们或许是里克派来观察我的鸟群。当然咯，它们不是里克的鸟儿，而是天然的飞鸟；它们平静地在那机器上面栖息了一会儿，一动也不动，哪怕一阵风吹乱了它们的羽衣。接着，它们便不约而同地一齐飞走了。

大约就在同时，一个好心的场地工人在我面前停下脚步，告诉我说南面有三个AF，圆环里有两个。如果我想，他说，他可以把我搬到这两个区域中的任意一个。但我对他说，我很满意我现在这个特别的位置，他便点点头，顾自走了。

几天前，我遇到了一件非常特别的事情。

尽管我不能四处走动了，我还是能够轻易地左右扭头，看到我周围的一切。因此，我当时已经注意到那个穿长外套的访客好一会儿了，知道她正在我背后走动。一度，就在我扭头的时候，那个身影来到了中景处，我随即看出了那是一个女人，背着一根背带，背带的一头挂着一个像是小布袋的提包。每当她倾身向前，检视地上的一样东西的时候，那提包总会在她的身体前面摆荡。因为她在我身后，所以我没法一直密切地观察她，而接下来的一段时间里——也许是另一段记忆出现在了我的脑海中——我完全将她抛到了脑后。就在这时，我听到了一个声响，接着那个穿长外套的访客就站到了我的面前。还不等她蹲下身来，端详我的脸，我就已经认出了经理，快乐随即充盈了我的头脑。

"克拉拉。你是克拉拉，对吧？"

"是的，当然。"我答道，抬头对她微笑。

"克拉拉。太棒了。稍等一下。让我搬个东西来坐下。"

她返回的时候，拖来了一个小金属箱，箱子滑过粗糙的地面，发出刺耳的噪声。等到她在我面前放下箱子，坐在上面的时候，我便能够清楚地观察她的面庞了，尽管那宽广的天空就在她的身后。

"我就指望着能在这儿找到你的。有一回——哦，差不多一年前吧——我在这堆场里找到了一样东西，一时间我以为那就是你，克拉拉。可那不是你。不过这回，肯定就是你啦。我真开心。"

"我很高兴能再见到经理。"

她继续冲我微笑。然后她说道："我很想知道，你这会儿会在想什么呢。都过去这么久了，竟然又见到了我——这一定很让你困惑。"

"能再见到经理,我只感觉到高兴。"

"那就告诉我,克拉拉。这么多年来,你过得怎么样——在你来这儿之前,我的意思是说——这么多年来,你一直跟着把你从店里领走的那家人吗?请原谅我这么问,但我现在已经没法轻易获取这样的信息了。"

"是的,当然。这些年我一直和乔西在一起。直到她进了大学。"

"这么说,一切都很成功。一个成功的家庭。"

"是的。我相信我提供了良好的服务,让乔西避免了孤独。"

"我确信你做到了。我确信有你在那里,她几乎都不知孤独是何物。"

"但愿如此。"

"知道吗,克拉拉。在我照看过的所有 AF 当中,你无疑是最了不起的一个。你有着如此不同寻常的洞见。还有你的观察力。我当时就注意到了。听到你说一切都如意,我真是高兴。因为,这种事情是说不准的,哪怕是拥有像你这样的非凡能力。"

"经理还在照看 AF 吗?"

"不。哦,不。那一切都结束了有些时日了。"她环顾堆场,然后再度对我露出微笑,"这就是为什么我喜欢时不时地上这里来。我有时也会去纪念碑桥那边的堆场。但我最喜欢这个地方。"

"经理来……只是为了寻找自己店里的 AF 吗?"

"不仅如此。我还喜欢收集小纪念品。"她指了指自己的布袋包,"他们不允许我们拿任何重要的东西。不过小东西呢,他们不在乎。这里的工人认得我。不过你说得对。每次我来的时候,总希望能碰见一个我的老 AF。"

"你有没有遇见罗莎?"

"罗莎？是的，我还真遇见了。我就是在这儿找到的她——噢，那一定是至少两年前的事情了。罗莎过得不像你那么顺。"

"这么说她不喜欢她那位少年？"

"也不能这么说吧。不过你就别担心了。别管罗莎了。跟我说说你自己。你有着如此特别的能力。我希望你陪伴的那个孩子渐渐认识到了这一点。"

"我想她认识到了。家里的每一个人都对我非常好。我得以学到了许许多多的东西。"

"我还记得她们进到店里来，挑选了你的那个日子。那位女士先是测试了你一番，请你学她女儿走路。这做法让我有些担心。你走了以后，我还一直在想着这件事情。"

"经理无需担心的。那对我而言就是最好的家。而乔西也是最好的少年。"

经理沉默了片刻，两眼凝视着我，脸上挂着微笑。于是我接着往下说道：

"我尽了我的所能去做对乔西最有利的事情。那件事我如今已经想过许多遍了。假如当初真的有那样做的必要，我确信我是可以延续乔西的。但事情最后有了一个明显更好的结果，虽说里克和乔西没能在一起。"

"我确信你是对的，克拉拉。可你刚才是什么意思——'延续乔西'？这话是什么意思？"

"经理，我做了我所能做的一切来学习乔西；如果真的有那样做的必要，那我是会竭尽所能的。但我认为那样做的结果恐怕不会太好。不是因为我无法实现精准。但无论我多么努力地去尝试，如今我相信，总会有一样东西是我无法触及的。母亲、里克、梅拉尼娅管家、父亲——我永远都无法触及他们在内心中对于乔西的感情。如今我确信了这一点，经理。"

"好吧，克拉拉，只要你觉得事情最后有了最好的结果，我就高兴。"

"卡帕尔迪先生相信乔西的内心中没有什么特别的东西是无法延续的。他对母亲说，他找啊找，可就是找不到那样特别的东西。但如今我相信，他是找错了地方。那里**真**有一样非常特别的东西，但不是在乔西的心里面，而是在那些爱她的人的心里面。这就是为什么我如今认为，卡帕尔迪先生错了，我是不可能成功的。所以我很高兴我当初做出了那样的决定。"

"我确信你是对的，克拉拉。每次我和我的 AF 们重逢的时候，我一直就想听到这样的话。听到你们高兴地说一切都很顺利。听到你们无怨无悔。你知道吗？那边还有几个 B3，就在堆场的另一头。它们不是我们店里的，不过你要是想找个伴，我可以请工人们把你移过去。"

"不，谢谢你，经理。你还是和从前一样好。但我喜欢这处位置。况且我还有我的记忆要细细整理，按序排列。"

"这样做或许也明智。我以前在店里的时候不会说这话，但我从来没法像对你们这代 AF 那样去对 B3 产生感情。我时常觉得，顾客们也有同样的感觉。他们从来没法真正喜欢上那些 B3，尽管 B3 有着那么多技术上的进步。我真高兴今天碰见了你，克拉拉。我想你想了那么多回。你是我拥有过的最棒的 AF 之一。"

她站起身来，她的布包又一次在她身前摇摆。

"你走之前，经理，我必须向你再汇报一件事情。太阳对我非常仁慈。他从一开始就一直对我很仁慈。不过在我陪伴乔西的时候，有一回，他格外仁慈。我想要让经理知道。"

"是的。我确信太阳一向对你很好，克拉拉。"

经理说这话的时候，转向了身后那片宽广的天空，一只手举在眼前；有那么一刻，我俩一起望着太阳。接着她又朝我转过身来，对我说道："我得走了。好啦，克拉拉。再见了。"

"再见，经理。谢谢你。"

她俯身去拿她刚才落座的那只金属箱，将它拖回了原处，发出同之前一样的刺耳噪声。接着她便沿着两排杂物中间那长长的通道走远了——很显然，她的步态同她从前在店里的时候不一样了。每走两步，她的身体就会偏向左侧一回，那样子总让我担心她的长外套会碰到肮脏的地面。就在她走到中景处的时候，她停下脚步，转过身来，我以为她或许是要回头再望我最后一眼。可她只是凝望着远方，望着地平线上那台建筑吊车的方向。接着她又继续迈开了脚步。

（完）

译后记

继 2015 年的《被掩埋的巨人》之后，经过了五年的等待，我们终于又迎来了日裔英国作家、2017 年诺贝尔文学奖得主石黑一雄的最新长篇小说——《克拉拉与太阳》。小说的背景可以说出人意料，但故事的内核却依然是一个典型的石黑式命题。归根结底，这个命题就是两个字："人心"。

乍一看来，这是一部有关未来社会与人工智能的小说。考虑到近年来人工智能所取得的突飞猛进，我们很容易将涉及这样一个题材的作品归入科幻小说的范畴。然而，熟悉石黑一雄的读者们都知道，无论他笔下的故事发生在怎样的时空背景之中，借用怎样的题材外壳（无论是科幻、奇幻还是侦探），其本质是一以贯之的。瑞典文学院在给石黑一雄的颁奖词中，曾对他的创作主题做过一个精妙提炼，那就是："记忆、时间与自我欺骗"。这部作品事实上也不例外，尽管这一回，石黑为我们上演了一次巧妙的变奏。

我们的主角，同时也是故事的第一人称讲述者克拉拉是一个太阳能机器人 AF（人工朋友）。直到小说的最后一幕，我们才意识到，整个故事事实上是克拉拉在临近"生命"终点之时，对自己的一生所作的回顾——用她的话来说,是将她的一段段记忆在时间之轴上一一整理归位。变奏恰恰发生在第三个关键词——"自我欺骗"上。我们知道,机器人是不会说谎的,更何况克拉拉是一个专为陪伴人类而设计的机器人,具有极高的观察、推理与共情能力,还有过目不忘的记忆力。同时,在回首往事的过程中,克拉拉始终怀着一个纯粹利他的动机,那就是反复拷问自己,她所作出的那个抉择,是否真的最有利于她全心全意陪伴着的少女乔西。因此,我们可以确信,克拉拉的记忆是完全真实、可靠且诚实的——这与过去石黑笔下那些活在内心迷雾中的主人公形成了鲜明的对比。第一次,我们在石黑的作品中遇到了一位可靠的叙述者。

然而,这绝不意味着"自我欺骗"真的从这个故事中消失了。事实上恰恰相反,因为克拉拉并非生活在一群同她一样实事求是的机器人中间,而是生活在人类中间。克拉拉那敏锐、客观又诚实的洞察就像是一面镜子,不动声色却又无比精准地映照出了乔西和她身边每一个人的内心。而人心,我们知道,既非完全诚实,也非完全利他。当这一颗颗心灵在克拉拉之镜中无所遁形时,我们看到的又是怎样的自我欺骗呢?

青梅竹马的乔西和里克日复一日地憧憬着一个共同的未来,一笔笔地勾勒着他们那美好的"计划",仿佛那是一个命中注定、无可改变的预言,可他们并非不知道横亘在两人中间的阶层(甚至是基因)壁垒,绝非两个孩子单凭计划就能打破得了的。里克的母亲海伦小姐一心想让没有接受过基因"提升"的儿子也能考上大学,同那些得到"提升"的聪明孩子一样拥有成功的人生,为此她竟然向自己年轻时曾经深深伤害过的那个男人寻求帮助,指望着他竟能捐弃前嫌，慷慨地对自己和另一个男人的孩子伸出援手——她当真不知道，她是在用圣人的道德和心胸来要求一个血肉之躯的凡人吗？还有乔西的父亲，曾经的天才工程师，因为被人工智能"替代"而丢了工作，却一遍遍地坚称对自己的人生无怨无悔，坚称正是因为丢了工作，他才得以重新找回自我；可就在他对着曾经的妻子这般慷慨陈词的时候，就在他与爱女短暂的团聚时光一分一秒流逝的时候，他真的忘记了他为自己的"新生"究竟付出了怎样的代价吗？

然而，最为深刻的一场自我欺骗，还是发生在乔西的母亲心中。这个女人，因为自己的一个决定，失去了大女儿萨尔。而现在，她因为同样的决定，眼看又要失去二女儿乔西。萨尔那一次，她挺了过来；可这一次，她再也承受不了同样的打击了。这一次，就算是死亡也不能夺走她的女儿。她请求克拉拉，当那一天终于到来时，为了她而"延续乔西"。"为我延续乔西吧……而我也就能够爱你了。"当母亲在车中对着克拉拉说出这番话时，整个故事也终于达到了关键点与高潮。

与少女乔西朝夕相处的机器人克拉拉，真的能够凭借着远超人类的洞察与学习能力，学习乔西的一颦一笑、举手投足，乃至于她的全部内在人格，不是"复制"乔西，而是"成为"乔西，成为她在这个世界上的真实延续吗？对于这个近乎存在主义的问题，"延续"计划的操刀人卡帕尔迪先生、乔西的父亲保罗，还有我们的主角克拉拉分别从三个不同的视角，给出了各自的解读。卡帕尔迪先生自称理性的信徒，坚信每个人的内核深处并没有什么独一无二、无可转移的东西，所谓的人心只是一个古老的修辞，一个等待着被科学和数学彻底粉碎的迷信。乔西的父亲从一开始就激烈反对乔西的母亲和卡帕尔迪先生的计划，竭力想要找出 AF 无法洞悉人类全部奥秘的理由；他将人心比作一栋奇怪的房子，里面房间套着房间套着房间……无论克拉拉探访乔西的内心多少回，总有一个房间是她从未进入过的。克拉拉并不同意父亲的观点，但她却从另一个全然不同的角度，得出了与父亲一样的结论，而她的视角显然更接近问题的本质。归根结底，请求克拉拉延续乔西的并非乔西本人，而是她身边那些爱着她的人，而爱她爱得最为彻骨、最为忘我的，无疑是她的母亲。当她请求克拉拉**为了她**而延续乔西时，她指的并非是在这个物质世界上延续女儿，而是指在她的内心中；她在请求克拉拉在乔西离世之后，让她能够相信女儿依然存在。换句话说，她在请求克拉拉帮助她欺骗自己，不是欺骗一时，也不是一日，一周，一年，而是漫漫的余生。然而，这可能吗？自我欺骗的最为悲哀之处并不在于它的虚幻，而是在于它的不可持久。它就像是一个五彩缤纷的泡泡，等待着现实的针头来将它戳破。现实越是残酷，悲剧越是沉痛，它破裂的速度也就越快。最终，无论克拉拉对乔西的"还原"有多么的逼真，她在本质上也不过是乔西的一尊遗像。正是因为看清了这一点，克拉拉才最终做出了那个她所认为的正确抉择。

当我们说到自我欺骗时，我们总是会将它与"逃避""怯懦""糊涂"等负面的词汇联想在一起。但事实上，自我欺骗是我们能够面对这个残酷的世界而不发疯的一个重要理由，对于人类的生存就像空气和水一样不可或缺。自我欺骗的根源并非人心的虚妄，而是人心的脆弱；它是人心为自己筑起的一道简陋的缓冲，使我们不必迎头承受现实的全力一击，而是能够假以时间，渐渐地接受现实。克拉拉清楚这一点，因此她从不评判任何人。当她向她的神祇——太阳——默念出她的祷词时，她知道，仁慈的太阳也清楚这一点。太阳能够拨开那些虚幻的泡泡，那些善意的谎言，那些注定无法兑现的承诺，看到人心深处真正宝贵的东西。他会原谅我们的脆弱，成全那经受得住最终考验的东西。

那么，我们的克拉拉呢？说到底，她究竟有没有一颗人类的心呢？答案恐怕是否定的。的确，克拉拉拥有人类引以为豪的所有美好品质：她善良、体贴、无私，为了乔西献出了她所能献出的一切。克拉拉也并非没有情感；在与人类的一次次交流中，她能够准确地体会并且表达真实的喜悦、兴奋与哀伤。然而，有一样人类共有的特质却是克拉拉所缺失的，那便是自私——因为她是一个完全利他的存在。纵观全书，她的全部考量与出发点都是围绕着他人而展开的，从中我们看不出她对自己的境遇与命运表现出哪怕是一丁点的关切。这也就注定了克拉拉的一切品质与情感都是无法用人类的纬度去衡量的，因为，正是由于自私的欲望与升华的渴望并存，人类的心中才会充满了矛盾、彷徨与痛苦；没有了自私那下坠的重力，一切崇高、向上的人性也就虚无缥缈得失去了分量。自私是人类沉重的负担，但也许在并不遥远的未来，也会是人之所以为人的一个最重要的锚点吧。

宋佥

2020 年 11 月

附录：石黑一雄诺贝尔奖获奖演说
我的二十世纪之夜及其他小突破

如果你在一九七九年的秋天遇见我，你会发现你很难给我定位，不论是社会定位还是种族定位。我那时二十四岁。我的五官很日本。但与那个年代大多数你在英国碰见的日本男人不同，我长发及肩，还留着一对弯弯的悍匪式八字须。从我讲话的口音里，你唯一能够分辨出的就是：我是一个在英国南方长大的人，时而带着一抹懒洋洋的、已经过时的嬉皮士腔调。如果我们得以交谈，我们也许会讨论荷兰的全攻全守足球队，或者是鲍勃·迪伦的最新专辑，或者是刚刚过去的一年里我在伦敦帮助无家可归者的经历。如果你提起日本，问我关于日本文化的问题，你也许会在我的态度中察觉到一丝不耐烦——我会宣称我对此一无所知，因为我自从五岁那年离开日本起，就再未踏足那个国度——甚至都没有回去度过一次假。

那年秋天，我背着一个旅行包，带着一把吉他和一台便携式打字机，来到了诺福克郡的巴克斯顿———一个英国小村庄，有着一座古老的水磨坊，四周是一片平坦的农田。我之所以来到这里，是因为我被东英吉利大学的一个创造性写作研究生课程所录取，学时一年。那所大学就在十英里外，在主教座堂所在的诺威奇市，但我没有汽车，所以我去那里的唯一途径就是搭乘一趟只有早、中、晚三班的巴士。但我很快发现，这一点并没有给我带来多少麻烦：我一般一周只需去学校两次。我在一栋小房子里租了一个房间，房主是一个三十多岁的男人，他的妻子刚刚离他而去。无疑，于他而言，这栋房子充斥着破碎旧梦的幽灵——但也许他只是不想见我吧；总之，我经常一连数天都不见他的踪影。换句话说，在经历了那段疯狂的伦敦岁月后，我来到了这里，直面这超乎寻常的清幽与寂寞，而我正是要在这幽寂中将自己变成一个作家。

事实上，我的小房间确实很像经典的作家阁楼。天花板的坡度之陡简直要让人得幽闭恐惧症——尽管我踮起脚尖，就能透过一扇窗户看见大片的耕田无尽地延伸到远方。房间里有一张小桌子，桌面几乎被我的打字机和一盏台灯完全占满了。地板上没有床，只有一大块长方形的工业泡沫塑料，拜它所赐，我在睡梦中没少流汗，哪怕是在诺福克那些冰冷刺骨的夜晚。

正是在这个房间里，我认真审读了我夏天完成的两个短篇小说，思忖着它们究竟够不够格，可不可以提交给我的新同学们。（据我所知，我们班级里有六个人，两周碰一次头。）我到那时为止还没有写过多少值得一提的小说类作品，能够被研究生课程录取全凭一部被 BBC 退稿的广播剧。事实上，在此之前，我二十岁的时候就已经定下了成为摇滚歌星的明确打算，我的文学志向是直到不久前才浮上心头的。我此刻审视的两个短篇是慌乱之中匆匆草就的，因为我那时刚刚得知自己被大学写作课程录取了。其中一篇写的是一个可怕的自杀契约，另一篇写的是苏格兰的街头斗殴——我在苏格兰做过一段时间的社工。这两篇写得都不好。于是我另开新篇，这次写一名少年毒死了自己的猫，背景同样设定在当今的英国。然后，一天晚上，在我待在那个小房间里的第三或是第四周，我发现自己开始以一种全新的、紧迫的热情写起了日本——写起了长崎，我出生的那座城市——在二战最后的那些日子。

这件事，我需要指出，对当时的我来说可谓出乎意料。今天，在当下盛行的文坛风气中，一位有多元文化背景、渴望成就一番事业的年轻作家几乎会本能地在创作中"寻根"。但那时的情况根本不是这样。我们距离"多元文化"在英国的大爆发还有几年光景。萨尔曼·拉什迪那时默默无闻，名下只有一部已经绝版的小说。那时你向别人问起当下最杰出的年轻英国作家，得到的回答很可能是玛格丽特·德拉布尔；至于老一辈的作家，则有艾丽丝·默多克、金斯利·艾米斯、威廉·戈尔丁、安东尼·伯吉斯、约翰·福尔斯。像加夫列尔·加西亚·马尔克斯、米兰·昆德拉、博尔赫斯这样的外国人只有极小众的读者，即便是阅读面颇广的人也对他们的名字毫无印象。

当时的文坛风气就是这样。因此，当我完成了首个关于日本的短篇时，尽管我感觉自己发现了一个重要的新方向，心中却也不免随即升起了一层疑云，不知这场冒险究竟算不算是一种自我放纵——也不知我究竟是否应该赶快回到"正常"的题材轨道上来。我再三犹豫之后，才开始将这篇作品分发给大家看；直到今日，我依然深深地感激我的同学们，感激我的两位导师——马尔科姆·布拉德伯里与安吉拉·卡特，感激小说家保罗·贝利——他是当年的大学驻校作家，感激他们对我这部作品坚定的鼓励。如果他们的反应不是那么正面的话,也许我就再也不会碰任何有关日本的题材了。但我是幸运的。我回到房间里,开始写啊写。一九七九年到一九八〇年的那整个冬天,连带着半个春天,除了班里的五位同学,村里的食品杂货店老板(我仰赖他的早餐麦片和羊腰子为生),还有我的女朋友洛娜(如今是我的太太)——她每两周就会在周末来看我一次——我几乎不跟任何人说话。这样的生活有失平衡,但在那四五个月里,我的头一部长篇小说——《远山淡影》——完成了一半。这部作品同样设置在长崎,在原子弹落下后从核爆中走出的那些岁月。我记得,这段时期我也曾动过念头,想创作几篇不以日本为背景的短篇小说,却发现自己对此很快意兴阑珊。

那几个月对我来说至关重要——如果不是因为这段经历,我可能永远也不会成为一名作家。从那以后,我经常回首往事,不断地问自己:我这是怎么啦?这股奇特的力量究竟从何而来?我的结论是,在我生命中的那一个节点,我忽然全身心投入一项急切的"保存"工作。要解释这一点,我就得把时钟再往前拨。

* * *

一九六〇年四月,也就是我五岁那年,我随父母同姐姐一道来到萨里郡的吉尔福德镇,这里位于伦敦以南三十英里的那片富裕的"股票经纪人聚居区"。我的父亲是一位科学研究人员——一位前来为英国政府工作的海洋学家。顺便提一句,他后来发明的机器成为了伦敦科学博物馆的永久藏品。

我们到来不久后拍摄的照片展现的是一个已经消逝的英国。

男人们穿着V字领羊毛套衫,打着领带,汽车上依然有踏板,车后面挂着一个备胎。披头士,性革命,学生抗议活动,"多元文化主义"全都即将到来,但很难想象我们全家初遇的那个英国对此有半点预感。碰见一个从法国或意大利来的外国人已经够了不得了——更别提从日本来的了。

我们家住在一条由十二栋房子组成的死巷中,这里刚好是水泥道路的终点与乡村郊野的起点。从这里只需步行不到五分钟,就能来到一片当地的农场,还有成队的奶牛沿着田间小径来回跋涉。牛奶是靠马车配送上门的。我初来英国的那些日子里,有一道屡见不鲜的景观是我直到今日还清楚记得的,那就是刺猬——这些漂亮可爱、浑身是刺的夜行生灵那时在乡间到处都是;夜间,它们被车轮轧扁,遗留在了晨露中,然后被干净利落地码在路边,等待着清洁工来收走。

我们所有的邻居那时都上教堂,我去找他们的孩子玩耍时,我注意到他们吃饭前都要说一句简短的祷词。

我进了主日学校,很快就加入了唱诗班;到我十岁时,我成为了吉尔福德的首位日裔唱诗班领唱。我上了本地的小学——我是学校里唯一的外国学生,或许也是该校有史以来的唯一一位——到我十一岁时,我开始坐火车去上邻镇的一所文法学校,每天早上都会和许许多多穿着细条纹西装、戴着圆顶礼帽、赶往伦敦的办公室上班的男人们共享一节车厢。

到了这时,我已经完全掌握了那个年代的英国中产阶级孩子所应遵循的一切礼仪。去朋友家做客时,我知道一有成人进屋,我就要马上立正。我学会了在用餐时如果需要下桌,必须征得许可。作为街区里唯一的外国男孩,我在当地甚是出名,走到哪里都有人认得。其他孩子在遇见我之前就已经知道我是谁了。我完全不认识的陌生成年人有时会在大街上或是当地的小店里直呼我的名字。

当我回首那段经历,想起那时距离二战结束还不到二十年,而日本在那场大战中曾经是英国人的死敌时,我总是惊诧于这个平凡的英国社区竟以如此的开阔心胸与不假思索的宽宏大量接纳了我们一家。对于经历了二战,并在战后的余烬中建立起一个令人叹为观止的崭新福利国家的那代英国人,我心中永远保留着一份温情、敬意与好奇,直至今日,而这份情感很大程度上来源于我在那些年里的个人经历。

但与此同时,我在家中却又和我的日本父母一起过着另一种生活。家中,我面对的是另一套规矩,另一种要求,另一种语言。我父母最初的打算是,我们一年后就回日本,或者两年。事实上,我们在英国度过的头十一年里,我们永远都在准备着"明年"回国。因此,我父母的心态一直都是把自己看作旅居者而非移民。他们经常会交换对于当地人那些奇风异俗的看法,全然不觉有任何效法的必要。长久以来,我们一直认定我会回到日本开启我的成人生活,我们也一直努力维系我的日式教育。每个月,从日本都会寄来一个邮包,里面装着上个月的漫画、杂志与教育文摘,这一切我都如饥似渴地囫囵吞下。我十几岁时的某一天,忽然不再有日本来的邮包了——也许那是在我祖父去世之后——但我父母依然谈论着旧友、亲戚,还有他们在日本的生活片段,这一切都继续向我稳定地传输着画面与印象。另外,我一直都储藏着我自己的记忆——储量惊人地大,细节惊人地清晰:我记得我的祖父母,记得我留在日本的那些我最喜爱的玩具,记得我们住过的那栋传统日居（直到今日我依然能在脑海里将它逐屋重构出来）、我的幼儿园、当地的有轨电车站、桥下那条凶猛的大狗，还有理发店里那把为小男孩特制的椅子，大镜子前面有一个汽车方向盘。

这一切造成的结果就是，随着我逐渐长大，远在我动过用文字创造虚构世界的念头之前，我就已经忙不迭地在脑海里构建一个细节丰富、栩栩如生的地方了，而这个地方就叫做"日本"，那是我某种意义上的归属所在，从那里我获得了一种身份认同感与自信感。那段时间我的身体从未回过日本一次，但这一点反倒使得我对那个国度的想象更加鲜活，更加个人化。

而保存这一切的需求也就由此而来。因为，到了我二十五岁的时候，我渐渐得出了几个关键性的认识——尽管当时我从未清晰地将其付诸言语。我开始接受几个事实：也许"我的"日本并不与飞机能带我去的任何一个地方相吻合；也许我父母谈论的那种生活方式——我所记得的那种我幼年时的生活方式——已经在一九六〇年代和一九七〇年代基本消失了；无论如何，存在于我头脑中的那个日本也许只是一个孩子用记忆、想象和猜测拼凑起来的情感构建物。也许最重要的是，我开始意识到，随着我年齿渐长，我的这个日本——这个伴随我长大的宝地——正变得越来越模糊。

我不确定驱使我在诺福克的那间小屋里奋笔疾书的究竟是不是这样一种情感——"我的"日本既独一无二，又极端脆弱，因为那是某种无法通过外界得到印证的东西。我所做的就是用纸和笔记下那个世界独特的色彩、道德观念、礼仪规范，记下它的尊严、它的缺陷，以及我对它所思所想的一切，赶在它们从我的脑海中消逝以前。我的愿望是，在小说中重建我的日本，保护它免遭破坏；从此以后，我就可以指着一本书，说："是的。那里就是我的日本。就在那里。"

* * *

三年半后，一九八三年春，洛娜和我身处伦敦，住在一栋高高窄窄的房子顶楼的两个房间里，这房子本身又建在城市最高点之一的一座小山上。那附近有一座电视信号塔，每当我们想要听唱片时，幽灵般的广播人声总是会时断时续地侵入我们的音箱。我们的客厅里没有沙发和扶手椅，只有放在地上的两个床垫，上面铺着软垫。房间里还有一张大桌子，白天我在上面写作，晚上我俩在上面吃饭。这居所不怎么奢华，但我们都很喜欢。前一年我刚出版了我的首部长篇小说，我还为一部电影短片写了剧本，短片很快就要在英国电视台播放了。

有一阵子，对于我的首部长篇我还是颇引以为豪的，但是到了那年春天，一种挠心般的不满感开始露头。问题出在这里：我的首部长篇和我的首个电视剧本太相似了。相似点不在于主题素材，而在于方法和风格。我越看这件事，就越觉得我的小说像是一个剧本——对白加上表演指导。某种程度上说，这一点并无大碍，但我此刻的愿望是创作一部只能以书页传达的小说。如果我的小说带给别人的体验与看电视大同小异，那么这样一部小说又有什么创作的必要呢？如果文字小说不能提供给读者某种独有的、其他媒介无法呈现的东西，那它又怎敢奢望能对抗电影和电视的力量呢？

就在这时，我害了一场病毒感染，卧床休息了几日。等到我挨过了病痛的高峰期，不再整天昏昏欲睡了，我发现被褥中折磨了我好一阵子的那件沉甸甸的东西居然是一本普鲁斯特的《追忆似水年华》第一卷（*Remembrance of Things Past*，当时的书名就是这么译的）。就这样，我开卷读了起来。我当时依然发着烧，这或许也是一个推波助澜的因素，但总之我被"序言"和"贡布雷"两部分完全迷住了。我读了一遍又一遍。除了这些章节本身纯粹的美感，我还为普鲁斯特从一个章节衔接到另一个章节的手法所倾倒。事件与场景的排列并不遵循通常的时间次序，也不遵循线性的情节发展。相反，发散的思绪联想，或是记忆的随性游走在章节与章节间推进着文字。有时，我发现自己在问这样的问题：这两个看似毫不相干的瞬间为何会在叙述者的头脑中并列出现？忽然间，我为我的下一部小说找到了一种激动人心、更加自由的创作方式——一种能够让丰富的色彩跃然纸上的创作方式，一种能够描绘出银幕无法捕捉的内心活动的创作方式。如果我也能够用叙述者的那种思维联想与记忆漂流在段落与段落间推进，我就能像一位抽象画家在画布上随心所欲地放置形状与色彩那样创作小说了。我能将两天前的一幕场景与二十年前的另一幕场景并置，请读者去思考两者间的联系。我开始思考，每个人对于自我和过去的认知都是笼罩在自我欺骗与否认真相的层层迷雾之中的，而这样一种创作方式也许能够助我揭示这一层又一层的迷雾。

* * *

一九八八年三月，我三十三岁。这时我们有了沙发，我正横躺在沙发上，听着一张汤姆·威兹的专辑。一年前，洛娜和我在南伦敦一个并不时尚但温馨惬意的城区中买下了我们自己的房子,而就在这栋房子里,头一次,我有了自己的书房。书房很小,连房门都没有,但能够把稿纸四处铺开,再不必每天晚上把手稿收好,这一点依然令我激动不已。正是在那间书房里——或者说,我相信是在那里——我刚刚完成了我的第三部长篇小说。这是我的第一部不以日本为背景的长篇——我的前两部作品已经让那个只属于我个人的日本不那么脆弱了。事实上,我的新书——我将为它取名《长日将尽》——乍看上去英国化得无以复加,尽管——这是我的希望——不是以老一辈英国作家的那种方式。我非常留意地提醒自己,不要预先假定——因为我知道,许多老一辈作家正是这样假定的——我的读者都是英国人,对于英式的微妙情感与执念烂熟于心。到了那时,萨尔曼·拉什迪与V·S·奈保尔这样的作家已经为一种更加国际化、更加面向外部世界的英国文学开辟了道路,这样一种新英国文学并不理所当然地将英国放在中心位置。他们的创作是最广泛意义上的后殖民文学。我也想像他们一样,写一部能够轻易穿越文化与语言边界的"国际"小说,与此同时却又将故事设定在一个英国独有的世界中。我这个版本的英国会是一个传说中的英国,它的轮廓,我相信,已经存在于全世界人民的想象之中了,包括那些从未踏足这个国度的人。

我刚刚完成的这个故事写的是一个英国管家,在人生的暮年,为时已晚地认识到他的一生一直遵循着一套错误的价值观;认识到他将自己的大好年华用来侍奉一个同情纳粹的人;认识到因为拒绝为自己的人生承担道德责任与政治责任,他在某种深层意义上浪费了人生。还有:在他追求成为完美仆人的过程中,他自我封闭了那扇爱与被爱的大门，阻绝了他自己与那个他唯一在意的女人。

我把手稿通读了几遍，感觉还算满意。不过，一种挠心感依然挥之不去：这里头还是缺了点什么。

就这样，如我所说，一天晚上，我躺在屋里的沙发上，听着汤姆·威兹。这时，汤姆·威兹唱起了一首叫做《鲁比的怀抱》的歌。也许你们当中有人听过这首歌。（我甚至想过要在此刻为你们唱上一曲，但最终我改了主意。）这首情歌唱的是一个男人，也许是一名士兵，将熟睡的爱人独自留在了床上。正值清晨，他一路前行，登上了火车。演唱者用的是美国流动工人的那种低沉粗哑的嗓音，完全不习惯表露自己的深层情感。这时，就在歌曲唱到半当中的时候，在那一刻，歌手突然告诉我们，他的心碎了。这一刻感人至深，让人几乎不可能不动容，而这份感动恰恰来自于一种张力，张力的一头是这种情感本身，另一头是为了宣告这份情感而不得不克服的巨大阻力。汤姆·威兹用一种飞流直下的宣泄唱出了这句歌词，你能感受到一个将情感压抑了一辈子的硬汉在无法战胜的伤悲面前终于低头了。

我一边听着汤姆·威兹，一边认识到了我还需要做什么。之前，我不假思索地做出了一个决定：我笔下的这位英国管家会坚守住自己的情感防线，躲在这道防线后面，既是躲避自己，也是躲避读者，直到全书告终。可现在，我知道我必须推翻这一决定。在某个时刻，在故事临近尾声时——一个我必须精心选择的时刻——我必须让他的盔甲裂开一道缝。我必须让他流露出一种巨大的、悲剧性的渴望——渴望有人能够窥见那盔甲之下的真容。

这里，我得说一句，除了这件事，我还不止一次地从歌手的声音中得到过其他至关重要的启迪。我在这里指的并不是唱出来的歌词，而是演唱本身。我们知道，歌唱的人声能够传达复杂得超乎想象的情感混合物。这些年来，我作品的某些细节方面尤其受到了鲍勃·迪伦、妮娜·西蒙娜、埃米卢·哈里斯、雷·查尔斯、布鲁斯·斯普林斯汀、吉利恩·韦尔奇，还有我的朋友兼合作者史黛西·肯特的影响。我从他们的声音中捕捉了某种东西，然后对自己说："啊，没错。就是这个。这就是我在这一幕中需要捕捉的东西。与之非常接近的东西。"那时常是一种我无法用文字表达的情感，但它确实就在那里，在歌手的声音里，而现在我得到了一个可以瞄准的目标。

* * *

一九九九年十月，我应德国诗人克里斯托夫·霍伊布纳代表国际奥斯威辛委员会之邀，参观了这座前集中营，并在这里度过了数日。我的居所安排在了奥斯威辛青年会议中心，就在第一座奥斯威辛集中营与两英里外的比克瑙死亡集中营之间的公路上。有人引领我遍访了这几处旧址，我在那里与三名幸存者进行了非正式的会面。我感觉自己接近了——至少是在地理位置上——那股黑暗力量的核心，而我这一代人正是在它的阴影之下成长的。在比克瑙，那是一个阴湿的午后，我站在毒气室的残砖碎瓦前——如今它奇异地被人遗忘了，荒废了——从德国人当年将它炸毁，赶在红军到来前逃之夭夭的那天起，这里几乎就再没有被人动过。如今它只是一堆湿漉漉的、破碎的水泥板，暴露在波兰严酷的气候中,一年更比一年残破。这处遗址应该被保护起来吗?应该在它的头顶上建起一个有机玻璃穹顶,把它保留下来,让我们的子孙后代得以亲眼目睹这里吗?还是说,我们就应该让它慢慢地、自然地朽烂瓦解,化作尘土?在我看来,这个沉重的问题象征着一个更大的两难抉择。这样的记忆应该如何保存?玻璃穹顶会将这些邪恶与苦难的遗迹化作波澜不惊的博物馆展品吗?我们应该选择哪些记忆?何时反倒不如忘却,轻装前行?

那年我四十四岁。在此之前,我一直将二战以及那场战争的恐怖与荣耀看作是我父母那一代人的。但此时此刻,我忽然意识到,要不了多久,许多亲眼见证了这些重大事件的人就将离开人世了。然后呢?记忆的重担就会落在我这一代人身上吗?我们没有经历过战争岁月,但抚养我们长大的父母们——他们的人生都被这场战争打上了不可磨灭的印记。而我——如今是一个向大众讲述故事的人——我是否肩负着一项迄今为止我都尚未意识到的责任呢?这责任是否就是向我们的后代尽己所能地传递我们父母辈的记忆与教训?

此后不久,我在东京的一群听众面前做了一次演讲,一位听众向我提问——这问题我经常碰到——接下来我打算写什么。接着,提问者更加明确地指出,我的作品经常写那些经历过社会与政治巨变的个体,当这些人物回顾人生时,总是挣扎着试图接纳自己那些阴暗的、耻辱的记忆。她问道,我未来的作品会继续涉猎这一领域吗?

我发现自己给出的是一个没有准备的回答。是的,我说,我经常写那些在遗忘与记忆之间挣扎的个体。但未来,我真正想写的故事是一个国家或一个群体是如何面对同样的问题的。国家记忆与遗忘的方式也与个体相似吗？还是说，两者有着本质的区别？国家的记忆究竟是什么？保存在哪里？又是如何被塑造、被操纵的？是否在某些时刻，遗忘是终结冤冤相报、阻止社会分裂瓦解、陷入战乱的唯一途径？而另一方面，稳定、自由的国家能否真的建立在蓄意的遗忘与正义的缺席之上？我听到自己对提问者说，我想要找到一个写出这些主题的途径，但不幸的是，我暂时恐怕还办不到。

* * *

二〇〇一年初的一个晚上，在北伦敦我们家（我们这时的居所）漆黑的客厅里，洛娜和我开始观看一部一九三四年霍华德·霍克斯执导的电影，片名叫做《二十世纪》（电影是录在一盘 VHS 录像带上的，画质尚可）。我们很快发现，片名指的并非是我们此刻刚刚告别的那个世纪，而是指那个年代非常出名的一列联结纽约与芝加哥的豪华列车。你们当中一定有人知道，这部电影是一出快节奏的喜剧，场景大部分都是在列车上，讲的是一个百老汇的制片人越来越绝望地试图阻止自己的头牌女演员转投好莱坞，踏上影星路。电影的压轴戏是约翰·巴里莫尔那令人叫绝的喜剧表演，他是那个时代最伟大的演员之一。他的面部表情，他的手势，他吐出的每一句台词，无不层层浸染出讽刺、矛盾与荒诞，而这一切背后的则是一个沉溺于自大狂与自吹自擂之中的男人。从许多方面来看，这都是精彩绝伦的表演。然而，随着影片的展开，我发现自己并没有被触动，这很奇怪。我起初对此百思不得其解。通常来讲，我喜欢巴里莫尔，也很痴迷于霍华德·霍克斯这一时期执导的其他几部电影,比如《女友礼拜五》和《唯有天使生双翼》。后来,当电影放到差不多一个小时的时候,一个简单的、电光石火般的想法闪过我的脑海。不论是在小说、电影还是戏剧中,许多生动鲜活、十分可信的人物都没能触动我,其中的原因就在于,这些人物并没有与作品中的其他人物通过任何有意义的人际关系相联结。紧接着,下一个想法就跳到了我自己的创作上来:如果我不再关注我的人物,转而关注我的人物关系,那会怎样?

随着列车哐当哐当地一路向西,约翰·巴里莫尔变得越来越歇斯底里,我不禁想起了E·M·福斯特那著名的二维人物与三维人物区分法。故事中的某个人物,他说过,只有在"令人信服地超出我们的意料"时,才能够变得三维。只有这样,他们才能"圆满"起来。但是,我此刻不禁思考,如果一个人物是三维的,但他或她所有的人际关系却并非如此,那又会怎样?同样是在那个讲座系列中,福斯特还作了一个幽默形象的比喻:要用一把镊子将小说的情节夹出,就像夹住一条蠕虫那样,举到灯光下仔细审视。我能否也作一次类似的审视,将任何一个故事中纵横交错的人物关系举到灯光下呢?我能否将这一方法应用到我自己的作品中——应用到我已完成的或正在规划的故事中?比如说,我可以审视一对师徒间的关系。这里有没有体现出任何深刻的、新鲜的东西?还是说,我看得愈久,就愈觉得这显然只是一种陈词滥调,已经在几百个平庸的故事中屡见不鲜?再比如说,两个相互较劲的朋友间的关系:它是否是动态的?是否能引发情感共鸣?是否在发展演化?是否令人信服地出人意料?是否三维?我突然觉得,我更好地理解了为什么我过去的作品中有这样那样的失败之处，尽管我也曾拼了命地想要弥补。我眼睛依然盯着约翰·巴里莫尔，脑子里却浮出一个想法：所有的好故事——不管它们的叙述模式是激进还是传统——都必须包含某些对我们有重要意义的关系，某些触动我们、让我们莞尔、让我们愤怒、让我们惊讶的关系。也许，在未来，如果我能够更多地关注我笔下的关系，我的人物就无需我再操心了。

我说出这席话时忽然想到，也许我着力阐述的这一点对你们而言本来就是显而易见的。但我能说的就是，这一发现在我写作生涯中可谓姗姗来迟，而我如今将这视为一个转折点，与我今天向你们讲述的其他关口同样重要。从那时起，我开始以一种截然不同的方法构建小说。比如说，我在创作长篇《莫失莫忘》时，我一开始思考的就是处于故事核心的那组三角关系，然后再是从这组关系发散开去的其他关系。

* * *

作家生涯中的重要转折点就是这样的——也许其他的职业生涯也是如此。它们时常是一些小小的、并不光鲜的时刻。它们是无声的、私密的启示火花。它们并不常见，而当它们到来时，也许没有号角齐鸣，也没有导师和同事的背书。它们时常不得不与另一些更响亮也似乎更急切的要求相竞争。有时，它们所揭示的会与主流观念相悖。但当它们到来时，我们一定要认识到它们的意义。不然的话，它们就会从你的指缝中流失。

我一直在这里强调那些细小的、私密的东西，因为本质上讲，这就是我工作的内容。一个人在一个安静的房间里写作，试图和另一个人建立联结,而那个人也在另一个安静的——也许不那么安静的房间里阅读。小说可以娱乐,有时也可以传授观点或是主张观点。但对我来说,最重要的一点在于,小说可以传递感受;在于它们诉诸的是我们作为人类所共享的东西-——超越国界与阻隔的东西。许多庞大光鲜的产业都是围绕小说建立的——图书业、电影业、电视业、戏剧业。但最终,小说是一个人对另一个人的诉说。这就是我对于小说的感受。你们能够理解我的话吗?你们也是如此感受的吗?

* * *

于是,我们来到了当下。最近,我忽然醒悟到,多年来我一直生活在一个虚妄的肥皂泡中。我未能注意到我周围许多人的挫折与焦虑。我意识到,我的世界——一个文明、振奋的地方,满是爱开玩笑、思想开明的人——事实上比我想象的要小得多。二〇一六年,这一年在欧洲与美国发生了许多出人意料——于我而言也是令人沮丧的政治事件,全球发生了多起令人毛骨悚然的恐怖袭击。我从孩提时代起就理所当然地以为,自由主义—人本主义价值观前进的脚步不可阻挡,但二〇一六年的这一切都迫使我承认,也许我的想法只是一个幻觉。

我们这代人是乐观的一代。为什么?因为我们看着我们的长辈将欧洲从一片满是极权国家、种族清洗与史无前例的大屠杀的大陆,变成了一块人人羡慕、自由民主国家在几乎没有边界的友谊中共存的乐土。我们看着旧殖民帝国连同那些支撑它们的可恨观念一道在全世界土崩瓦解。我们看着女权主义、同性恋权利与抗击种族主义的多条战线高奏凯歌，齐头并进。我们在资本主义与共产主义猛烈对抗的背景中长大——一场意识形态的对抗与军事的对抗，最终却看到了我们许多人眼中的大团圆结局。

而此刻，回首往事，推倒柏林墙后的那个年代更像是骄傲自满的年代，错失良机的年代。我们坐视惊人的不平等——财富与机遇的不平等——在国家间与国家内部扩大。而二〇〇三年对伊拉克灾难性的入侵行动以及二〇〇八年那场丑恶的金融危机爆发后强加在普通人民身上的长期紧缩政策——尤其是这两起事件将我们推向了当下这个极右思潮与狭隘民族主义泛滥的局面。种族主义——不论是以其传统形式，还是以其营销更加得力的现代化形式——再次沉渣泛起，在我们文明的街道下蠢蠢欲动，就像一头被掩埋的巨兽正在苏醒。而此刻，我们似乎缺乏任何能将我们团结起来的进步事业。恰恰相反，甚至是在富裕的西方民主国家内，我们也正在分裂成彼此对立的不同阵营，为了争夺资源和权力而斗得天昏地暗。

与此同时，科学、技术与医学的重大突破向人类提出的挑战已经近在眼前了——还是说，已经到了眼前？新基因技术——比如基因编辑技术 CRISPR——以及人工智能和机器人技术的进步都将为我们带来惊人的、足以拯救生命的收益，但同时也可能制造出野蛮的、类似种族隔离制度的精英统治社会以及严重的失业问题，甚至连那些眼下的专业精英也不能从中幸免。

就这样，我，一个已年过花甲的男人，揉着双眼，试图在一片迷雾中，辨识出一些轮廓——那是一个直到昨天我才察觉其存在的世界。我，一个倦态已现的作家，来自智力上倦态已现的那一代人，现在还能打起精神，看一看这个陌生的地方吗？我还能拿出什么有所帮助的东西来,在当下社会挣扎适应巨变之际,为即将到来的争论、斗争与战争提供另一个视角,剖出另一些情感层面?

我必须继续前行,尽己所能。因为我依然相信,文学很重要,尤其是在我们渡过眼下这个难关的过程中。但我也期盼年轻一代的作家鼓舞我们,引领我们。这是他们的时代,他们会有我所缺乏的知识与直觉。在书本、电影院、电视与剧院的世界中,今天我看到了敢于冒险、激动人心的人才——四十岁、三十岁、二十岁的男男女女们。因此,我很乐观。我又有什么理由不乐观呢?

但最后,请允许我发起一项呼吁——如果你们愿意的话,就让这成为我作为诺贝尔奖得主的呼吁!要让整个世界走上正轨并不是一件易事,但至少让我们先思考一下该如何安排我们这个小小的角落,这个"文学"角落——在这里,我们阅读书籍,创作书籍,出版书籍,推荐书籍,谴责书籍,给书籍颁奖。如果我们想在这世事难料的未来中发挥重要的作用,如果我们想让今日和明日的作家发挥出最大能力,我相信我们必须更加多元化。我的意思有两层。

首先,我们必须拓展我们一般意义上的文学界,囊括更多的声音,第一世界文化精英的舒适区以外的声音。我们必须更加勉力地搜寻,从迄今为止尚不为人所知的文学文化中发现宝石,不论那些作家是生活在遥远的国度还是生活在我们自己的社群中。其次,我们必须格外小心,不要将"何谓优秀文学"定义得过于狭隘或保守。下一代人定会用各式各样崭新的,有时甚至令人晕头转向的方法来讲述重大的、绝妙的故事。我们必须对他们保持开放的心态，尤其是在涉及体裁与形式的问题上，这样我们才能培养、拔擢他们中的佼佼者。在一个危险的、日益分裂的时代，我们必须倾听。好的创作与好的阅读可以打破壁垒。我们也许还可以发现一种新思想，一个人文主义的伟大愿景，团结在它的旗下。

  对于瑞典文学院、诺贝尔基金会，以及瑞典人民——多年来，正是他们让诺贝尔奖成为了我们全人类努力谋求的"善"的一个闪亮象征——我在此呈上我的谢意。

宋佥 译